新生徒会の一存
碧陽学園新生徒会議事録 上

葵せきな

ファンタジア文庫

1959

口絵・本文イラスト　狗神煌

新生徒会の一存

碧陽学園新生徒会議事録 上

【プロローグ】

生徒会室の扉《とびら》を開けると、西園寺《さいおんじ》つくしが飛んでいた。

「たーすーけーてー、くーだーさーいーまーせー……きゅう……」

「………」

天井《てんじょう》からワイヤーで吊《つる》されて、生徒会室上方をぐるぐる回る和風少女。ゆったりと、部屋の壁《かべ》すれすれを大回りにぐるんぐるん。……なんぞこれ。

——と、入り口でぼんやり立ちすくんでいた俺を見つけて、火神北斗《かがみほくと》が、キラッキラと表情を輝《かがや》かせる。

「あ、センパイ！　わーい、センパーイ」

「のわっ」

早速《さっそく》ぴょんと抱《だ》きつかれ、バランスを崩《くず》しかける。女の子が密着してくれるのは大変ありがたいが、今はそれより西園寺をなんとかしないと。

見れば、室内ではまさに、日守東子《ひのもりとうこ》がマスクとカツラをフル装備したまま西園寺を追いかけていた。

「……ぜぇ…………………ぜぇ……………はひゅ……」

またこいつがバカの一つ覚えみたいに西園寺を追いかけているせいで、驚《おどろ》くほど汗《あせ》だくだ。なんて効率の悪い。なぜ西園寺が回転してくるのを待ち伏《ぶ》せしないのか。そしてまず、その蒸《む》れそうなカツラと息苦しいマスクを外せ。なぜ相変わらずそういうことに思い至らないのか、日守よ。

そしてなにより……。

「ふむ……遠心力というのは面白いものですね。こうまで止まりませんか」

ぐるぐる回転する西園寺を眺《なが》めながら、興味深そうにノートに何らかの計算式を書く水《み》無瀬流南《なせるな》。いや助けろよ。お前助けろよ。

仕方無いので、俺は体に縋《すが》り付く火神を引き摺《ず》りながらも、飛び回る西園寺の太股《ふともも》あたりをキャッチしてやろうと――

「あ、センパイ、女の子の肌《はだ》に直で馴《な》れ馴れしく触《さわ》るとか、マジえっちぃーッスねぇ」

ニコォと火神。ジワッと汗が噴《ふ》き出す俺。傍《はた》から見ればただの後輩《こうはい》からのちょっとした注意なんだろうけど……実際その台詞《せりふ》に含《ふく》まれる意味は、物凄《ものすご》く色々あり。うん……まあ、ちゃんと説明しようとすると、とてつもなく長い話になるんだけど。

……そんなわけで。

「たーすーけ……………………きゅきゅぅ」

「ぜぇ……つくし……ぜぇ……今助け……ぜぇ……！」

「おお、彼女の体から力が抜《ぬ》けたことで、更《さら》に純粋《じゅんすい》な遠心力の計算が可能に……」

「センパイ。あんな偽《にせ》シルク・ドゥ・◯レイユ放っておいて遊びましょうよ。ね？」

「…………」

今日も今日とて絶好調の生徒会に、思わず溜息《ためいき》をつく。

この生徒会が発足《ほっそく》した、あの当時。誰《だれ》が、こんな地《じ》獄《ごく》絵図みたいな日常を想像していただろうか。

俺は混沌《こんとん》とした生徒会室をぼんやり眺めながら、新生徒会を作るにあたり、自分は一体どこで何を間違《まちが》えたのかと、詳細《しょうさい》に検証し始めるのであった。

【第一話　望まない生徒会】

いつの日だったか、我が親愛なる前会長は言った。

「世の中がつまらないんじゃないの。貴方《あなた》がつまらない人間になったのよっ！」

と。

この名言に対し、当時の俺がどのような答えを返したのかということはさておき。

今の俺が返すならば、こうだ。


「いいや！　間違《まちが》っているのは世界の方だ！」

叫《さけ》びながら勢い良く立ち上がった俺を、後輩・風見《かざみ》めいくが机に頬杖《ほおづえ》をつきながら呆《あき》れた様子で見つめていた。

「高三にもなってその発言は、ラノベ好きの私でも流石《さすが》に引くんですが……」

「これは中二病じゃない！　事実なんだから仕方無いだろう！」

ビシッと風見の方に人差し指を突《つ》きつけると、彼女は心底面倒《めんどう》そうに嘆息《たんそく》した。

まあ「高三にもなって」という発言には、思うところが無かったわけでもない。俺はドスッと椅子《いす》に――以前は会長・桜野《さくらの》くりむが着席していた席に腰《こし》を下ろし、出来るだけ昂《たか》ぶった感情を落ち着かせようと、室内を改めて観察する。

碧陽《へきよう》学園生徒会室。

部屋の作り自体は至って簡素。教室の半分程度たる長方形のスペースに、会議のための長机と椅子が置かれ、あとは壁際《かべぎわ》に多少備品の棚《たな》があるだけの構成。

席配置は、窓前の上座側に会長席。その両サイドの長辺にそれぞれ席が二つずつで、計五席。ここ数年は役員の人数が五人のため、基本的に下座の席は無し。単純極《きわ》まりない、まさにＴＨＥ・会議室。特色なんか、なに一つ無い。

それでもここは、俺にとって唯一無二《ゆいいつむに》の、掛《か》け替《が》えの無い場所であり。

そして去年一年、側面の副会長席から生徒会室を眺めてきた俺からすれば。

この「会長席」に座るということは、きっと他人が思う何百倍・何千倍も、意味のあることで。

……なのに。

だというのに。

感慨深《かんがいぶか》く会長席からしげしげと生徒会室を見回す俺に、風見めいく……今年の生徒会選挙を一から十まで完璧《かんぺき》に仕切った新聞部部長が、去年俺が座っていた席から無慈悲《むじひ》な言葉を浴びせて来る。

「もう、いい加減女々《めめ》しいですよ、杉崎《すぎさき》さん。そもそも、その席は――」

「言うな！　言わないでくれ！　うぅ……うぅう！」

机に突っ伏《ぶ》しておいおいと泣き始める。

前生徒会役員達に碧陽学園を託《たく》され。

前年の煌《きら》めく活動や感動的な卒業式を経て、全校生徒達との絆《きずな》も強い。

まさに正当なる碧陽学園の後継者《こうけいしゃ》。

杉崎鍵《けん》。碧陽学園三年生に通う、今や学内人気ナンバー1のリア充《じゅう》男子。

そんなこの俺は、先日行われた今年度の生徒会選挙の結果、見事――

「なんで……なんで俺は今年も『副』会長なんだよぉおおおおおおお！」

超《ちょう》思い入れのある会長の座を、ぽっと出の転校生に奪《うば》われてしまっていたのだった。

＊

ひとしきり俺の絶望を聞き流した後、風見が嘆息混じりに喋《しゃべ》り出す。

「まあ、多少は同情に値しますけどね。去年の活動や前生徒会長の言葉を受けて、確かに今年は杉崎さんがトップという気運がありましたし」

そんな彼女のフォローに、すっかり余裕《よゆう》を失っていた俺は即座《そくざ》に飛びついた。

「だろ!? だよなぁ!?」

「しかし、ここに来てまさかの『転校生』とは……流石の私もノーマークでした」

「く……」

机に両肘《りょうひじ》をつき、項垂《うなだ》れて頭を掻《か》きむしる。

「なにがどうしてこんなことに……」

改めて、順を追って思い出していこう。

四月——今年度の学園生活序盤《じょばん》は、完全に《俺の時代》が来ていたのだ。

去年の卒業式における感動的な送辞・答辞がなんらかの効果でも発揮したのか、廊下《ろうか》ですれ違《ちが》う生徒達に次から次へと「絶対杉崎君に一票入れるからね！」とか「先輩《せんぱい》は俺の憧《あこが》れッス！　頑張《がんば》って下さい！」なんて声をかけられまくっていて。

そんな言葉を受けちまったら、去年一年かけて立派な男に成長した自覚がある俺としては、当然謙遜《けんそん》なんて格好悪い真似《まね》をするはずもなく、むしろ——

「実際問題」

回想をぶつ切りするかのように風見がメモ帳を捲《めく》って口を挟《はさ》んできた。

「確かに例の転校生の破壊力《はかい》……特に《あの演説》が抜群《ばつぐん》だったことは認めるにやぶさかではないですし、今年の一年生は杉崎さんや去年の生徒会のことを知らないわけで、その票が例年通り美少女に流れてしまったという側面はあるにせよ。それでも二年生と三年生さえこぞって杉崎さんに投票すれば、何ら問題ないはずだったのですが……」

「だろう⁉　だよなぁ⁉　ほら、やっぱり間違っているのは俺じゃない！　世界の方……薄情《はくじょう》な生徒達・つまり二年生と三年生だ！　去年からの感動的な流れを踏《ふ》まえた上で、それでも他に投票するって、一体どういう神経して——」

「まず最大の敗因は、やはり調子こいた杉崎さんによる度をこしたナンパ行為《こうい》でしょうね」

「うっ！」

胸を押さえてダラダラと汗をかきながら蹲《うずくま》る。見なくても、風見が完全に軽蔑《けいべつ》の眼差《まなざ》しを送って来ているのが分かった。

「自分を応援《おうえん》してくれる女子に会う度《たび》に『今度一緒《いっしょ》に食事どうだい？』だの『キミも俺のハーレムに入りたいだろう？　んん？』だの『今夜は俺のマグナムが火を噴《ふ》くぜ！』だのとのたまった挙句《あげく》、男子相手の時は『あー、はいはい、どもでーす』だの『うんうん、そうそう、３Ｄ映像表現はピンキリだよね、うん』等とあからさまにテキトーに流す始末」

「い、一体俺のどこがいけなかったというんだ！」

「………………」

全身をくまなく舐《な》めるように見回された。リアルに凹《へこ》む。

「うう、こんなんじゃ会長に……前会長に顔向け出来ねぇよ……」

「まったく、シリーズ完結から約一ヵ月足らずで能力値リセットどころか完全堕落《だらく》とは、上条さんや相良宗介と同じライトノベル主人公とは思えませんね」

「うがー！」

頭を掻きむしりに掻きむしる。風見がぽつりと「ま、それでも副会長になれてしまうあたりは、流石だとは思うのですが……」等とフォローじみたことを呟《つぶや》いていたが、んなこたぁどうでもいい。

俺は身悶《みもだ》えしながら、「それにしたって！」と更に愚痴《ぐち》をこぼした。

「転校生はねぇだろ、転校生はよぉ！　よくもまあまだなんの交流も無い人間に投票したもんだぜ！　見損なったぞ碧陽学園！　俺とお前らの絆はそんなもんだったのかよ！」

「むしろ見損なわれているのは杉崎さんの方だと思いますが。まあ、確かに異例の事態ではありますね。新入生の場合は事前に新聞部でリサーチして《注目株》を新聞で発表したりしていますから理解出来ますが、転校生に関しては新聞部もノーマークでしたからね。納得出来ない気持ちも理解出来ます」

「だろう！」

「でも、実際杉崎さんも認めていたでしょう？　今年度会長のあのビジュアルと……そして《あの演説》の威力《いりょく》。実際彼女の登場時なんかは、他の生徒と同じく……どころか、いえそれ以上に目をハートマークにしていたじゃないですか」

「ぐ……」

それは……悔《くや》しいが、認めざるを得ないことだった。

確かに、今年の代表演説において彼女——

転校生《西園寺《さいおんじ》つくし》の破壊力は、抜群すぎたのだから。

＊

毎年、碧陽学園の生徒会選挙は純然たる人気投票形式で行われる。

そこに選挙活動的なものは一切無い。厳密に禁止されているわけじゃないから、活動したければしてもいいのだが、わざわざそんなことする生徒は少数だ（前会長なんかは校内にポスター貼《は》りまくっていたが）。

しかし今年度は少しだけ、異例の出来事があった。

投票日直前になって、《注目株》達による《立会演説会》が執《と》り行われることになったのだ。

首謀者《しゅぼうしゃ》は新聞部部長・風見めいく。彼女の、

「選挙前にもうひと盛り上がりあってくれると、新聞も書きやすいんですよね。いやここで結果出さないと、例のOBが絶対説教しに来ちゃうと思うんですよ！　そういうの勘弁《かんべん》なんで！『他人に起こる波風を利用することで、私の生活にだけは波風立たないようにする』というのが今年の私の目標なのです！　時間とってフルメタの再読もしたいし！」

という非常に利己的な理由でそれは開催《かいさい》された。

当然学校主催《しゆさい》の正式な催《もよお》しではないのだから、《注目株》として選出された生徒達も無理に演説する必要は無い。結果として、元々十名ほど新聞部によってピックアップされていた《注目株》の中から、実に四名の生徒が演説を行うこととなった。

当日の流れはこうだ。

まずは俺、杉崎鍵によるハーレム要員募集《ぼしゆう》のお知らせ（今思えばこれで決定的に反感買った気がする。既《すで》にジョークとして受け入れて貰《もら》える態勢でさえなかったみたいだ）。

次に、俺のクラスメイトであり現役《げんえき》アイドル・星野巡《ほしのめぐる》によるリサイタル（直前まで今年度の生徒会入りが確実視されるほどの人気だったのに、実際の選挙ではトータルで三票しか入らなかったという事実を聞けば、この時何が起こったかは明白だろう）。

で、その次が白木里枝《しらきりえ》という新入生女子。彼女は見た目こそ地味ながら、機会が貰えるなら真面目《まじめ》に生徒会役員がやってみたいという実に健気《けなげ》な生徒であり。結果、当然会場からは俺や巡の時とは比べものにならない程の拍手《はくしゆ》が起こっていたのだが。

正直な話、演説の具体的な内容はあまり覚えていない。なぜなら、そのあたりのことを思い出そうとすると、どうにも記憶《きおく》が直後の演説風景に引っ張られてしまうためだ。

最後の演説者である彼女。

春に転校して来た二年生、西園寺つくし。

彼女も《注目株》の例に漏《も》れず……いやその中でも一際《ひときわ》目を引く美少女だった。

大きく澄《す》んだ漆黒《しっこく》の瞳《ひとみ》、透《す》き通るような白い肌《はだ》、薄《うす》く鮮《あざ》やかな朱《しゅ》の唇《くちびる》と艶《つや》やかな長い黒髪《くろかみ》——と、まるで日本人形のような静謐《せいひつ》さを漂《ただよ》わせた少女。

その凛《りん》とした、由緒正《ゆいしょただ》しき名家の出をも思わせる佇《たたず》まいたるや、《注目株》の中で最も「生徒会長」然としていたといえよう。

そんな完璧なる大和撫子《やまとなでしこ》——西園寺つくしは。

司会の風見に指名されると、すぐには動かず、数拍《はく》の間を置いてゆっくりと恭《うやうや》しく立ち上がった。

そうして。

その細長く白い足で、足音を極限まで殺した美しい歩みで舞台《ぶたい》へと向かい。

壇上《だんじょう》へと続く階段へと細い足をかけ。

全校生徒が妙《みょう》に張《は》り詰《つ》めた空気で見守る中。

実に気高く。

実に麗《うるわ》しく。

実に優雅《ゆうが》に。

彼女は。

顔面から盛大にコケた。

『————』

その時の会場の空気を、一体どう表現したらいいのだろう。語彙《ごい》が貧困な俺にはとても言い表せそうもない。

ただ、空調の音だけがブォォオオンとやけに響《ひび》いていたことを覚えている。

……誰《だれ》も、何も、反応しなかった。出来なかった。

彼女は……西園寺つくしは実に見事なモーションで〈ビターン！〉とステージに顔面を打ち付けたのだ。あんなのコント番組でしか見たことなかった。ＣＧ補正でもしない限りお目にかかれないような、あまりに美しいコケ方だったのだ。

その様相が本当に鮮やかすぎて誰もが息を呑《の》む中。彼女は「特に何事もありませんでしたよ」と言わんばかりの素早さで体勢を立て直し……ぶつけたせいかはたまた恥《は》ずかしさのせいか顔を真っ赤にしたまま、歩みを再開する。俺達もまた「そうだよな、そんなことあるわけないよな」と、今の一幕を積極的に「無かったこと」にしてかかる。

そうして、緊張《きんちょう》した面持《おもも》ちでマイクの前に立ち。

溜息《ためいき》の出るような美しい所作で、深々とおじぎをして——


そのまま、おでこを思いっきりマイクにぶつけた。


〈ガスン……〉

体育館中に響きわたる、どこかもの悲しげなマイクへの衝突音《しょうとつ》。なかなかのボリュームだ。そして痛そうだ。というか実際痛かったらしく、美しい彼女はマイクにおでこをつけたまましばしプルプルしていた。

しかしその数秒後、またも「何事もありませんでしたよ」と言わんばかりのすまし顔で顔を上げたと思ったら、まるで大正琴《たいしょうごと》の音色《ねいろ》のように澄んだ声で挨拶《あいさつ》を——

「はじめましてでんっ」

一言目から噛《か》んだ。しかもどうやら、ただ言葉を噛んだだけじゃない。

「つう〜！　う〜！」

涙目《なみだめ》で口元を手で覆《おお》う日本人形。

舌を根本からガッツリ噛んでやがった。


この頃《ころ》になるともう、会場全体が本当に異様な空気である。とにかく現在、目の前で行われていることがよく理解できない。最早《もはや》無かったことに出来るレベルでもない。

人間、ありえないものを目撃《もくげき》すると黙《だま》るしかないらしい。

西園寺つくしはその時点でもう、俺達からすれば幽霊《ゆうれい》とかオーロラとかそういった類《たぐい》のものと同等の存在に昇華《しょうか》しつつあった。

彼女はしばし後ろを向いて悶《もだ》えた後……再び、頰《ほお》は真っ赤なのに「なんにもおかしいことなどありませんでしたよ」といったすまし顔を作りつつ、無駄《むだ》に綺麗《きれい》な声で演説を開始した。


「わたくしは西園寺つくしと申します。よろしくお願い致《いた》します。〈ガッ〉（再びマイクに軽くぶつかったため。しばしの沈黙《ちんもく》）。

「……はい、ええと、その、本日わたくしがこの場で申したかったのはただ一言、わたくしなど生徒会役員の器《うつわ》ではない未熟者だという話でございます。なので、出来ればわたくしに投票なさらないで下さい。では失礼致します」

今度はマイクにぶつかるまいと、きちんと後ろに一歩下がりながらぺこりと頭を下げる西園寺つくし。

しかしその背後には丁度マイクの配線があったらしく、頭を下げてフラフラしながらそれを踏《ふ》みつけたものだから……。

結果、西園寺つくしは消えた。

直後にドスッという、これまた痛そうな音。どうやら演説台に隠《かく》れるカタチで尻《しり》から転んだらしい。

全校生徒が妙な汗《あせ》をダラダラ掻《か》く中……数秒して彼女は、可哀想《かわいそう》な程顔を赤くしながら……しかしやはり「なんにもありませんでしたよ」といった面持ちで立ち上がり、演説を続けた。

「……なんにせよ、その、あまり、わたしに構わないでいただけると、幸いです」
え、あ、うん、そうしたいのは山々なんですけどね……と、全校生徒が心から思ってい
た。ドリー○キャストでシー○ンに「こっち見んなよ」とか言われた時の気分に大分近い。
見るなと言われて素直に無視できてしまえる存在感じゃない。
しかし彼女は言いたいことが言えて満足したのか、「ふぅ」と妙に満足げな吐息《といき》を漏ら
した。そうして、実に優雅な歩みで壇上から降りようとしたところで、
大方の予想通り、もう一度転——ぶかと思いきや、「心配めさるな、私とて分かってお
りますとも！」と言わんばかりの慎重《しんちょう》さで階段を降りきった。そして見事なドヤ顔。
これには、「おお……」となぜか俺達生徒も拍手しそうになる中。
突如《とつじょ》。
彼女は、天井《てんじょう》から落下してきた垂れ幕に飲み込まれた。
「(!? な、なんですか!? どうしたのです!? 停電ですか!? 暗いです、暗黒です！)」

あわや大惨事《さんじ》という事故だったが、外れたのはどうやら布部分だけらしく、それも彼女を包み込むようなカタチで落下したため、怪我《けが》などはないようだ。大きな垂れ幕の中で西園寺がわたわたと慌《あわ》てて動き回っているのが分かる。彼女のくぐもった叫《さけ》び声だけが体育館中に虚《むな》しく響き渡《わた》っていた。

しかし、こんな状況《じょうきょう》だというのに、職員含《ふく》めて誰もが、一歩たりとも動けない。

なぜなら。

「……神だ……彼女には神が降りている……」

静寂《せいじゃく》の中で誰かの呟《つぶや》きが響き渡った。そう……その通り。

俺達はその時、初めて見る「笑いの神様」現象に、心の底から感動してしまっていた。

そうこうしている間にも、床《ゆか》に落ちた幕の中を西園寺と思《おぼ》わしき出っ張りがうろうろと移動する。

「(こ、ここは何処《どこ》でございましょうか⁉　暗い上に空気が籠《こ》もっていて……なにより広いです！　見渡す限りの暗黒でございます！　これはまさか、世に言う神隠《かみかく》しというものでは——はっ！　いえいえ、そんなことよりもまずはっ！)」

ふと何かに気付いたらしい出っ張り（子供がシーツかぶってやるオバケ的なあれ）が、突如、その場で大声をあげた。

「（み、皆様大丈夫《みなさまだいじょうぶ》でございますか⁉　はぐれたりなさっていませんか⁉　皆様ぁ！）」

『（なんか一人で遭難《そうなん》しとるし！）』

……これが、投票日を目前にして行われた、西園寺つくし、驚異《きょうい》の演説の全貌《ぜんぼう》である。

＊

「ま、あんな面白人材を見逃《みのが》す碧陽学園じゃないですよね」

「くぅ！」

悔《くや》しいけどその通りだった。あんな衝撃《しょうげき》的なデビューを飾《かざ》られて、黙って見過ごす碧陽学園生徒じゃない。まだ碧陽というものが分かっていない新入生はさておき、去年の生徒会を見て過ごしてきた二年・三年……当初は俺に投票してくれようとしていたヤツらの票は、半分以上西園寺に移ってしまっていた。当然俺の得票率は大幅《おおはば》ダウン。二位どころか三位まで転落する有様だ。

風見が補足をする。

「ある種、真の意味で去年の会長さんを継《つ》ぐ人材ではありましたからね。実際前会長さんを慕《した》っていた方達が、西園寺さんの《あの有様》に母性本能をくすぐられた結果、杉崎さんから票が流れてしまったところありますし」

「なんてこったい……」

ああ、この怒《いか》りはどこにぶつけてやりゃいいんだろうか。投票結果の正式発表は明日《あした》。しかし風見がそれを待たず結果情報を入手したというので、「どれ、俺が会長なのはさておき、他のメンバーはどんな感じかな」というテンションで彼女を生徒会室に呼び出して報告を聞いてみれば……この惨状《さんじょう》ですよ。

「はぁ……副会長……副会長か……」

俺は机に肘《ひじ》をつき、頭を抱《かか》え込む。黙ると気まずいのか、風見が喋《しゃべ》り出した。

「厳密にはまだ副会長と決まったわけでもありませんけどね。役職に関しては、会長さんによる指名制ですし。ただ特に拘《こだわ》り無く順当に配置するならば、二位が書記、三位・四位が副会長で、五位……もしくは《優良枠《わく》》が会計という流れでしょうから、やはり三位の杉崎さんは副会長の線が濃厚《のうこう》ですかね。あの天然会長さんに拘りなんか無さそうですし」

風見の説明を聞きながら……俺は心底落ちこむ。

「……ホント、なにやってんだろうな、俺は……」

「杉崎さん……」

心からの自嘲《じちょう》に、風見が初めて同情的な視線を寄越《よこ》す。……会長、マジすいません……。

いや会長だけじゃない。俺を成長させてくれた生徒会の皆《みんな》にどう顔向けしたら……。

…………。……いや。でも。だからこそ。

「……よしっ！」

俺は声を上げると共に、両頬を挟《はさ》み込むようにパンッと叩《たた》いた。

風見がキョトンとこちらを見つめる。

「杉崎さん？」

「うしっ、落ち込むの終わり！　会長になれなかった件は本当に不甲斐《ふがい》ないけど、決まってしまったんなら仕方ねぇ！　今はむしろ生徒会入り出来ていることを喜ばないとな！　なぁに、会長じゃなくたって、生徒会にさえ入ってりゃこっちのもんだろ！　確か三位なら《優良枠》の行使で追い出されることも無いわけだし！　上々な結果じゃん！　な？」

ニカッと風見に笑いかける。彼女はしばしぽかんとした後……本日初めて見せる優しい微笑《びしょう》で「そうですね」と答えてくれた。

「それでこそ、杉崎さんです。私も新聞部部長としてサポートしがいがあるというものです」

「おう、悪かったな、情けないとこ見せて。安心しろ、風見。俺はこんなことで立ち止まらないからな！　契約《けいやく》通り、お前の情報提供受ける代わりに、新聞部にもバンバンネタ提供してやるからよ！」

「はい、杉崎さん」

心底嬉《うれ》しそうに笑う風見。……そういえば俺のクラス・三年B組の中にも、新しい新聞部部長に投票したっていうヤツいたっけな。残念ながら生徒会入りするほどの票は集めなかったみたいだが、そいつらはホント見る目あるなぁってつくづく思う。

ジーッと見ていると風見に「はい？」と首を傾《かし》げられたので、俺は咳払《せきばら》いをしつつ、本題の方へとシフトした。

「そうそう、話が途中《とちゅう》だったよな。西園寺が一位なことと、そして俺が三位なことは聞いたが……後はどうだったんだ？　二位が気になるのは勿論《もちろん》、他に生徒会に入る可能性のあるヤツ――辞退があることも考えると、五～六位ぐらいまでは聞いておきたいんだが」

「ああ、それなんですけどね、杉崎さん。そっちはそっちで、結構意外な結果になってお りまして……」

風見のその言葉に嘘偽《うそいつわ》りはなく。

今年度の生徒会候補には、本当に驚《おどろ》くべきメンバーが揃《そろ》っていたのだった。

＊

ひとしきり「新生徒会メンバー候補」の情報を聞いた後、そのまま少し記事をまとめたいと言う風見を残して、俺は生徒会室を出ることにした。

「(そうだ、今日はバイトも無いし、林檎《りんご》と一緒《いっしょ》にご飯食べられるな……)」

そんなことを考えながら、ぼんやりと手慣れた動作で生徒会室の戸を開く。

——と。

「きゃ」

「おっと」

戸のすぐ傍《そば》に居たらしい女生徒とぶつかってしまった。幸い軽く体が触《ふ》れた程度だったが、俺はすぐに頭を下げた。

「すいません！」

「あ、全然全然！　ダイジョブでっす！」

明るい声でそう返す女生徒。俺はほっとしつつ顔を上げ……そして。

「?」

どこかで見た顔だ——と思った次の瞬間《しゅんかん》には、相手の方が「あーっ！」と俺の顔を指して大袈裟《おおげさ》に驚いていた。

「センパイ！　杉崎センパイじゃないですか！　やった、凄《すご》い偶然《ぐうぜん》！」

嬉しそうにぴょんぴょん跳《と》びはねる女生徒。

「……えと」

どうやら知り合いらしい。俺の方も妙《みょう》に彼女に見覚えは、ある。だが……。

どうにも名前が、出て来ない。一度知り合った女の子の名前を……それも可愛い子の名前を忘れているなんて、極《きわ》めて珍《めずら》しいことだった。

なんとか記憶《きおく》を掘《ほ》り起《お》こそうと、改めて彼女を観察する。

肩《かた》にかかる少し長めの茶髪《ちゃぱつ》に、くりくりした瞳《ひとみ》。喋る度《たび》にちょこちょこと覗《のぞ》く小悪魔《こあくま》チックな八重歯《やえば》がとてもキュートな、小柄《こがら》で、しかし出るとこ出てる女の子だ。例の西園寺みたく「息を呑むような美少女」というタイプではないが、親しみやすさが段違《だんち》いで、その妙に高いテンションとちょこまかした動きから、なんだかハムスターみたいな子だなと思った。正直、可愛い。めっちゃ可愛い。ストライクだ。俺のストライクゾーン広いけど。

……うん。しかしここまで褒《ほ》めておいて、なんなんスけど。

やはり、思い出せない。

俺の怪訝《けげん》な表情に気付いたのか、彼女は「どうしました、センパイ？」と首を傾げてくる。覚えてないと正直に言える空気でもなく困り果てていると、彼女はどうやら察したようで、「はは～ん？」とこれまた小悪魔チックな笑みを浮《う》かべて俺を覗き込んできた。

「さてはセンパイ、私のこと、分かりませんね？」

「そ、そんなことあるわけないだろ！　この杉崎鍵、親の名前は忘れようとも、可愛い女子の名前は絶対忘れない自信のある男だぜ！」

「さっすがセンパイ！　ですよね！　じゃ、はい、はりきってどうぞ！」

「え」

おいおい、今の場面は普通《ふつう》「いやそんなこと誇《ほこ》らないで下さいよ！」みたいなツッコミで流れるところだろう。それをどうだ、コイツと来たら……そのまま乗って来やがったぞ！

俺は廊下《ろうか》の窓へと視線を逸《そ》らしながら、「えーと、あれだよあれ、ほら、そう」等という言葉で十秒程稼《かせ》ぎつつ……しかし流石《さすが》に限界が来たので、最後の手段をとることにした。

「そうそう、思い出した！　あれだ！　毒蝮《どくまむし》・ダークパラディン・花子」

「…………」

鳩《はと》が豆鉄砲《まめでっぽう》喰らったような顔をする女生徒。

くく、どうだ！　これぞ俺が去年一年かけて生み出した奥義《おうぎ》「今日から貴方《あなた》も変人達と円滑《えんかつ》なコミュニケーションが図《はか》れる！　碧陽式ボケツッコミメソッド」だ！　こちらがボケれば相手はつっこまざるを得ない！

碧陽においてボケとは攻《せ》め、ツッコミとは守りである。常に話の主導権はボケ側にある。この技術を用いれば、俺が名前を覚えていないことなど簡単に流せて——

「正解です！　さっすがセンパイですね！　ダークパラディン感激です！」

「マジで⁉」

愕然《がくぜん》とする俺。しかしすぐに「ありえない」と気付いてツッコミを入れる。

「いやいやいや、んなわけねぇだろう！　そしてよりにもよって一人称《いちにんしょう》ダークパラディンかよ！　せめて花子にしろよ！」

「でもぉ、ダーパラ的にはぁ」

「スイパラみたいに言っても無理だよ！」

「あ、そんなことより杉崎センパイ、聞いて下さいよ！　今年の生徒会なんですけどね」

「いや話進ませねぇよ⁉　むしろこのまま進んだら俺終始《しゅうし》お前のことダークパラディンという認識でいかせて貰《もら》うけど、お前はそれでいいのか⁉　なぁ⁉」

「おっけーでぇーす」

「ノリ軽っ！　そしていいのかよ！」

またも愕然とする俺。……い、いかん、落ち着け俺！　いつの間にかこっちが完全にツッコミ役になっちまってるじゃねぇか！　そして更《さら》に、なんか余計本名訊《き》きづらい空気出来上がってきてんじゃねぇか！　畜生《ちくしょう》、俺の培《つちか》ってきたメソッドが通用しないなんて！

もうこうなったら……こうなったらマジで思い出すしかねぇ！

「うぉぉぉ！　記憶の扉《とびら》よ、開けごまー！」

俺が一人悶《もだ》える中……ふと気付けば、なぜか彼女はケラケラ笑いだしていた。そうして、まるでおばちゃんの如《ごと》くペチペチと俺の肩を叩いたと思ったら、心底面白そうに告げる。

「ま、そもそも初対面ですけどねー、自分達」

「じゃあなんだったんだよ今のくだり！」

前提条件から覆《くつがえ》された！　彼女はひとしきり腹を抱えてゲラゲラと笑い終えると、笑いすぎで遂《つい》には目尻《めじり》に滲《にじ》んだ涙《なみだ》を拭《ぬぐ》いつつ、ようやく俺に向き直って自己紹介《しょうかい》を始める。

「てなわけで、どもです、新入生の火神北斗《かがみほくと》でっす！　今年の人気投票で六位っていうビミョーなとこ入っちゃったもんで、下手するとカガミに生徒会役員回ってくるかもなんですよねー。正直かったるいっスよねー。でもほら、やっとくと色々得しそうだしぃ、面白そうっちゃ面白そうじゃないですか！　カガミも目立つの自体は結構嫌《きら》いじゃないんですよねぇ……って、もうこんな時間！　じゃっ、そんなわけで有名人の杉崎センパイ、生徒会で会うことあったらよろしくお願いしまーす！　ではではっ！」

実に軽いノリでペコッと頭を下げたと思ったら、次の瞬間にはタタ一ッと走り去っていってしまっていた。……このハーレム王ともあろう男が、終始ペースを握《にぎ》られてしまったぜ……。本当に野生の小動物みたいなヤツだったな。

まあなんにせよ、色々得心はいった。考えてみりゃ俺もそこそこ有名人っつうか、なにかと目立っているからな。まだあまり交流無い今年の新入生に関しては、あっちが一方的に俺を知っていて当然か。

そして火神の顔も、どうりで見たことある気がするわけだ。なにせ風見についさっきまで写真を見せて貰っていたんだからな。上位ランキング者まとめたヤツで。しかし……。

「なんか実際会ったら大分印象違《ちが》ったんだよな……火神北斗」

それが、彼女にすぐに気づけなかった原因だった。

風見が持っていた写真……学生証に貼《は》り付けてある例のバストアップ写真では、なんかもっと暗いというか、むしろトゲのある印象さえ受けた覚えがあるんだが。記憶違いか？

「ま、あの手の笑顔が特徴《とくちょう》的なタイプは、写真写り悪い傾向《けいこう》にあるもんな」

いくら性格明るくても、公的な証明写真撮《と》る時までニヤニヤはしないか。うん。

しかし、だとしたら実に惜《お》しい。全校生徒に配られた《注目株》新聞の写真があれじゃなかったら彼女……火神のヤツ、もっと上位に食い込めただろうに。

ちょっと言葉を交わしただけでもそう思ってしまうぐらいには、非常に魅力《みりょく》的な笑顔をする子だった。火神北斗。

「出来れば、一緒に生徒会やれたらいいんだけどな……」

そんなことを呟《つぶや》きつつ、俺もようやく帰途《きと》へとついたのだった。

＊

「あ、おにーちゃんお帰り！」

アパートのドアを開くと、居室の方から林檎がパタパタとこちらにやってきた。

まだ彼女も帰宅したばかりのようで、碧陽学園の制服姿だ。

そう、彼女は今年、めでたく碧陽学園へと入学した。入院や体調の影響で高校進学自体は周囲より一年遅れてしまったが、本人は全く気にしていないようだ。俺も、この現状が嬉《うれ》しくて嬉しくてたまらない。

自宅に戻《もど》れば、可愛らしい義妹《いもうと》が自分を迎《むか》えてくれる。こういう環境《かんきょう》になって既《すで》に一ヵ月経《た》つが、彼女との経緯《けいい》が経緯だけに、未だに油断すると幸福すぎて涙ぐみかけてしまう。

俺はそんな感情をごまかすように、すぐに右手の買《か》い物袋《ものぶくろ》を掲《かか》げた。

「おう、ただいま林檎。弁当屋で色々惣菜《そうざい》買ってきてやったぞ。今日はバイト無いから、一緒に食おうぜ」

「わぁ、やった！　ありがとうおにーちゃん！　すぐ食べる？」

「ああ、もう六時過ぎだしな。食おうぜ」

林檎は本当に嬉しそうに笑いながら袋を受け取り、テーブルの方へと持っていってくれる。俺も靴《くつ》を脱《ぬ》ぐと部屋に入り、彼女の後を追った。

なんかすっかり同棲《どうせい》しているみたいだが、厳密には同棲じゃない。実はこのアパート、今年丁度俺の隣《となり》の部屋が空いたためそこに林檎が入居したのだ。なので、寝《ね》る時なんかは当然別々。ある意味、実家での生活とほぼ同じ環境が再現されているのだ。以前の生活と殆《ほとん》ど一緒。……つい感極まってしまう俺の気持ち、察していただけるだろうか。

「わ、サラダとか煮物《にもの》とか揚《あ》げ物《もの》とか、沢山《たくさん》ある！　今日は豪勢《ごうせい》だねおにーちゃん！」

「ああ、色々おまけして貰ったからさ。それに一緒に食事出来る時ぐらい、腹一杯《はらいっぱい》美味《うま》いもん食いたいだろ」

「うん！　ありがとうね、おにーちゃん！　美味《おい》しそうだなー。グロテスクだなー」

「うん、美味しそうとグロテスクが共存する台詞《せりふ》を、お兄ちゃんは初めて聞いたなぁ」

相変わらず一部の言葉を致命的《ちめいてき》に勘違《かんちが》いしてはいるが、それでも本当に可愛い義妹だ。兄の贔屓目《ひいきめ》を抜《ぬ》いても、碧陽学園においてトップレベルの美少女であることは間違《まちが》いないと思う。幼さの残る顔立ちや体軀《たいく》、そのせいか圧倒的《あっとうてき》に瑞々《みずみず》しく美しい肌《はだ》や髪質《かみしつ》。それでいてどこか儚《はかな》さも漂《ただよ》う。……うん、完璧《かんぺき》だ、完璧すぎるぞ義妹よ。兄だなんだという下らない関係性をかなぐりすて、今すぐ全身隈《くま》無く頰《ほお》ずりしてやりたいレベルだ。

それもそのはずで、何を隠《かく》そう彼女は今年の生徒会選挙で四位に入った逸材《いつざい》だ。つまり、本人が望めば即《そく》生徒会入りの順位。しかし……。

俺は風見から聞いた投票結果を林檎に伝えてやる。すると彼女は準備の手を止め、「そっかー」と困った風に微笑《ほほえ》んだ。

「皆《みんな》が選んでくれたのに辞退するのは、ちょっと罪悪感あるなぁ……」

「だったらいっそ入っちゃえばいいだろう。俺も楽しいし」

「ん……でも、元々決めていたことだから。ごめんね、おにーちゃん」

「いや、まあいいけどさ。聞いてたし。それにうちに帰れば居るんだしな」

「うん、林檎も毎日楽しいよ！」

そう笑って、仕度《したく》を再開する林檎。少し前に「お前結構票入ってそうだぞ」と伝えた際、もしそうなった時は断るという意思を聞いていたため、特に反対はしない。ちなみに断る理由は、彼女曰《いわ》く、

「まずは、おにーちゃん達の作った碧陽学園を、ただの生徒として楽しみたいかなぁ。最初から林檎が動かすっていうのは、なんかちょっと……ね」

というものだった。俺のようなタイプには今ひとつぴんと来ないが、林檎の決意は硬《かた》いようだ。それに、二年以降は一応、やれと言われたらやる意思はあるらしい。……女心はよく分からないな。たとえ兄妹《きょうだい》でも。何度も実感してきたことだけど。

それでも少し惜しいなぁと思いながら林檎を……特にテーブルに料理並べるために突《つ》きだしたヒップなんかを若干《じゃっかん》エロい目で見ていると——

『今日の飛鳥《あすか》さんレクチャーその８！　最近のケンが林檎ちゃんに向ける視線は、兄妹の一線を確実に踏《ふ》み越《こ》えているぞ！』

「っ⁉」

どこからか悪魔《あくま》の声が……我が幼馴染《おさななじみ》・松原《まつばら》飛鳥の声が響《ひび》き渡《わた》った。びくんとして怯《おび》える俺に反し、林檎は特に驚《おどろ》いた様子無く「あ、忘れてた！」と叫《さけ》んだかと思ったら、準備の手を止めて、パソコンの方へと向かっていく。

俺もそちらに目をやると、そこには……モニタに表示されたポニーテール少女のにやけ顔があった。

「飛鳥？　お前これ……」

喋《しゃべ》りかけると、モニタ前に設置されたマイクが俺の声を拾い、あちらに届ける。飛鳥は「そ」とウィンクしながら返してきた。

『ネット通話。カメラも使ってのね。ケンが帰ってくるまで、林檎ちゃんと喋ってたのよ』

「いや……それは分かるけど、でも、だって、お前これ……」

言いながら、通話ソフトに表示されているログイン名を見る。俺の名前だ。なにもおか

しいことはない。おかしいことはただ一つ。

「飛鳥にこのＩＤ教えた覚えは無いっつうか、通話ソフト入れたことも教えてなかったはずなんだが……」

そう、そのはずだった。理由は単純。これは、各地にバラバラに散っていった前生徒会の皆と連絡《れんらく》をとりあうために導入したものだからだ。

そんな、ある意味第二の生徒会室みたいなものの存在を……誰《だれ》があの魔女《まじょ》に教えたがるというのだ。部屋から盗聴器具《とうちょうきぐ》の類《たぐい》だって取り外したはずなのに。

しかし、飛鳥は相変わらずの「にしし」というイヤらしい笑い声を漏《も》らした。

『飛鳥おねーちゃんのパソコン教室と題して、林檎ちゃんにケンの使っている通話ソフト立ち上げログインさせることぐらい、正直造作も無いわよね』

悪魔か！　相変わらずの松原飛鳥っぷりだった。「まあいいけどさ……」と俺が諦《あきら》める中、林檎が飛鳥に声をかける。

「じゃ、飛鳥おねーちゃん。林檎達ごはん食べるからね」

『ええ、聞いてたわ。一杯《いっぱい》食べて大きくなりなさい、林檎ちゃん。ケンもそれを望んでいるわ。九割邪《よこしま》な意味で』

「十割健全な意味で望んでるっつーの！」

反論する俺。飛鳥はくすくすと意地悪に……そして、どこか優しげに笑うと、『じゃあね！』と案外あっさり通話を切った。

林檎はそのままパソコンをシャットダウンさせつつ、ぽつりと呟く。

「林檎、今ね、なんだか凄《すご》く幸せなんだ。えへへ。おかしいね、凄く普通《ふつう》の暮らししているだけなのにね」

「林檎……そうだな」

くしゃくしゃと頭を撫《な》でてやる。そう……幸せだ。こんな日が来るなんて、少し前なら思いもしなかった。

「（会長の言う通り……悪く無かったですよ、やっぱり。未来に進むのも）」

夕暮れが満たす狭《せま》めのアパートで、俺はしばらく義妹の頭を撫で続けた。

＊

「え、マジで、日守《ひのもり》？　あの日守東子《とうこ》？」

林檎が意外な名前を口にしたため、俺は思わずぶり大根を口に運ぶのを中止して訊《たず》ねた。

林檎はサラダに入ったミニトマトを美味しそうに頬張《ほおば》った後に、「うん」と返してくる。

「そうそう、日守東子先輩《せんぱい》。おにーちゃんも知ってる人なの？　凄くいい人だよね！」

「いや……知ってるっつうかなんつうか……」

俺はなんと言っていいものやら説明に困る。さっきの火神北斗と同じだ。会ったことはない。ないんだが……。

俺が複雑な表情をしているのに気付き、林檎も食事の手を止めて「どうかしたの?」と訊ねてきた。なんだか妙《みょう》に深刻に受け取られてしまったようなので、俺は「そうじゃないんだ」と苦笑しつつご飯を一口だけ食べ、改めて説明することにした。

「例の、今年の人気投票で俺の上に行きやがった二人のうちの一人なんだよ。反則じみた西園寺の陰《かげ》に隠れちゃいるが、地味に、あっさりと普通に得票数で俺を上回りやがった二年。去年から碧陽に在籍《ざいせき》していたのにこれまで一切目立たず、しかし蓋《ふた》をあけたらまさかの二位っつう存在。謎《なぞ》のダークホース、日守東子」

それが俺の、日守東子について知る情報の全てだった。本当に全て。そう……実は顔さえ分からないのだ。なんせあの風見が、学生証の写真さえ手に入れられなかったのだから。

風見の、日守に関する説明はこうだ。

「実は私もよく分からないんですよ、悔《くや》しいことに。ただ、私が彼女の噂《うわさ》を聞いたのは、例の卒業式二次会あたりから、急になんです。なにやらとんでもない美少女を目撃《もくげき》したという話が各所で相次ぎまして、どうやらそれは日守東子という女生徒らしく。でもおかしいじゃないですか、一年も居たのに今更《いまさら》なんて。で、詳《くわ》しく調べてみたんですが――」

「うん！　マスクしてたよ。おっきいマスク！」

「やっぱりか……」

風見から聞いた情報を確認すると、林檎はあっさり認めた。

日守東子。去年一年間学校を休みがちだった上に、登校してきても大きなマスクで顔を隠し、殆ど誰とも喋らなかった女生徒。

で、マスクを外したら美少女でしたっていう漫画《まんが》みたいなオチがつくわけだが。

その「美少女」レベルっていうのがちょっと常軌《じょうき》を逸《いっ》していたようで。なんせ、運良くそれを目撃した生徒達が、殆ど根こそぎ彼女に投票した結果……。

たった半日マスクを外していただけで、二位になってしまったらしいのだ。

「どういう顔立ちしてたらそんなことになるんだよ……」

西園寺のような反則技を用いず、ビジュアルだけで……しかも少し公開しただけでの二位。ある意味、美少女人気投票という意味では真の一位と言える存在なのではなかろうか。

いや下手をすると、去年ちゃんとマスクを外していたなら、前会長とさえ競っていたかもしれない。流石《さすが》にあの会長には負けたとしても、同じ一年生で、最初は「知る人ぞ知る」的人気だった真冬《まふゆ》ちゃんを蹴落《けお》として会計になっていた可能性なんか、極めて高いとも言えるわけで……。

去年から生徒会に入るポテンシャルを持ちながら、それを一年隠し続けた謎の女生徒。こんなに興味が湧《わ》くにも程がある人物はそうそういない。

そんな人間と、我が義妹は本日出逢《であ》ったと言うのだ。これは俺が前のめりになるのも仕方無いだろう。

俺の「どど、どこで、なんで、どうして逢った？　っつうかどんな……」という挙動不《ふ》審《しん》気味の問い掛けに、林檎は若干引きながらも、少しずつ説明を始めた。

「えっとね、いつものことなんだけど、林檎、今日も例の如《ごと》く『この辺の地理を覚えるための、あえて違《ちが》うルート帰宅！』っていうのを、確信的なリリックに革新的なライムを織り交ぜつつやってたんだけど……」

「妙にラップ調な帰宅だったんだな」

っていうか林檎の言葉勘違いは意味が察せないレベルまで高次元化してやがんな。後で飛鳥にこれ以上余計なことを吹《ふ》き込まないよう、釘《くぎ》を刺《さ》しておかないと。

「えへへ、予定通り迷っちゃって」

「最初から迷うこと前提の迷子は、迷子と言えるのだろうか」

しっかりしているんだかしていないんだか、相変わらずよく分からない義妹だ。

「で、そこに通りかかったのが……」

「お、待ってました！　遂《つい》に謎の美少女にして義妹の恩人、日守東子の登場――」

「顔にはおっきいマスクとサングラス、まぶかに被《かぶ》った帽子に、襟《えり》を立てたトレンチコートを羽織った、長身の女性だったの！」

「すぐに逃《に》げなさい！」

完全に不審者だった。「我こそは不審者でござい」といった様相すぎていた。しかし林檎は「違うもん！」と口を尖《とが》らせる。

「すっごいいい人だったもん！　見かけで判断するなんて、失礼だよおにーちゃん！」

「お、おう……まあ、それは、そうかもしれんが……」

「そうだよ。林檎なんて、バイ○ハザードやる時はまず武器を可能な限り捨てて、ゾンビさんに嚙《か》まれようとも『大丈夫《だいじょうぶ》だよー。怖《こわ》くないよー』って説得を続けるんだから！」

「そこは見た目で判断しようぜ！」

「でもあれ難しいよね。林檎、シリーズ通して一回もクリアしたことないんだ」

「だろうなぁ！　っていうかそんな遊び方なのにシリーズ買ってんのかよ！」

「まあゾンビさんの話はさておき、不審者の話なんだけどね」

「今不審者って言った！　恩人のこと普通に不審者って言ったよなぁ！」

杉崎家の食卓《しょくたく》は今日も賑《にぎ》やかです。

林檎はようやくまともに説明を始める。

「さっきも言ったように、勿論《もちろん》悪い人なんかじゃなかったよ。迷っていた林檎に、わざわざ道教えてくれたんだもん。いい人だよ」

「まあ……それはそうかもしれないな」

確かに、困っている見ず知らずの人に手を差《さ》し伸《の》べるというのは、現実じゃ意外と出来ないことだ。

林檎は「そうだよ」と頷《うなず》いた後、すぐに「でも……」と言葉を続ける。

「でも？」

「うん、林檎に道を教えてくれたどころか、実際案内までしてくれたんだけど……」

「すげぇいいヤツじゃないか、日守」

不審者とか言ってごめんなさい。

「でもね……なんか物凄《ものすご》く無口な人だったなぁって」

「ふぅん……」

まあ、おおよそ社交的な人物じゃないことは、ちょっと聞いただけでも分かっていたが。

「林檎を案内してくれた時もね、本当に殆《ほとん》ど喋《しゃべ》らなくて。道の指示は指差したり、自分で先導してくれたりとかだったんだ。喋ったのは、お名前訊《き》いた時と、あとは林檎が『学生さんですか？』とか『碧陽の方ですか？』とか訊ねた時の、『ええ』とか『そうね』とかそれぐらいで。でも林檎みたいに人見知りで緊張《きんちょう》しているっていう感じでもなくて……あえて口数抑《おさ》えているみたいな……とにかくなんか不思議な人だった」

「へぇ……確かによく分からんな。でも、悪いヤツではなさそうだ」

「うん。それはホントに。それに、たまに喋る声も凄く綺麗《きれい》だったし、マスクの隙間《すきま》から見える肌《はだ》とかもつやつやだったかも。確かに美人さんなんだと思うな、あの人」

「へー……」

なんだかますます興味が湧いてきたぞ日守東子。しかし……なんだってまた、そんな出《い》で立ちしてんだか……うーむ。

「あ、あと！」

「ん？」

林檎が補足するように付け加える。

「帽子が風に煽《あお》られてちょっとだけ見えたんだけど……」

「何が？」

俺の問いに、林檎はどこかうっとりした様子で回想しながら告げてきた。

「林檎が見とれちゃうぐらい、綺麗な銀髪《ぎんぱつ》だったよ、日守先輩」

「ぎ……銀髪ぅ？」

俺の素《す》っ頓狂《とんきょう》な声が部屋に響《ひび》き渡《わた》る。そんなこと風見言ってなかったけどな……。

結局、この日得られた日守に関する林檎からの情報は、それで全てだった。

ますます謎が深まる、日守東子。

彼女が生徒会役員を引き受けてくれたら……と、俺の妄想《もうそう》は膨《ふく》れあがるばかりだった。

*

翌日の昼休み、俺は宇宙姉弟《うちゆうきようだい》との昼食もそこそこに切り上げて、他のクラスへと向かっていた。

目的は、ある顔馴染《かおなじみ》の女生徒。

彼女の教室を訪ねる直前、丁度いいタイミングで廊下《ろうか》に後ろ姿を発見したため、俺は大きめに声をかけて彼女へと走り寄った。

「おーい、水無瀬《みなせ》！」

「………………」

俺の声に反応し、なんだか非常に嫌《いや》そうに振《ふ》り返《かえ》る、鋭《するど》い目つきの女生徒。

近付いていくと、彼女は早速溜息《ためいき》混じりにいつもの「水無瀬節」を繰《く》り出《だ》してきた。

「今日の星座占《うらな》いランキング最下位の理由がたった今分かりました」

「お前はホント俺を嫌《きら》いすぎるな！」

もう二年の付き合いになろうかというのに、そのブレなさにはホント恐《おそ》れ入《い》る。

水無瀬流南《るな》。同学年の、まあ美人っちゃ美人の女子だ。あんま積極的に褒《ほ》めたくないけど。なにげにスタイルもいいし顔立ちも整っているんだが、なんせ冷たい。目つきは勿論、態度も冷たい。そんなわけで人気投票には殆ど絡《から》まない。それがこいつだ。

「では」

「まてまてまて」

少し黙《だま》っているだけで普通《ふつう》に俺を無視して去ろうとしやがる水無瀬を引き止める。

ツンデレとかそういう要素を一切含《ふく》まない「マジで勘弁《かんべん》してくれませんか」といった実に不快そうな表情を見せる水無瀬だが、俺も慣れっこなので、無視して強引に話を進める。

そう……その、個人的にはとても衝撃《しょうげき》を受けた、話を。

「お前さ、優良枠《わく》使って生徒会入るって、マジかよ?」

「ええ。では」

端的《たんてき》に答えてまたもスタスタ歩き出そうとする水無瀬を引き止める。彼女は嘆息《たんそく》混じりに文句を垂れてきた。

「なんですか杉崎君、私は忙《いそが》しいのです」

「あ、わりっ、なんか友達と約束とかあったか――」

「いえ、これから図書室で国語辞書の『死に顔』の用例から『死に様』の用例までを熟読する予定が入っているものですから」

「すげぇ暇《ひま》そうじゃねぇかよ！」

「杉崎君こそ、いつものように女子トイレ前を口笛吹きつつ目をギョロギョロ動かしながらうろつく作業に戻《もど》ったら如何《いかが》ですか？」

「俺いつもそんな最低の昼休み過ごしてねぇし！　いいから、優良枠の話しろよ、優良枠の話！」

「と言われましても」

ようやく水無瀬はふざけるのをやめてくれたものの、それはそれで普通に答えに困っているようだった。

「優良枠——前年度期末テストの成績一位の人間が行使出来る、生徒会への優先参入権。それを今年は私が行使してみたという、ただそれだけの話ですが」

「いやそういう問題じゃなくてだなぁ……」

俺は更《さら》に食い下がる。水無瀬は心底面倒《めんどう》そうだが、これぱっかりは仕方無い。

こいつ……水無瀬流南は元々抜群《ばつぐん》に頭がいい女だ。本人に言わせればそれは努力の賜物《たまもの》らしいのだけど、なんにせよ、毎回満点とるような人物であることは確かで。

そんな中、一年生の時は俺も優良枠を狙《ねら》っていたものだから、彼女とはライバル関係というか、一年の頃《ころ》の俺にとっての、ラスボスみたいな関係性で、なんだかんだとよく絡み。

勝負は俺と彼女の同着一位という意外な結果に終わり、その上で「別に優良枠になんか興味はない」という彼女の意向により、俺が優良枠を得て、晴れて去年一年間生徒会役員として過ごせることになったわけで。

で、話は今年に戻るのだが、流石《さすが》の俺も一年の頃からのバイトやゲームに加えて生徒会活動までプラスされてしまうと、満点の維持《いじ》は難しい（それでもトップクラスの成績は誇《ほこ》っていたのだが、満点はちょっと別次元なのだ）。

結果、期末テストでも当然のように満点だった水無瀬に優良枠を明《あ》け渡すことになってしまった。ちょっとだけ悔《くや》しい話だけどな。

ただ俺はご存知《ぞんじ》の通り、今年は人気投票で生徒会に入れるアテがあったから、特にその辺は意識していなかったのだが。

まさか、あの「勉強しか頭にない」「俺を毛嫌いしている」水無瀬流南が、優良枠の権利を行使してくるとは、夢にも思わなかったわけで。

昨日そんな衝撃情報を風見からもたらされた俺としては、一刻も早く彼女の真意を知りたかったのだ。

しかし、水無瀬はどうにもハッキリとした答えを返してこない。

「別に、貴方《あなた》にとやかく言われる筋合いは無いと思いますが」

「いやそりゃそうだけど！　なんでまた、勉強一筋のお前が……」

「さあ。どこかの誰《だれ》かさんに興味が湧《わ》いたんじゃないでしょうかね」

いつもの鉄面皮《てつめんぴ》ながら、どこか柔《やわ》らかい様子で俺を見つめてくる水無瀬。そんな水無瀬に俺は……俺は……ぴーんと来て応じた！

「あ、分かった！　西園寺だろう！　西園寺つくし！　確かにあいつの奇跡《きせき》っぷりは興味深いもんな！　あ、いや、待てよ、やっぱり日守か日守！　そうなんだよな、あいつはあいつで凄《すご》く謎《なぞ》な……」

「……ふぅ」

なぜか深々と嘆息された。な……なんだ。いつもの毒舌より、地味に胸が痛いんだが。なんだその新手《あらて》の攻撃《こうげき》は。

彼女は俺の隙《すき》をついて距離《きょり》をとると、

「ではこれにて。杉崎君、前科はせめて三犯までに留《とど》めるよう気をつけた方がいいですよ」

などと言って、スススッとその場から立ち去っていってしまった。ホント、あいつは俺をどう見ているんだ。

俺はなんだか妙《みょう》に疲《つか》れてしまい、廊下の壁《かべ》へと背を預けた。少しヒンヤリとした感触《かんしょく》が気持ちいい。

「なんにせよ、まず水無瀬は生徒会入り確定ってことか。……妙なことになってきたもんだな、おい」

拒否《きょひ》申請《しんせい》の期間はまだ一週間弱あるため、他のメンバーは確定していないが……それにしたって、どうも新生徒会は予想外の面子《メンツ》になりそうだった。

「ま、正直結構楽しみなんだけどな」

呟《つぶや》いて、少しだけニヤリとしてしまう。

やはり会長の言う通りだと思った。

前に進んだら進んだで、ホント、なかなか面白いこともあるもんだ。

*

「遂《つい》にこの日が来たぜ！　なぁ、風見よ！」

「ソウデスネー」

心底どうでもよさげなテンションで風見が応じる。しかし俺はそんなのものともせず

――そしてそこが放課後の、他の生徒も歩いている廊下だということも気にせず、声のボリューム大きめで、隣《となり》を歩く風見に更なる同意を求めた。

「今日というこの日を、俺は……いや、俺達はどれほど待ちわびたことか！」

「そこは『俺』のままでいいです。言い直さなくて結構です」

「今日という日は、碧陽学園の歴史に大きく刻まれることとなるだろう！　なぁ風見！」

「いや歴史どころかうちの新聞でさえもそこまで大々的に扱《あつか》う予定は無いですけど……」

昨日ドタバタと貼《は》り出した号外の壁新聞作業で疲れているのか、妙にノリの悪い風見はさておき。

俺は、至極上機嫌《しごくじょうきげん》で……そして満面の笑みで、今日何度目か分からない台詞《せりふ》を吐《は》いた。

「今日はいよいよ、新生徒会が始動する……つまり俺の新ハーレムが結成される日！　この日を楽しまずして、何を楽しむ！」

ガッハッハ、と無駄《むだ》に豪快《ごうかい》に笑った末、慣れない行為《こうい》に咳《せ》き込むも、それでも笑い続ける俺、杉崎鍵。

しかし俺のテンションに反して風見は実に気怠《けだる》そうだった。

「メンバー確定の報は昨日の号外でしましたし、新聞部的には、それほど盛り上がるイベントじゃないんですよね……新生徒会の初顔合わせなんて」

「何を馬鹿《ばか》なことを。お前は今日、歴史の証人となるのだぞ！　俺・杉崎鍵の新ハーレム発足《ほっそく》という、偉大《いだい》な歴史的イベントの証人に！」

「その場に居合わせることをむしろ隠《かく》したいイベントですね……」

風見は本当にやる気が出ないようだった。しかし俺はそんな態度にいちいち反応することもない。

なぜなら。


今年の生徒会は、ある意味俺が期待していた通りのメンバーと相成ったからだ。

まあ優良枠の水無瀬は少し置いておくとしても、だ。なんと、西園寺も日守も辞退表明を出さず就任。

加えて、四位の林檎に続いて五位の白木里枝という子も、やはり勉学を優先したいとの理由で辞退したことで……。

結果、例の笑顔が魅力《みりょく》的な後輩《こうはい》・火神のメンバー入りが確定。

つまり。

「ふはははは！　これが俺の、新しいハーレム！」

神が降りし大和撫子《やまとなでしこ》・西園寺つくし。

謎の覆面超絶《ふくめんちょうぜつ》美少女・日守東子。

笑顔の眩《まぶ》しい天真爛漫後輩《てんしんらんまんこうはい》・火神北斗。

天敵とはいえ悔しいが超《ちょう》俺好みの美脚《びきゃく》を持つ鉄面皮・水無瀬流南。

この四人と、今日からまた……去年のような、楽しい生徒会を運営していけると思うと。

「くぅ～！　俺のテンションはうなぎ登りだぜぇ！」

「ヨカッタデスネー」

風見がテキトーに流す。なんだなんだ、嫉妬《しっと》か？　可愛いヤツだな、風見も。

そんなわけで、俺と風見は生徒会室へと向かっていた。

俺は当然、生徒会への参加のため。風見は、初回の活動内容取材のため。

生徒会室が近付いてきたところで、ようやく風見が少しだけテンションを上げる。

「まあ、活動内容自体に興味はそれほど引かれませんが、西園寺さんと日守さんに会えるというのは大きいですね。この謎めいた二人に関する記事なら、生徒達も飛びついてくれることでしょうし」

「だろう！　よっしゃ！　じゃ、張り切って行こうぜ！」

「はい」

頷《うなず》く風見と共に、生徒会室の前まで歩を進め。そして……俺は、第一印象こそ大事だと、ここは男らしく、ガラガラと少し乱暴なぐらいに、音を鳴らして戸を開けてやった！

「ようこそ諸君、俺のハーレムへ！」

「どんな第一声ですか」

風見のツッコミなど無視して、美少女達がどんな反応をしているかとワクワクしつつ室内を見渡《みわた》す。

——が。

「……無人？」

俺の脇《わき》からひょこっと顔を出して室内を確認した風見が呟く。俺はこほんと咳払《せきばら》いして、「まあそうだよな」等と呟きながら極めて平常心で入室した。風見も俺に続いて部屋に入り、カチャンと戸を閉める。

俺は、去年から変わらぬいつも通りの副会長席へ。風見は下座にパイプ椅子《いす》を設置して、そこに腰掛《こしか》ける。

「まだちょっと早いですもんね、会議開始の時間まで」

「ああ」

時計を確認すると、二時五十五分。本日朝のHRや全校放送で顧問《こもん》により通達された新生徒会初顔合わせの時間は、三時丁度。まだメンバーが来てなくてもおかしくない時間だ。

「とはいえ、一人や二人ぐらい、いてもよさそうなもんですけどね」

会議前に取材でもしたかったのか、風見が少し残念そうに言う。俺はそんな彼女に、余裕《よゆう》の態度で応じた。

「まあいいじゃないか。どうせなら、よーいドンで顔合わせした方がバランスとれてるしな」

こういう場で、先にある程度誰かと誰かが仲良くなってしまうと、後から来た人間が少し気後《きおく》れしてしまったりするからな。うむ、これはこれでいい。

俺と風見は世間話をして時間を潰《つぶ》すことにした。

「そういえば杉崎さん、今日は義妹さんが手料理作ってくれているんでしたっけ。なんですか、その羨《うらや》ましいライトノベル的幸福」

「ふふっ、いいだろう？　なんか最近様子がおかしいなと思ったら、林檎のやつ、俺のために料理練習してくれてたんだよ！　もう、これだけで充分《じゅうぶん》泣けるんだけど、今日は遂に手料理を振《ふ》る舞《ま》ってくれると来たもんだ！」

「良かったですね」

「ああ。ちなみに肉じゃがらしいぜ、今日作ってくれるのは」

「なんてテンプレなラノベ的状況《じょうきょう》。……お邪魔《じゃま》していいですか？」

「駄目《だめ》に決まってるだろう！」

「冗談《じょうだん》ですよ。じゃあ、新生徒会の顔合わせ終わったら、すぐ帰らないとですね」

「ああ、なに、今日の夕飯は六時の約束だからな。余裕だろ」

「ですね」

そんな、他愛も無い雑談を風見と交わすこと、五分。

遂に、三時ジャストを、生徒会室の時計が示した。

『…………』

二人、妙な緊張感《きんちょうかん》を持って、入り口を見つめる。

『…………』

ちく、たく、と秒針の音が聞こえてきた。なんだか雑談する気にもなれず、二人、ジッと待つ。しかし……。

「……誰《だれ》も来ませんね」

三分ほどそうしたところで、風見の方が切り出してきた。俺は「そうだな」と答えつつ、緊張を緩《ゆる》めるために大きく息を吐き出す。

「ま、そういうこともあるだろうさ。しかし……全員が全員時間にルーズってのは、いただけんなぁ、新生徒会」

一応、初回だしなぁ。いや去年もゆるい感覚でやってた生徒会だし、俺だって遅《おく》れることぐらい沢山《たくさん》あるんだけど……うん。まあいいか。

そんなわけで、風見と雑談を再開し、更《さら》に待つ。

そうして……。

「……えーと……」

時計の針が、午後三時二十分を回ったところで、流石《さすが》に気にせず雑談続行ともいかなくなった風見が切り出してくる。

「……来ませんね、皆《みな》さん」

「そうだな……」

「……連絡《れんらく》とか……」

「……誰の連絡先も知らない。風見は？」

「新聞部部長権限で分からないことも無いですが……ねぇ」

「まあ、なぁ」

そういうリアルなプライバシーまで侵《おか》すのは、うちの新聞部の流儀《りゅうぎ》に反するもんな。そりゃそうだ。

そんなわけで、二人、再び口数が少なくなり。

更に、十分後。

「……あの、そのそろ、一旦《いったん》、部室の方に顔を出そうかと……なにかと、たまっている作業もあるんで……」

「あ、ああ、そうか」

超絶《ちようぜつ》気まずそうに風見が切り出してきた。俺としても引き止める理由もなく、「あ、じゃ、メンバー来たら電話するわ、うん」とぎこちない笑みで送り出す。

風見の方もまた、少し戸惑《とまど》った様子で応じてきた。

「あ、はい、お願いします。あ、杉崎さん、義妹さんとの食事の時間は……」

「ああ、いやまだまだ大丈夫《だいじようぶ》だ。今日はバイトもずらしてきたし、うん、大丈夫」

大丈夫、を妙《みょう》に強調してしまった。二人の間に気まずい沈黙《ちんもく》が流れ、そして、風見は「あ、じゃ、私は一旦……」とすまなさそうに席を外す。俺もそれを「いやいや、大丈夫大丈夫」と不自然な笑顔で見送り……。

そうして俺は、生徒会室に、一人取り残された。

「…………」

時計を見る。三時半過ぎ。……うん。ああ、あれだよな。連絡ミスかな。本来三時半のところを、俺だけ、三時開始だと思っちゃったのかな、うん。そうだよな。皆来ないってことは、どちらかというと、俺が間違《まちが》っている可能性高いよな、うん。

そんなわけで、そろそろ来るんじゃないかと、再び少し緊張感を持って戸の方を見つめる。

…………。

…………。

そのまま、三分が経過した。戸は、ぴくりとも動かない。

「……へきよー……ふぁいおー……ふぁいおー……」

静寂《せいじゃく》の室内に、グラウンドから放課後の喧噪《けんそう》が虚《むな》しく響《ひび》き渡《わた》る。

「……あー……もしかして俺、四時集合と間違えた、か？」

すげぇ可能性高いように思えた。だって、四人来ないっておかしいだろ。いくらなんでも。こりゃあもう、俺が時間間違えている可能性が大だ。うん。以前の生徒会がよく三時ぐらいに会議始まってたからすっかりそう思い込んだけど、今年は今年。もしかしたら補習とか部活とかで、三時には集まれないメンバーが居たのかもしれない。

「こりゃもう、確実に四時だな、四時。うん。もう、なんだよぉー」

そう思うと急に緊張も解け、仕方無いので俺はケータイをいじって時間を潰すことにした。ネットでニュースサイトなんかを眺《なが》める。

そうして。

「………………」

時計が、三時五十五分を示す。

「そろそろ……来るかな、誰か」

なんかまたソワソワしてきた。俺はケータイをしまい、ドキドキしながら戸を見つめる。

見つめる。

見つめる。

……………。

時計を確認。四時ジャスト。またソワソワ。

戸を見つめる。

見つめる。

見つめる。

……………。

あれ、なんかもう四時半だ。おかしいな。

あ、もしかしてあれか、やっぱり五時集合で……いやいや、そもそも初顔合わせは今日じゃなかったり……そうだ、真儀瑠《まぎる》先生に連絡をとって……。

もしもし、真儀瑠先生？　新生徒会顔合わせなんですが、今日ですよね？…………ですよね！　ああ、良かった。あ、それで時間なんですが——あ、やべ、充電《じゅうでん》切れた。どうしよ。ニュース見過ぎたか。

ま、大丈夫大丈夫。今日ということは確定したんだ。待ってりゃ、来るよな。うん。

……………。

……そろそろ、電気つけるか……って、あ、やべ、もうこんな！　林檎にメールを……って充電器調達してこないと——

・　・　・

「杉崎……さん？」

「……ああ……風見か」

虚《うつ》ろな声で呼びかけに応じる。が、風見の姿は見えない。それもそのはずだ。

「な、なんで、電気もつけてないんですか？」

言いながら、風見が手探りで蛍光灯《けいこうとう》のスイッチの方へと近付いて行く。

そう。俺、杉崎鍵は。

現在。

真っ暗な生徒会室の中で一人、副会長席にぽつんと座っていた。両手は膝《ひざ》の上。

風見が電灯をつける。パチパチッと電流の音が鳴り、蛍光灯が点灯した。

俺が妙に行儀《ぎょうぎ》の良い姿勢で座っているのを見つけた風見は「ひっ」と一瞬《いっしゅん》声を漏《も》らすと、恐《おそ》る恐るといった様子で、「杉崎さん……」と声をかけてきた。

俺はゆっくりと、生気を失った瞳《ひとみ》で風見の方を見やる。風見がまた悲鳴をあげた。今の俺は、ハ○ターハンターにおける「ナニカ」みたいな目をしていることだろう。

「えと……杉崎さん？　もう夜の八時過ぎですけど……」

「ああ……」

「……新生徒会の皆さんは……来られなかったん、ですよね？」

「……ああ」

「…………」

「…………」

「あ、義妹さんの肉じゃがは……」

「…………」

ぎゅるる、と俺のお腹《なか》が鳴る。

「…………」

「……さっきメールで……俺が帰ってくるまで温めておこうと思って……煮込《にこ》みすぎて……ジャガイモ崩《くず》れて……ぐずぐずになっちゃったって……」

「えと……あの」

「………」

室内に重たい沈黙が流れる。風見が空気を変えようと、少し明るめの声を上げた。

「そ、それにしてもびっくりしましたよ！　新聞部の仕事終わって、そうだ杉崎さんの様子見ようと思って生徒会室の前まで来たら電気ついてなかったんで、ああ、もう帰ったんだなーと思って私も自宅に帰って、ラノベ読んだりしてダラダラしてたら、新聞部ネットワークで、新生徒会メンバーの情報がちょっと入ってきて……」

「……メンバーの情報？」

くいっと首を傾《かたむ》けると、風見は「ひい」とまたも怯《おび》え。

「え、ええと、その……」

極めて言い辛《づら》そうにしながらも……俺の生気を吸い取るような瞳に耐《た》えられなかったのか、ぽつり、ぽつりとその情報を漏らし始めた。

「こ、公園でブランコこいでいる西園寺さん目撃《もくげき》したとか、水無瀬さんが普通《ふつう》にバイト先に居たとか、日守さんが授業終わって即行《そっこう》で二時半には下校していたとか、火神さんが友達とカラオケボックスで大盛り上がりしていたとか……」

「…………へぇ」

ぷちん、と何かの切れる音がした。風見が慌《あわ》てた様子で、俺を宥《なだ》めるように告げてくる。

「そ、それであの、私、もしかしたらまだ杉崎さんいるんじゃないかって思って、来たら案の定で、でも、いくらなんでも、こんな時間まで待つことないんじゃないかーとかって思うわけで――」

「生徒会は……」

「へ？」

キョトンとする風見に。

俺は……。

自分の顔を見せぬよう、俯《うつむ》き、床《ゆか》を見つめ、しかし力の限り拳《こぶし》を握《にぎ》りこんで――叫《さけ》ぶ！

「生徒会はッ！　碧陽学園の、生徒会っていうのはッ――――！」

「っ！」

しかし、それ以上言葉が続かなかった。

分かっているんだ。

自分の怒《いか》りが、勝手なものだって。

自分の生徒会に対する思い入れが、普通じゃないんだって。

これはありふれたサボタージュで、それ以上でもそれ以下でも、ないんだって。

でも……それでも。俺は。……大事な生徒会の初回をコケにされた、俺は。


「杉崎……さん？」

怯えた様子の風見が、声をかけてくる。こいつを怯えさせても仕方無いと、俺はすぐに笑顔をつくり、それを風見に向ける。

風見はほっとした様子だった。俺も安心する。

そんな風に生徒会室に和《なご》やかな雰囲気《ふんいき》が戻《もど》る中、俺は……突如《とつじょ》笑いだした。

「ふ……ふふ、ふふふ……はは……はははははっ……」

「あのぉ……杉崎さん？」

「……ふふ……そっちがその気なら……いいだろう……」

「え」

風見の顔が強張《こわば》る。

しかし俺は相変わらずの笑顔で――

――まるで紅葉知弦から継いだかのような満面の笑みで、告げてやった。

「全面戦争と行こうかぁっ、新生徒会ぃぃぃぃぃいいいいいいいいい！」

私立碧陽学園新生徒会。

そこでは毎日つまらない人間達が楽しい会話を繰《く》り広げ――られそうも、ない。

【第二話　始まらない生徒会】

いつの日だったか、我が親愛なる前会長は言った。

「本当に怖《こわ》いのは幽霊《ゆうれい》や化物じゃないの！　人間自身なのよ！」

なぜだか急にそんなことを思い出し、俺はフッと微笑《ほほえ》む。

「まさしく、その通り。その通りですよ」

「なに一人でブツブツ呟《つぶや》いて頷《うなず》いてんのよ、杉崎《すぎさき》」

休み時間、一人で会長の名言を回想していたら、隣《となり》の席の巡《めぐる》に気持ち悪がられてしまった。仕方無く俺は巡の方に向き直る。

宇宙巡《うちゅう》。去年から「星野《ほしの》巡」としてアイドル活動に勤《いそ》しむクラスメイトだ。当然、可愛い。かなり可愛い。だが美少女……と表現したくないのは、彼女のキャラクター性故《ゆえ》だろうか。髪《かみ》は短めで、体型もスリム。テキパキ動いて、物言いもハッキリしていることから、物静かな美少女とは違《ちが》う。クラスの人気者的気質、というのだろうか。

おかげで今年の人気投票前評判は非常に高く、下手したら会長になっちまうんじゃというレベルだったが、立会演説会における《悲劇》で、完全に転落した残念にも程があるアイドル。ちなみにその《悲劇》について詳《くわ》しく語るつもりはないが……イメージとしてはジャイ◯ンのリサイタル風景を思い浮《う》かべていただければ、九割方正解。

そんな巡が、休み時間に独り言を呟く俺を怪訝《けげん》そうな目つきで見る。

「あんた、なんかあったの？　今朝《けさ》からずっとそんな調子だけど」

「なんかあったも何も……。むしろ何もなかったのが問題というか……ああ！」

昨日のことを思い出したらまた腹の虫が治まらなくなってきた！　俺の荒《あ》れた様子に巡は一瞬びくんとするも、なにかぴーんと来たのか、呆《あき》れた様子で俺を見つめてくる。

「あれでしょ、新生徒会、うまくいかなかったんでしょ」

「うっ」

「ふふっ、そう、うまくいかなかったのぉ？　そう」

巡は心底嬉《うれ》しそうだった。こいつは今年の選挙の流れ的に、新生徒会に対して妙《みょう》な逆恨《さかうら》み感情あるからなぁ。まあそれじゃなくても、そもそも俺が新生徒会と……女の子と親密な交流をしないことを望んでいるんだろうけど。

俺は嘆息《たんそく》しながら返す。

「巡。お前とは色々あったが、今は一応『友達』のはずだぞ。俺が悩《なや》んでいるのに嬉しそうって、それどうなんだよ」

「あら、友達は友達だけど、それはあくまで現状じゃない。最後には恋人《こいびと》を目指している私としては、至極《しごく》当然の反応だと思うけど」

「く……」

やばい、あまりに直球な物言いをするものだから、こちらが赤面してしまった。巡はしてやったり、といった風な表情だ。くそ……恋《こい》は惚《ほ》れた方の負けだと言うが、一方で、先に素直な感情を吐露《とろ》してしまった方の勝ちだという気もしてきたぞ。

俺が困っていると、丁度いいタイミングで守《まもる》がやってきた。

「杉崎、新生徒会に手こずってるって？」

こちらはこちらで何が嬉しいのかニヤニヤしつつ近寄ってくる残念イケメン。腹立つ。

俺はしっしと手で払《はら》う。

「手こずっているっても、相手は『オレ、超能力《ちょうのうりょく》使えるんですよ！』とか急に言い出すアイドルの弟ほどじゃねぇから大丈夫《だいじょうぶ》」

「オレを痛い芸能人家族扱《あつか》いすんじゃねぇよ！　実際使えるんだから仕方ねぇだろ！」

「守。私、今年からは《一人っ子》の設定で行こうかなと思うのよね」

「姉貴まで！　なんでオレそんな扱い受けなきゃいけねーんだよ！」

『だって守だし』

「おう、お前ら二人ちょっとそこに正座しろや」

守がブチ切れてしまっていた。正直まったく怖くはないので、俺も巡も華麗《かれい》に無視する。

……一応、本当に一応彼の名誉《めいよ》のために言っておくが。彼、宇宙守は少しだけ超能力が使える。超微妙《びみょう》なヤツが。そしてそこは流石《さすが》現役《げんえき》アイドルの弟、黙《だま》ってりゃ美形っちゃ美形なんだが……まあ、この通り。能力的にも性格的にもどうにも「Ｂ級感」が抜《ぬ》けないクラスメイトだ。

ひとしきり守いじりが終わったところで、俺は端的《たんてき》に新生徒会の状況《じょうきょう》を二人に説明する。なんだかんだ一年の頃《ころ》からずっと付き合いのある腐《くさ》れ縁《えん》の親友二人は、俺の不安や怒りを的確に察してくれた。

「あー、確かに、それは例年の生徒会っぽくねぇっつうか、まあ、正直ここ数年で最低の状況だな」

「だろう。分かってくれるか」

「まあ近頃《ちかごろ》の生徒会が優秀《ゆうしゅう》すぎたってのもあると思うわよ。優秀って言っても、色んな意味でだけど。そこと比べちゃうのは酷《こく》とも言えるわね。……とはいえ、いくらなんでも初回から全員がすっぽかすっていうのは、ちょっと衝撃《しょうげき》だけど」

「ああ、別に俺も優秀さを期待しているわけじゃないんだけど……そもそも来ないとは」

ハーレム宣言云々《うんぬん》以前の問題だ。仲良くなるとかそういうレベルじゃない。そもそも、エンカウント出来ない。恋愛《れんあい》シミュレーションゲームで、全ヒロインが隠《かく》しキャラみたいな状況だった。しかも出現条件が分からない。

俺の悩みが深刻だと悟《さと》ったのか、本来新生徒会と俺の交流に反対派の巡が、仕方なさそうにアドバイスしてくれる。

「とりあえず、あんたも生徒会室行く必要無いんじゃない？」

「へ？　いや、俺にとって生徒会は――」

「そうじゃなくて。どうせ全員来ないのに、待ってるなんて時間の無駄《むだ》よ。だったら、状況が改善されるまでは、あんたも積極的に外出た方がいいって話」

「……つまりそれって……」

俺の問い掛けに。巡は、非常にアクティブな彼女らしい提案を告げてきた。

「相手が来ないなら、こっちから行きなさいよ。主導権は、攻撃《こうげき》側にアリ、よ」

＊

巡に言われたからというわけでも無いのだが、とりあえず今日の放課後は新生徒会役員の説得にあたることにした。誰《だれ》も来ないのに、馬鹿《ばか》の一つ覚えみたいに部屋で待ち続けても仕方あるまい。相手を信頼《しんらい》することと思考停止はまったく違う。

まずはその旨《むね》と現状報告のため、顧問《こもん》の真儀瑠紗鳥《まぎるさとり》先生を訪《たず》ねることにする。

まさかこんな情けない報告をするハメになるとはなと幾分肩《いくぶんかた》を落としつつ、俺は職員室の戸を開いた。

「……ちわーッス。真儀瑠先生、今年の生徒会なんスけど――」

「どど、どうして駄目《だめ》なのでございますかっ！　些《いささ》か融通《ゆうずう》を利《き》かせていただいても――」

入室した途端《とたん》、激しい剣幕《けんまく》の聞き覚えある声が耳をついた。

声の方を見てみると、そこには、俺に気付いて気まずそうに「よぉ」と手を上げる真儀瑠先生と……そして。

「…………」

涙目《なみだめ》でこちらを振《ふ》り向《む》いた、西園寺《さいおんじ》つくしが居た。手にはくしゃくしゃになった何かの書類を握《にぎ》りしめている。

彼女はすぐに俺から視線を真儀瑠先生に戻すと、更《さら》に食い下がった。

「僅《わず》か一日遅《おく》れ、大目に見ていただいても罰《ばち》は当たらぬと思いますが！」

「いやそうは言うがな西園寺。これでも元々結構ギリギリのリミットなんだよ。分かるだろ？　あんまり余《よ》裕《ゆう》持たせていたら、生徒会の不在期間があまりに長くなりすぎる。転校生の西園寺は知らなかったかもしれないが、この学園にとって生徒会が果たす役割は極めて大きいんだ。だから……」

他生徒の職員室での会話を聞くのもどうかと思ったが、「生徒会」という単語が出ていたので、俺も無関係ではないだろうと二人の話し合う方へと足を向けた。

そうして、俺が西園寺のすぐ背後まで来たところで。

彼女は、決定的な言葉を吐《は》いた。

「ですから！　わたしは生徒会長などというものはやりたくないのです！　他の役員の方に席をお譲《ゆず》りいたします！」

「え？」

「？」

思わず声を上げてしまった俺の方を、西園寺が怪訝そうに振り向く。そうして、マジマジと俺の顔を見て……ようやく、俺を「三位の人だ」と思い出したのか、なんだか気まずそうに俯《うつむ》いてしまった。

俺は俺でなんと言っていいものやら分からず、複雑な表情で真儀瑠先生の方を見やる。

先生は先生でまた、なんともいえない表情をしていた。

「えーと……あのな、西園寺。お前がその……率先して生徒会長やりたがるタイプじゃないのは、見てればわかる」

「はい……無理なのでございます、わたしなどには……そんな大それた……」

心底自信の無さそうな彼女。俺は咄嗟《とっさ》に「とんでもない！　キミは物凄《ものすご》く可愛いよ！」なんて言葉をいつもの癖《くせ》で言いそうになったが、流石に状況が状況だし、「あれ、これ俺に会長の椅子《いす》が回ってくるかもしれない」という事実に心が乱されている部分も少なからずあって、黙ったまま様子を見守った。

真儀瑠先生は後頭部をぽりぽり掻《か》きながら、彼女らしい言葉を投げかける。

「私は基本自信満々だからな、お前のその自信の無さの理由はよく分からない。ただ、元々自信の無かったヤツなら、私もそこそこ見てきた。去年居た会計なんかも、おおよそ生徒会向きの性格ではなかったしな」

真冬《まふゆ》ちゃんのことが持ち出されて、俺は思わずぴくりと反応してしまった。しかし、彼女のことを知らない西園寺にそれが伝わるはずもなく。「はぁ……」と気の無い返事をするのみ。

真儀瑠先生が続ける。

「でもそいつは、去年この学校を去る時、とても残念がっていたな。もっと生徒会に居たかったって。……な、西園寺。生徒会も、やってみると意外と面白いかもしれんぞ？」

「……しかし、わたしは……。……申し訳ありません」

彼女は腰《こし》から体を折り曲げて、丁寧《ていねい》に謝った。本当に、生徒会長はやりたくないようだ。

……正直、俺が欲しくて欲しくてたまらない会長の席を……前会長の座っていたあの席を、そんな風に扱われていることに思う所が無かったわけではないのだが、そんなことは彼女には関係無いことだということも重々承知しているため、ぐっと堪《こら》える。

それどころかむしろ、ここは彼女を援護《えんご》射撃《しゃげき》してやることにした。彼女への優しさじゃない。ここまでやる気のない人間に、「あの」会長の席を譲りたくなかったのだ。

「先生。三位の俺としては、会長職回ってくるなら万々歳《ばんばんざい》なんで、全然ＯＫッスけど」

「……………」

少しだけ嬉しそうに俺を振り返る西園寺。う……やっぱこいつすげぇ可愛いな。そりゃ票も集まるわけだ。まあ、真の決定打は容姿云々じゃ全然ないんだけど。

真儀瑠先生は俺の言葉を受け……しかし、意外な言葉を返してきた。

「いや……やはり、すまないが駄目だ。西園寺。拒否《きょひ》申請《しんせい》の受付期間は過ぎた。お前の申し出は却下《きゃっか》だ」

『な⁉』

これには俺も驚《おどろ》いた。そんな、本人が心から嫌《いや》がっているものを、何も申請期間一日過ぎたぐらいで……。

しかし、先生の苦虫《にがむし》を噛《か》み潰《つぶ》したような表情を見て、「(ああ)」と悟った。

「(《企業《きぎょう》》絡《がら》み……か)」

近頃じゃすっかり忘れていたが、この学園は現在非常にデリケートな状態にある。詳《くわ》しい説明は省くが、あんまり学園の空気に「不自然な流れ」を作るわけにはいかない状態というのだろうか。

つまり、そちらの方の事情で、長期間の「生徒会不在」という「不自然さ」は非常に痛いところだろう。生徒達が自らの意思でこぞって投票した「会長」が身を引いてしまうというのも、まずい流れだろうし。

そしてそれは、先生のことだし、必ずしも《企業》の利益目的だけではないはずだ。事情が事情だけに、これ以上は俺も何も言えない。実際こういうデリケートな環境《かんきょう》になってしまった原因の一端《いったん》は俺にもあるわけで。

しかしそんな裏事情を知るべくもない西園寺は、ショックを隠せないようだった。

「そ、そんな……どうしてでございますか……。わたしは生徒会長なんて………」

「む」

生徒会長なんて、という言葉にぴくりと反応してしまう俺。思わず、フェミニストの俺らしくない刺々《とげとげ》しい言葉が口をついて出てしまった。

「先生、事情は分かりますが、ここまでやる気ないヤツに、無理に会長やらせる方が『不自然』じゃないッスかね」

先生が「んー」と困った様子で唸《うな》る。ま、彼女だけで決められることでもないんだろうな。

俺の言葉に便乗するように「そうです、わたしは生徒会長なんてやりません」などと告げる西園寺に、俺はまた微妙《びみょう》にイラッと来て、つい言わなくていいことを言ってしまう。

「まあ、やる気無いんだったら、一週間もあった拒否申請期間以内に申請しろっつう話ですけど。皆《みんな》の想いが詰《つ》まった人気投票による生徒会役員選出の拒否申請を、まさか、レポートの提出がちょっと遅れるとか、そういうのと同じ意識でいたのかよ、お前」

俺の、怒《いか》りを孕《はら》んだ台詞《せりふ》に。西園寺は……意外なことに、少し潤《うる》んだ瞳《ひとみ》で俺を睨《にら》み返してきた。これには流石の俺も少し動揺《どうよう》する。

「貴方《あなた》にっ！　貴方なんかに、何が分かるというのですか！　わたしだって……わたしだってこの一週間、ちゃんと――っ！　でも、結局いつもそうなんです！　わたしの大事なことは、わたしの意思では――」

そう興奮し、彼女が職員室の手近な椅子の背もたれに手を置いた瞬間《しゅんかん》だった。

ガクンと、彼女の上半身が揺《ゆ》れる。

「へ――？」

どうやら椅子の背もたれが可動するタイプだったようだ。バランスを崩《くず》した彼女は慌《あわ》てて両手で背もたれを掴《つか》むも、椅子は車輪付きのもので、結果――

「わ、わわ、わわ、わわ………わわわわわー!?」

気付いたら、椅子を押すようなカタチで職員室の遥《はる》か彼方《かなた》に滑《すべ》って行ってしまっていた。

そして最後には……。

「わ……いやぁあああ！」《バサァー！》

壁際《かべぎわ》に山積みになっていたダンボールに突《つ》っ込《こ》み、中に入っていたらしい書類をぶちまけていた。床《ゆか》にへたりこんだ西園寺に、上空からバサバサと大量の紙が舞《ま》い落ちる。

『……………』

職員室に居た人間一同、無言だった。……ああ、この空気を俺は知っている。これは……あの立会演説の時と、まったく一緒《いっしょ》だ。怖《こわ》いぐらいに一緒だ。

しかしこうなってくると……俺はてっきり、あの立会演説会の時だけ彼女に「神」が降りていたのだと思っていたが、まさか……。

室内の空気が凍《こお》りつく中、一番傍《そば》に居た女性教師の三橋《みはし》先生が、西園寺さんの上の紙片を払《はら》いのけながら、「だ、大丈夫《だいじょうぶ》？」と手を差《さ》し伸《の》べる。

西園寺は顔を真っ赤にしながら立ち上がり、「大丈夫です……」とだけ返す。どうやら怪《け》我《が》は無いようだ。周囲がホッと一安心する中、彼女は散らかった紙片を見て、すぐに「すいません！」と謝るも。三橋先生は「いいのよ、いいのよ」と笑顔で返す。

「それ、リサイクルゴミに出す紙だから。それより、一応、保健室行っておいた方がいいわ。一見大丈夫そうでも、一応ね？」

三橋先生に促《うなが》され、西園寺はしょぼんとした様子で「すいません……」とだけ告げると。一度こちらに視線を寄越《よこ》し、俺を相変わらず敵意ある視線で見つめた後、真儀瑠先生にぺこりと頭を下げて、職員室を出て行った。

彼女が去って、職員室の異様な空気が緩和《かんわ》したところで……真儀瑠先生が、俺に向き直った。

「それで、杉崎。お前の用件は？」

「ああ、え、ええ、いや、生徒会のメンバーがまともに出席しないんで、しばらく彼女らの説得に時間割《さ》こうと思うっていう報告なんですが……」

言いながら、二人、西園寺がぶちまけた書類の山を見る。珍《めずら》しく真儀瑠先生が重たい溜《ため》息《いき》をついた。

「……どうも、今年の生徒会は一筋縄《ひとすじなわ》じゃいきそうにないな……」

「ですね……」

それでも生徒会に来ないとか拒否申請期間を守らないとか、そういう部分は認められないよな……とは考えつつも、俺は西園寺の泣きそうな瞳を思い出して複雑な気分になりつつ、職員室を後にした。

＊

職員室を出て真っ先に向かったのは、日守東子《ひのもりとうこ》が在籍《ざいせき》するという、二年A組だった。しかし……。

「日守ですか？　もう帰ったと思いますよ。というかあいつ、掃除《そうじ》当番とか無い限り、いつも授業終わったらすぐに帰っちまいますからね」

二年A組に在籍する多少見知った間柄《あいだがら》の後輩《こうはい》を捕《つか》まえて訊《き》いてみれば、そんな答えが返ってきてしまった。俺は思わず肩《かた》を落としてぼやいてしまう。

「職員室寄ってソッコー来たのに……やっぱ無理か」

俺の独り言に、しかし日守のクラスメイトにしてリア充《じゅう》後輩……秋峰《あきみね》が応じてくれた。

「いや教室から直行でも無理じゃないですかね。本当に授業終わると同時に帰るんで、日守」

「そっか……じゃあ、明日《あした》の昼休みにでも出直して――」

「あ、それも難しいですよ。あいつ、昼休みもすぐどこか行っちゃいますから」

「………」

遭遇率《そうぐう》が低くすぐ逃《に》げる。日守には是非《ぜひ》はぐれメ○ルというあだ名をつけてやりたい。

「もう、最終的には家に押しかけるっきゃないか……」

流石《さすが》の俺でも女の子の家に突然行くのは気が引けるが……事情が事情だ。しかし、そんな俺の最終手段にさえ、秋峰は疑問を呈《てい》してきた。

「いや……たとえ会えても、話は出来ないんじゃないですかね」

「それはどういう意味でだ？」

「そのままの意味です。日守、殆《ほとん》ど喋《しゃべ》らないんで。マスクしていることもあって、最初は何かの病気なのかなとかも思ってたんですけどね。どうやらそうじゃなくて、ただただ喋らないだけみたいで……」

「人見知りか」

「いや……どうなんでしょうね。正直それさえ分からないレベルなんで。ある意味、去年の椎名《しいな》と似た空気は感じないでもないですけど」

そこまで聞いたところで、突如《とつじょ》俺の中で昨日林檎《りんご》から聞いた「銀髪《ぎんぱつ》」というフレーズが浮かび上がる。なんかぴーんと来てしまった。

「日本語が上手く喋れない……とかじゃないのか？」

我ながら名推理、と思っていたのだが。しかし、秋峰はすぐにそれを否定してきた。

「え、日守は日本人ですよ？　喋らないとは言っても、たまに口を開くときはカタコトとかじゃないですし」

「え、そうなのか？　でも、銀髪なんだろう？」

「へ？　いや……そんなことないですけど」

「いやいや秋峰、お前は見たことないのかもだけど、彼女普段《ふだん》は帽子《ぼうし》被《かぶ》ってるけど、帽子の下は銀髪なんだって——」

「は？　そんな、学校で授業中に帽子なんか被っているはずないじゃないですか」

「え」

「はい？」

二人の間に妙《みょう》な沈黙《ちんもく》が流れる。そうして、数秒の思考の後。俺は、突如叫《とつじょさけ》ぶ。

「そりゃそうだ！」

「わっ」

俺の叫びに秋峰はびくんとしてしまっていたが……うん、そりゃそうじゃねえか！　マスクならいざしらず、帽子被って授業は、それこそよっぽどの理由でも無い限り不自然だろう。

しかしそうなると……どういうことだ？　俺は混乱しつつ、秋峰に訊《たず》ねる。

「えっと……じゃあ、日守の髪《かみ》の色って……」

「黒ですよ、普通《ふつう》に。茶髪《ちゃぱつ》とかでさえない、黒の長い髪です」

「………」

どういうことだ？　林檎の見間違《みまちが》いか？　いや、いくら夕暮れ時の一瞬《いっしゅん》とはいえ、茶髪と見間違えたとかなら分かるが、銀髪と黒髪を間違《まちが》えはしないだろう。

しかし秋峰が嘘《うそ》つく理由も無い。となれば日守は、学校じゃ黒髪なんだろう。

つまりは……カツラ？　カツラ被ってるっつうのか？　どっちが？……黒髪の方だろうな、多分。林檎と会った時は帽子被っていたつってたけど、銀髪のカツラ被るようなヤツが、それをわざわざ更《さら》に帽子でガッチリ隠《かく》す理由が見当たらない。

しかし……そうなってくると、つまり日守東子って女は、顔どころか、本来の髪さえも隠して、学校に通ってたっつうわけか。去年はあんなに和気藹々《わきあいあい》とした校風だったにも拘《かか》わらず。まともにクラスメイトと喋ることさえしないで。

で、そこにはよっぽどの事情でもあるのかと思えば、実際の顔は超《ちょう》美少女。

林檎の話から、極度の対人恐怖症《きょうふしょう》とかでもなさそうなのが窺《うかが》える。

……。

つまり。

なんだ。

もしかして、こいつ。

単純に碧陽《へきよう》学園の生徒達に、本当の自分を晒《さら》す気が無いだけなんじゃねえの？

なんか妙に腹立ってきたぞ。美少女相手にこんな気持ちを抱《いだ》くのは初めてだ。

俺が黙《だま》り込んでしまっていると、秋峰が話を続けてくれた。

「しっかし、一年Ｃ組がそこそこバラけて平和なクラスになるかと思えば、今年は今年で『椎名枠《わく》』みたいなのがクラスメイトにいようとは……」

嘆息《たんそく》する秋峰に、こちらも少し苦笑しながら応じる。

「国立《くにたち》さんとも変わらずクラスメイトになれたんだから、充分《じゆうぶん》じゃねぇか」

「まあ……そうなんですけど」

照れたように後頭部を掻《か》く秋峰。ちなみに国立さんっつうのは彼の彼女だ。彼女。彼女
……彼女持ち……。

「秋峰、軽く一発殴《なぐ》っていい？」

「先輩《せんぱい》がそれを言いますか」

「秋峰。不思議な話だが、自分がリア充《じゆう》になっても、依然《いぜん》として他のリア充が憎《にく》い」

「気持ちは分からないじゃないですが、勘弁《かんべん》して下さい」

くだらないやりとりで、苛立《いらだ》ちが少し紛《まぎ》れた。恐《おそ》らく察してくれていたのだろう秋峰に心の中で感謝しつつも、落ち着いたところで話を戻《もど》す。

「ところで、秋峰は見たことあるのか？　日守の顔」

「それが無いんですよ。だから今ひとつぴんと来てないんですよね。去年の椎名人気なんかに関しては、僕の趣味《しゆみ》ではないとはいえ、理解出来る部分もあったんですけど。流石にマスクしている人間に熱狂《ねつきよう》的支持者いるっつうのは、若干《じやつかん》気味悪いっすね」

「二年A組は、去年の一年C組みたいになってると？」

「いやそこまでじゃないです。なにせ、クラスメイトの大半が日守の素顔見られてないんで……。ただ、やっぱ数人居るんですよね、熱狂的支持者っつうか、日守を凄《すご》く気にしている男子。一年C組ほど露骨《ろこつ》な行動にこそ走っていないんですけど……」

やはり、日守の素顔を目撃《もくげき》した一部の人間が根こそぎ惚《ほ》れてしまっているという話に、間違いはないようだ。しかしだとしたら気になるのは……。

「なあ、日守はずっと顔隠してんだよな？」

俺の質問に、秋峰は「はい」と素直に応じる。

「そうですね。割と徹底《てってい》しているみたいですよ。体育の時とか、マスク外さざるをえない状況《じょうきょう》になる授業はそもそも休んだり。去年同じクラスだったヤツ曰《いわ》く、去年も一年通してずっとそんなだったみたいで」

「だよな。でも、一回外したから、結局こんな人気になってんだろ？　その外した時っていうのは、一体……」

風見《かざみ》から半日ほど外してた日があったとは聞いたが、その理由は聞いてなかった。

俺の疑問に、秋峰が「ああ、それはですね——」と続けようとした時だった。

「そろそろ帰りますよー、ハロくん」

教室の中から、国立さんの呼ぶ声が聞こえてきた。秋峰は「ちょっと待ってリリ」と返してくれたものの、俺はこれ以上引き止めるのも野暮《やぼ》だろうと、「いいよいいよ、サンキュな」と言って秋峰を無理矢理送り出す。まあ、後で風見にでも聞けばいいことだしな。

そうして、秋峰が国立さんの方に向かうのを見守ってから、俺も次の行き先へと移動を開始した。

次は火神《かがみ》に会うために、一年の教室群を目指す。

しかしそれにしても……謎《なぞ》のマスク女子・日守東子。

どうも、内面的な部分においても大分きな臭《くさ》くなってきたぞ、こりゃ。

＊

「あ、じゃ、他のメンバー集まったらカガミも出席するってことでここはひとつ！」

「……へ」

日守と違《ちが》って、教室でクラスメイトとくっちゃべっていた火神にはすぐに会えた。会えたどころか……一瞬で説得まで済んでしまった。

偶然《ぐうぜん》にも林檎も在籍《ざいせき》する一年D組の教室の端《はし》にて。俺と火神は少し集団から離《はな》れるようにして喋っている。林檎はもう既《すで》に帰ってしまっているようだ。

少し俺が呆《ほう》けるように黙り込んでしまったのを、怒《おこ》っているとでも勘違《かんちが》いしたのか、火神は「せんぱぁい」と猫《ねこ》なで声を上げ、顔の前で手を合わせて謝ってくる。

「許して下さいよぅ。ね、この通り！　そもそもカガミに生徒会役員が回ってきたのを知ったのが遅《おそ》くて、その時にはもう友達と約束しちゃってたんですって。そこは堅苦《かたくる》しい生徒会活動より、しょーじき、カガミ的には友達選ぶじゃないですかぁ」

「はぁ……」

俺がボンヤリしている間にも、火神はペラペラとマシンガンのように喋る。

「まさか他のメンバーもセンパイ以外全員行かないとか思わないですもん。サボったのはホント悪いんですけど、そんな悪気は無かったんですって。

ってか、生徒会にそこまでセンパイが思い入れあるって知らなかったし。ってかてか、他のメンバーとは話した事無いですけど、基本的にこの人気投票形式で役員がやる気ある方がおかしくないですか？ だって立候補じゃないんですよ？ 皆《みんな》にやれって言われて渋々《しぶしぶ》やるのが生徒会じゃないですかぁ。あ、優良枠《わく》の人は別か。

まあとにかくですね、センパイに寂《さび》しい思いさせてしまった件については、ホントすいませんでしたっ！ そんなわけでこれからはちゃんと生徒会活動しまっす！

でもでも、もう友達との予定結構いれちゃってるしぃ、センパイもしばらく他の役員説得して回るらしいじゃないですかぁ。

だったら、カガミ的には次全員集まる時に出ればいいかなぁ……なんて。駄目《だめ》ですか？」

「いや……駄目っつうか……」

別に駄目ではない。駄目ではないが……なんだこのモヤモヤした気持ちは。いや、実際火神からの提案がなくとも、他のメンバー集まるまで活動出来ないのは事実で、結局俺から「しばらく休みで」と言い出した気もするんだけど。

こう、生徒会が休みなのをいいことに、自分から友達と遊ぶことを優先させてくれと言われるのは、なんか……俺の心が狭《せま》いのかもしれんが、若干納得いかない。

しかし、火神は再び「せんぱぁい」と甘い声を上げ、俺を上目遣《うわめづか》いで見つめて来る。

……く、可愛いじゃねえかこのやろう！　妙に冷めた風見には無い「後輩《こうはい》らしさ」が全開で、なんでも許してあげたくなっちまう！　その感情たるや、林檎に感じるそれと極《きわ》めて相似《そうじ》！　そしてそういうのに俺は弱い。

俺はなんとなく悔《くや》しく思いながらも、彼女の魔性《ましょう》には抗《あらが》えず、ぷいっとそっぽを向きながらも「まあ……いいけど」と返す。途端《とたん》、火神は目をキラキラと輝《かがや》かせて——

「センパイ、大好き！」

「おわっ」

急に抱きついてきやがった！　む……胸が！　意外と大きい胸が俺の鳩尾《みぞおち》あたりにあたってるんですが！　くぅ！　なんだかんだで結局未だ童貞《どうてい》の俺にはきつい！　このままじゃ先輩の威厳《いげん》もクソもなくなる失態をおかしそうだ！

「わ、分かった分かった！　もういいから！　か、火神は生徒会やる意思あると！　他のメンバー集まったら参加すると！　そういうことだな⁉」

「はい、それでおっけぇです！」

相変わらず軽いが……まあいいか。

「じゃ……じゃあな！　今度は生徒会来いよ！」

俺はがばっと火神を引きはがすと、捨て台詞《ぜりふ》でも吐《は》くようにそんなことを言い、即座《そくざ》に一年Ｄ組を出る。火神はといえば、俺を「センパーイ、また今度ー！」と笑顔で手をぶんぶん振《ふ》って見送ったかと思うと、元居た集団の方へと戻っていった。

俺は教室の外からそれだけ確認すると、頬《ほお》を赤くしながらそそくさとその場を去る。

少し歩いてふと振り向くと、火神が他のクラスメイト達と一緒《いっしょ》に笑いながら教室から出て来ていた。俺とは逆の方向へ、ガヤガヤと歩き出す男女混合集団。

「………」

さっきまで一緒に話していたというのに。それどころか、抱きついたりとかさえ、されていたはずなのに。

なぜだろう。

クラスメイト達とけらけら笑う火神北斗《ほくと》に対して、どうも未だ越《こ》え難《がた》い壁《かべ》を感じずにはいられなかった。

＊

帰宅途中に行きつけのゲームショップへと寄ってみると、案の定水無瀬《みなせ》がいつも通りレジ奥に座り教科書をめくっていた。

一瞬《いっしゅん》だけこちらをちらりと窺《うかが》うも、客が俺だと見てとると、何を言うこともなく再び教科書に目を落とす。……もうここまでくると、いっそ気持ちいい対応とも言えた。

水無瀬は去年からこのゲームショップでバイトをしている。そのため、これまた去年からゲームショップに通うようになった俺とは、ここでもしょっちゅう顔を合わせていたわけで。男子高校生と女子高校生が校外で定期的に顔を合わす場……と表現すると中々にラブコメチックだが、自分でも引く程にいい思い出は無い。今の水無瀬の対応を見てくれれば、なんとなくこの一年どんな関係性でいたのか推《お》し量《はか》って貰《もら》えると思う。

まあ普段《ふだん》なら水無瀬は水無瀬で俺をスルーして勉強続行する中、俺は俺で勝手にゲームを物色するっていう、ある種調和のとれた光景が展開されるのだが。

今日ばかりはそうもいかない。水無瀬の堂々とした悪びれない様子に気圧《けお》されるが、現在は通常なら生徒会活動に出ているべき時間帯だ。

なにより、さっき火神も言っていたが、水無瀬は優良枠。自ら望んで生徒会に入った人間なのだ。他のメンバーのサボりとは一つレベルが違う。

俺は意を決すると、レジ前まで赴《おもむ》き、彼女に声をかけた。

「おい水無瀬」

「すいませんお客様、『痴漢《ちかん》特急触手催眠《しょくしゅさいみん》～人妻 陵辱《りょうじょく》の果てに～』は現在売り切れですよ」

「俺そんなディープなエロゲ探してねぇから！」

「ではこちらの『美少女生徒会と義妹と幼馴染《おさななじみ》』という萌《も》え路線ゲームでよろしかったですか」

「うむ、それをいただこう」

「ありがとうございます」

ちゃりん。俺の財布から一瞬で一万弱がとんだ。勿論《もちろん》初回限定ねんど○いどぷち同梱《どうこん》版を購入《こうにゅう》した。悔《く》いはない。さて。

「いやそうじゃねえよ！　生徒会の話だ、水無瀬！」

「しっかり購入したクセに一度仕切り直してそのテンションでツッコむ姿勢、少しばかり尊敬に値しますね」

「んなことはどうでもいい！　おい、どういうつもりだよ！　なんで生徒会来ないんだ！」

「むしろなぜ生徒会に行かなければいけないのかと私は訊《き》きたい」

「お前が生徒会役員だからだよ！」

「……それは盲点《もうてん》でした」

「盲点だったのかよ！」

ボケかと思ったら、なんか本気で目をぱちくりしてやがった。こいつ……マジか。

なにか謝罪の言葉でも来るかと黙《だま》っているも、水無瀬は特に気にした様子もなく、再び黙々《もくもく》と教科書を読み始めてしまった。

これには流石《さすが》の俺も、いい加減イライラとして、水無瀬はいつもこんな風だとは分かりつつも、少しだけ声を荒《あら》げた。

「いい加減にしろよ、水無瀬。そんななら、悪戯《いたずら》に優良枠とか使うな」

「……優良枠の権利行使は、貴方《あなた》にとやかく言われることではないと思いますが」

眼鏡《めがね》を光らせながらそう応じる水無瀬に。俺は……俺は、怒《いか》りより、失望や悲しみでショックを受けながら、思わずレジテーブルに掌《てのひら》を叩《たた》きつけて怒鳴《どな》ってしまう。

「生徒会をっ、優良枠を、軽く見てんじゃねえぞ！」

「………………」

眼鏡の奥の、全く感情の読めない瞳《ひとみ》。俺は……なぜだか声を震《ふる》わせてしまいながら、続けた。

「なあ、水無瀬。お前が……去年あんなにいいライバルで居てくれたお前が、本気で生徒会とか優良枠を軽視しているなんて……そんなこと、ないよな？」

「…………」

水無瀬は言葉では何も返してくれず。

しかし、代わりに。

つまらなさそうに、教科書へと目を落とした。

「っ……。そうかよ……。……分かった、もう、いい」

俺は未だ震える声でそれだけ告げ、ゲームショップを後にした。

…………。

全身に激しい倦怠《けんたい》感をおぼえながら、帰途《きと》をふらふらと歩く。

……なんだこれ。

水無瀬とは元々敵みたいな関係だと思っていたはずなのに。

……ホント、なんでだろう。

俺、今、無性に、泣きそうだ。

＊

「ただいま、林檎……」

そう言いながらアパートに入るも、人の気配は無い。鍵《かぎ》がかかっていた時点で予想はしていたけど、義妹が部屋に居てくれることを望まずにはいられなかった。

靴《くつ》を脱《ぬ》いで居間へと向かう。テーブルの上に林檎の書き置きがあった。例の如《ごと》く近所の探検を兼《か》ねて少し遠目のスーパーまで行ってみるらしい。

「今日の夕飯は林檎が用意するから、楽しみに待っててね……か」

それは確かに嬉《うれ》しいが……正直なところ、今日だけはうちに居て欲しかった。

とりあえずカバンを置くも、なんだか制服から着替《きが》える気力も湧《わ》かない。とりあえずパソコンの前に座って電源を入れた。特に目的はない。

起動するまでの僅《わず》かの間、モニタの黒い画面に酷《ひど》い顔の男が映っていた。

「（まるで一年前だな、こりゃ……）」

無精髭《ぶしょうひげ》こそ生えてないが、覇気《はき》の無さはあの頃《ころ》と殆《ほとん》ど一緒に思えてしまう。帰宅直前の水無瀬との会話が効《き》いているのだろうか。

パソコンがつくも、特に何をしようと思っていたわけでもないため、マウスも握《にぎ》らずぼんやりしてしまう。——と。

《椎名姉妹　が　オンラインです》

通話ソフトの通知ポップアップが画面右下に出た。これは、相手もパソコンをつけており、なおかつネット環境《かんきょう》下にある……つまり、通話可能ということだ。

普段は全員で時間を合わせて夜喋《しゃべ》るぐらいだが……気付いたら俺は、相手側の状況《じょうきょう》確認もとらず（そして姉妹のどちらがパソコンを使っているのかも分からないまま）通話のボタンを押していた。

あちらは喋るつもりでパソコンつけたわけじゃないのだろうから、出られなくても仕方無いなという気分だったが、意外にも相手は通話に出た。

この時間にパソコン使うのは真冬ちゃんの可能性が高いかなと思ったが……モニタに映ったのは、意外にも深夏《みなつ》の顔だった。

『……お？　おお、これでいいんだっけ？　喋るのは……あ、これか、この前真冬が買ってきてた卓上《たくじょう》マイク。……あー、テステス。鍵《けん》？　おーい？』

「………」

画面に映った深夏の顔に、なんだか涙《なみだ》ぐみそうになってしまう。別に数ヵ月ぶりというわけでもないのに。

妙《みょう》に感極まって言葉を返せない俺を見て、マイクの不調だと思ったのか、深夏が卓上マイクをぐねぐね曲げ始める。このままだと壊《こわ》しかねなかったため、俺は慌《あわ》てて喋り出した。

「よ、よぉ深夏！　久しぶりだな！」

『お、鍵。なんだ、聞こえてんじゃねぇか』

「すまんすまん、深夏に見とれちまってさ」

『うぇ？　そ……そか……』

頬を紅《あか》くして髪《かみ》をくるくる弄《いじ》る深夏。……なんだこれ。可愛いのは勿論なんだが、なんか妙にホッとしている俺がいる。激務の後に妻の待つ家へ早く帰りたがる夫の心境って、こんな感じなのかな。高校生で悟《さと》ることでもない気がするが。

深夏が『それより』と不思議そうに訊《たず》ねてくる。

『どした？　急に』

「いや……どうしたっていうか……。深夏こそ、珍《めずら》しいな、お前がパソコンつけるなんて」

『ああ、普段は真冬しか使ってねぇしな。まあ、ただの気まぐれだよ、気まぐれ」

「気まぐれか」

「おう。……まあ、ちょっとだけ……ほんのちょっとだけ、鍵がいるかな……とか思っていたけどさ……」

「お、おう、そうか」

「あ、ああ」

二人の間になんだかこそばゆい空気が流れる。……う、うぅ。

「そ、そうそう、最近さ！」

空気に耐《た》えきれなくなり、俺は話題を逸《そ》らすように一方的に喋り出した。

俺の近況《きんきょう》となれば自然と新生徒会の話……愚痴《ぐち》となる。

役員達が生徒会に来ないこと。やる気がないヤツらばっかりなこと。協調性にかけること。そして……なんだか今日、俺は色んなことに失望して、疲《つか》れてしまったこと。

殆ど一息に喋り終わったところで、俺はやれやれと溜息《ためいき》をついた。

「ホント参るぜ、新生徒会にはよ。はぁ……こんなんじゃ、楽しい生徒会ライフはいつ来るのやら……」

『ふーん。うちの学校も大概《たいがい》だが、お前も大変そうだな』

「まったくだ、もう、勘弁《かんべん》してほし――」

『それで、鍵、新生徒会は楽しいか？』

「は？」

深夏が不思議そうに訊ねてくる。……なんだこいつ。俺の話聞いてなかったのか？

俺が心底呆《あき》れていると……しかし、深夏は、キョトンとして続けてきた。

『あれ？　違《ちが》うのか？』

「いや楽しいも何も、深夏、だからな、さっきから何度も言ってるように――」

『ああ、だからお前今、新しく知り合った美少女達と仲良くなろうとしてんだろ？　つまりそれって、お前が一番幸せを感じる時間のことじゃねーか』

「――――」

俺は、言葉を失ってしまった。唖然《あぜん》としてモニタを見つめるも……しかし、最早《もはや》俺の目に深夏は映っていない。光が反射しているわけでもないのに、モニタには、さっきの自分の憔悴《しょうすい》しきった顔がオーバーラップするかのように見えた。

俺――なんで、あんな顔、してたんだ？

………。

『お姉ちゃん、ご飯だよー』

唐突《とうとつ》に、椎名家のマイクが遠くから響《ひび》く真冬ちゃんの声を拾った。他の部屋から呼ばれているのか、深夏はそれに『おう、今行くー！』とだけ返して、こちらを見る。

『わり、鍵、そんなわけで……』

「あ、ああ。こっちこそ急に悪かったな。じゃ、また今度」

『おう！　次は皆で喋ろうぜ！　じゃな！』

そう笑うと、深夏は通話を切る。俺も……通話ソフトを閉じ、そのまま、パソコンの電源も切った。

数十秒後、再び、真っ暗なモニタに映る自分の顔。

………。

「ただいまー！」

ぼんやりとしていると、林檎が帰ってきた。手には大きな買《か》い物袋《ものぶくろ》。俺は玄関《げんかん》まで行ってそれを受けとり、林檎を労《ねぎら》いながら食料を冷蔵庫に詰《つ》め始める。林檎は買い物袋から夕飯に使ういくつかの食材を取り出すと、食事の準備に取りかかった。といっても、炒《いた》めるだけとか、レンジでチンするだけとか、そういった類《たぐい》のものだが。

兄妹《きょうだい》でそれぞれの作業をする中、林檎が「そうだ」と世間話を持ちかけてくる。

「今日もまた、日守先輩《せんぱい》に会っちゃった！　凄《すご》くガッデムだね！」

「……そうか」

なんだか複雑な気分になりながら話を聞く。と、林檎が急に意外なことを言い出した。

「そうだ、おにーちゃん、聞いてよ。日守先輩、自分が生徒会役員だって知らなかったみたいだよ」

「え……？」

思わず、持っていた卵のパックを落としかける。間一髪《かんいっぱつ》セーフでホッと胸を撫《な》で下《お》ろす中、林檎はフライパンに「肉野菜炒めセット」をあけながら、続けてきた。

「林檎、日守先輩に『生徒会役員になったんですね！　凄いですね！』って言ったら……日守先輩、『……そんなの知らない』って」

「…………」

知ら……なかった？　そんなことって、あるのか？　あいつは休みがちで……学校来てもすぐに帰って……誰《だれ》からも情報が行かなかった？　そんなことが……でも……日守の生活スタイルならそういうことも……だとしたら、生徒会に来なかったのは悪意でもなんでも……。………。

卵を冷蔵庫の卵入れに並べる。そうしながら、俺は動揺《どうよう》を抑《おさ》え込むかのように、林檎に違う話題を振《ふ》った。

「か、火神……火神北斗。あいつ、林檎のクラスメイトだったんだな」

「火神さん？　うん、そうだよー。あ、そういえば、火神さんも生徒会役員になったんだっけ。あー……林檎が辞退したせいだよね、なんかごめんなさいな気分かも……」

炒め物をする菜箸《さいばし》の動きがゆっくりになる。俺はフォローを入れた。

「いや、アイツはそんなの気にするガラでもねぇだろ。基本軽いし」

しかし、俺のそんなフォローに、意外にも林檎は「そうかなぁ？」と首を傾《かし》げた。

「そうかなって……なにがだ？」

「え、あ、うん。林檎はあまり火神さんと喋ったことないんだけど……なんだか火神さんって……その……ちょっと、『無理してる』感じがするなぁって、思うんだ」

「無理……してる？」

あいつが？　あの軽い、火神が？　義妹の意外な言葉に呆然《ぼうぜん》としていると、林檎は慌てた様子で「あ、ただ、なんとなくだから！」と付け加えてきた。

「別に、皆はそういう風に思ってないみたいだし。でもなんか林檎は……その……空元気《から》みたいなのに、ちょっと敏感《びんかん》っていうか……」

「………」

飛鳥《あすか》と俺が付き合うと報告してしばらくは、林檎が気丈《きじょう》に振る舞《ま》っていたあの頃《ころ》を思い出して胸がちくりとする。

林檎は少し慌てた様子で、「と、とにかくね」と続けた。火を止め、大皿に肉野菜炒めを盛りつける林檎。

「火神さん、もしかしたら生徒会役員も無理して引き受けてくれているのかもしれないから……おにーちゃん、出来れば気にかけてあげてくれると、嬉《うれ》しいな」

「あ……あ、ああ」

義妹の意外な願いに、どう応じていいのか分からないながらなんとか返す。

火神が……無理して……。確かに、あいつの軽さは、ちょっと行き過ぎている気もする。しかしあれが素《す》じゃないんだとしたら……苦しく、ないんだろうか。誰でも多少は他人に合わせて生きているとは思うものの、林檎がわざわざ言うぐらいだから、火神のそれは相当なものなんじゃなかろうか。だとしたら……。

冷蔵庫にモノを詰め終わったところで、テーブルの上に置いてあった俺のケータイが鳴りだした。「わり」と林檎に食事の準備を任せ、俺は電話に出る。

『もしもし。杉崎先輩《せんぱい》？』

「おう、風見。どうかしたか？」

電話をかけてきたのは風見だった。昨日の新生徒会初日が初日だったせいか、妙に俺の機嫌《きげん》を伺《うかが》うような態度だったが、俺が今は特に落ち込んだり怒《おこ》ったりしているわけじゃなさそうだと察すると、早速《さっそく》本題に入ってきた。

『水無瀬さんと、西園寺さんのことなんですけど』

「うん？　二人がどうかしたか？」

『いえ……どうかした、というよりですね。私の昨日伝えた情報に、補足したいことが出来まして』

「？　それでわざわざ電話を？」

『はい……。あの、ちょっと、なんていうんでしょう、私の良心の呵責《かしやく》的に、早くお伝えしたい情報だったと言いますか』

「良心の呵責？」

なんだか風見の歯切れが妙に悪い。確かに彼女は何かを気にしているようだった。

話を促《うなが》すと、風見がどこか喋《しゃべ》り辛《づら》そうに始める。

『まず、水無瀬流南《るな》さんについてですが。私は昨日、情報をそのまま伝えただけとはいえ、バイトに出ていたという話を、ちょっと悪いこと風に言ってしまいました』

「いや……別にそんなことは。実際出てたんだろうし」

『はい、それはその通りだったんですが……。その、今日仕入れた情報によるとですね』

「ああ、どうした？」

『最近、彼女のお父様が怪我《けが》で入院なさっている、ということが判明致《いた》しまして』

「…………」

『生徒会欠席した上でのバイト出勤という行動と、直接的に結びつけていいのかはまだハッキリしません。しかしこのような現状である以上、彼女が生徒会じゃなくて店に向かった件については、少なくとも直情的に責めたりとかしないでいただけるとありがたいかなと思いご連絡《れんらく》を……』

「……あー……」

『…………しちゃいましたか』

「…………」

思わず額を押さえる。……やべぇ。……で、でも！

「そ、そうだ。そんな事情あったとはいえ、学校は来られている以上、ちょっとした一報もなしに連日生徒会来ないっつうのは、どうなんだと……」

『あー、それはちょっと、水無瀬さん側に問題あるかもです』

「だろう！」

『ただ……水無瀬さんに関しては、もう一つ、気になることがありまして』

「なんだよ、あいつが生徒会来ない理由なんて、あとはもう――」

『水無瀬さん、先日行われた現代国語の小テストで、七十点をとってしまったみたいです』

「は？」

あの水無瀬が……あの秀才《しゅうさい》・水無瀬が、七十点？　は？……へ？

「……え、なんだそれ、なんの冗談《じょうだん》だ？」

『いえ冗談ではなくて。本当に。……生徒会に出ない理由との関連は、具体的には分からないですが……憶測《おくそく》出来なくないとも、思うんです』

「……ああ」

七十点。普通《ふつう》の人間にとっては、全然落ち込む点数なんかじゃない。しかしそれを「あの」水無瀬がとったとなれば……話は別だ。どうしたんだよ……水無瀬。

自分の、ゲームショップでの水無瀬への悪態を思い出してしまう中、風見が話を切り替《か》える。

「で、西園寺さんに関してなんですが」

「ああ……」

水無瀬のことで頭が一杯《いっぱい》で、ぼんやりとした返事をする。ああ……俺、あいつのこと、どうしてちゃんと信じてやれな——

「昨日、西園寺さんだけは、ちゃんと生徒会に出ようとしていたみたいなんですよ」

「——え？」

さっきから俺は驚《おどろ》いてばかりだが、これには最も意表を突《つ》かれた。

あの西園寺が……会長職をあんなに嫌《きら》っていた西園寺が……出席しようとしていた？

「な、なに言ってんだ風見。実際、あいつ生徒会室に来てないし……公園でブランコこいでたって……」

『それが、俄《にわか》には信じがたい話なんですけどね。彼女の友人の証言、そして校内での《多数の目撃者《もくげき》》による証言を総合すると……彼女がブランコに乗るまでの行動はこうです』

風見が、どこか緊張《きんちょう》を孕《はら》んだ様子で、その経緯《けいい》を……一気に告げる。

『西園寺つくしは昨日の放課後生徒会室に向かおうとするも、まずクラスの前でなぜか落ちていたバナナの皮を踏《ふ》んで滑《すべ》り、その勢《いきお》いで水の入ったバケツをひっくり返したところ、丁度通りかかった教頭先生へとザブン。怒《いか》り狂《くる》った教頭に廊下《ろうか》一帯の掃除《そうじ》を命じられ、一人延々と掃除。

ようやく終わったところで、再度生徒会室へ向かおうとするも、極度の方向音痴《おんち》で間違《まちが》って玄関《げんかん》の方に向かってしまい。引き返そうとしたところ、突如謎《とつじょなぞ》の黒服女性に拉致《らち》られ、車に押し込められてどこかへ連れて行かれます。後に確認したところ、これは碧陽に在籍《ざいせき》するアイドルの星野巡さんを迎《むか》えに来ていた新人マネージャーだったことが判明。巡さんの顔も知らないまま『玄関に出て来た美少女連れて来い』と言われていたみたいです。

とにかく、そんなこんなで彼女の所属事務所まで連れていかれてしまったわけですが。至急学園に帰して下さいと要望するも、運悪くそこで送迎《そうげい》用の車が故障。事務所側がタクシーを手配してくれようとするも、なんとこの辺を一手に仕切るタクシー会社がまさかのストライキ中。

それでも西園寺つくしは、諦《あきら》めず徒歩で碧陽学園へと向かいます。向かいますが……。彼女は極度の方向音痴。日もくれた頃に見知らぬ公園に辿《たど》り着《つ》いたところで……。黄昏《たそが》れて、思わずブランコをこぎました。以上です」

「…………」

『……まあ、どの程度本当なのかは疑わし――』

「いや、全部本当だろう。……うん」

『杉崎さん？』

職員室でのあの不幸っぷりを目撃してしまった俺には、今の話を一笑に付《ふ》したりなんか出来ない。充分《じゅうぶん》あり得るどころか……いや、目撃談あるだけでもこれだから、実際にはもっと酷《ひど》い目にあっている可能性だってある。

西園寺つくしとは、つまり、「そういう子」なのだろう。

具体的に「その特性」を、なんて表現していいのかは分からない。不幸は不幸だが、それだけでは済ませられないその特性。

なんにしても、そりゃ、会長職への自信なんかあるわけがない。責任ある立場になろうなんてとても思えなくたって、仕方無い。

俺は、風見に軽く礼を言い、そして風見が気にする必要なんて一切無いということだけ念を押して、電話を切った。

気付くと、食卓《しょくたく》には食事の準備が整っていた。俺が深刻な表情をしていたせいか、林檎が、何も聞かず「おにーちゃん、食べよ?」と声をかけてきてくれる。

俺は、それに笑顔で応じ。

そして。


思い切り、両頬《ほお》を両 掌《てのひら》で挟《はさ》み込むように、激しく叩《たた》いた!


「お、おにーちゃん!?」

林檎がぎょっとした様子で俺を見つめて来る。

「っ……」

やべぇ……痛い、超《ちょう》痛い! 下手すると頬骨にヒビ入ったんじゃねぇのこれ! 約一年半前、水無瀬と戦っていた時にやったアレの比じゃないぐらい、痛ぇ！

「っ〜！　っ〜！」

あまりの痛みに涙目《なみだめ》になっていると、流石《さすが》に林檎がわたわたと心配してくる。

「ちょ、だ、大丈夫《だいじょうぶ》!?　なにしてるの!?　あ、えと、えと、そうだ、氷で冷や——」

「いや……いい、林檎。大丈夫。多分……大丈夫」

「大丈夫って何が!?　冷やさないと！」

「い、いいんだ、林檎。……痛くなきゃ、意味がないんだ」

「？　おにーちゃん？」

「……ごめんな、うん、ご飯食べよう！　気にすんな！　おにーちゃんにも、色々あるんだって！　大丈夫、頭おかしくなったわけじゃないからさ」

「え……うん。で、でも、凄《すご》く痛かったら言ってね？」

「ああ、ありがとう林檎。よし、いただきます」

「い……いただきます」

そうして、歪《いびつ》に微笑《ほほえ》んで食事を始める。

…………。

親愛なる前会長はいつだったか言った。

「本当に怖《こわ》いのは幽霊《ゆうれい》や化物じゃないの！　人間自身なのよ！」

と。本当に、その通りだ。

（いつからだ。いつから俺は、与える側から、恵まれる側の考え方になってた）

冷蔵庫でよく冷やされていた茶の入ったガラスコップに手をかけ、その指先を、ジッと見つめた。少しずつ、指先の体温が奪《うば》われていく。

（生徒会が……前の生徒会の皆《みんな》が、飛鳥が、林檎が、巡が。あまりに俺を、愛してくれるものだから。……甘やかしてくれた、ものだから）

コップに掌を押し付ける。ヒンヤリとした感触《かんしょく》が、どんどん俺の手から熱を奪う
（…………俺は杉崎鍵。碧陽学園三年生で、生徒会副会長で……そして……）。

ぎゅっと強くコップを握《にぎ》り、中の茶を一気に飲み干す。頭がキンと痛くなったが、それを無視するように、ダンッと、強くテーブルにコップを置く。

（いつだって美少女の味方、ハーレム王たる男だろうがっ！）

やっと、目が覚めた。

＊

翌日。昼休み。

俺は例の如《ごと》く放送部の部室を占拠《せんきょ》していた。放送部は去年からしょっちゅう俺達生徒会にたかられている。が……しかし今回は、無理矢理じゃない。

部長と部員に土下座して、頼《たの》み込んで、昼の放送を任せて貰《もら》った。

放送部員達が見守る中、俺は一度深呼吸し、覚悟《かくご》が出来たところで、近くに居た放送部部長に合図を送る。

彼が機械を操作すると、校内に「呼び出し」の際にかかる、ピンポンパンポーンという独特の音が響《ひび》き渡《わた》った。

そうして……俺は、マイクに向かって、口を開いた。

＊

あー、生徒会副会長、杉崎鍵からのお知らせだ。

新生徒会役員に任命されている者は、拒否申請《きよひしんせい》が成立していない以上、きちんと生徒会に顔を出すように！　これは命令であり要望でもある！　分かったな！

……………あと、一つ、個人的なお知らせをさせていただく。

今年の新生徒会役員。

西園寺つくし、日守東子、火神北斗、水無瀬流南。

お前らな……。

…………………すぅ。

皆好きだ！　超好きだ！　全員俺と付き合え！　絶対幸せにしてやるから！

以上！　これが俺なりの、宣戦布告だ！　はい引き続きメシ食えメシ！　じゃあな！

【第三話　笑えない生徒会】

いつの日だったか、我が親愛なる前会長は言った。

「他人との触《ふ》れ合いやぶつかり合いがあってこそ、人は成長していくのよ！」

彼女の名言は基本どこかで聞いたことのあるありきたりなものだったし、会議の度《たび》に言っていたからテキトーに流すこともしばしばだったが、不思議と、この台詞《せりふ》だけはちょくちょく思い出してしまう。

安い名言だ。誰《だれ》でも言えるようなことだ。テキトーな漫画《まんが》を手にとってパラパラと見れば、似た表現が三割ぐらいの確率で収録されてそうな台詞だ。

だけど、だからこそ、真理だ。その通り以外の何物でもない。

「まずは会長さんを攻略《こうりやく》すべきでしょうね」

「え、会長？」

考え事をしていたせいか、風見《かざみ》の言葉で咄嗟《とっさ》に桜野《さくらの》くりむを連想してしまったが、すぐに違《ちが》うと気付く。風見は俺の妙《みょう》な反応を特に気にした風でもなく続けた。

「ええ、会長です。会長・西園寺《さいおんじ》つくし。何はさておいても、彼女が生徒会室に来なければ始まらないと思います」

至って真面目《まじめ》に戦略を語る風見に、俺は気分を引《ひ》き締《し》め直して応じる。

「確かにそりゃそうだな。副会長の俺だけ出席という現状だと生徒会は全く機能してないと言えるが、会長と副会長の二人が出席しているとなれば、一応『生徒会』としての体裁《ていさい》は整う気もする」

「ええ。現状の何が悪いって、普通《ふつう》に出席している杉崎《すぎさき》さんの方がイレギュラー的扱《あつか》いを受けていることです。これでは、メンバーに欠席の罪悪感も何もないでしょう」

淡々《たんたん》と冷静な見立てを語る風見に、やっぱこいつは新聞部部長の才能あったんだなと感心する。本当に、こいつが味方で居てくれて良かった。そういう意味じゃ、俺はまだまだ全然どん底なんかじゃなかったわけだ。少し前までの腑抜《ふぬ》けていた自分を恥《は》じ、思わずちょいちょいと鼻の頭を掻《か》く。

放課後の生徒会室。昼休みに大胆《だいたん》な呼びかけ放送をしてみたのにも拘《かか》わらず、当然の様に新生徒会のメンバーは誰一人《だれひとり》来ていない。もしかしたらと思って風見と待機してみてはいるが、まあ、この後も十中八九来ないだろう。

しかし、俺はもう、そんなことじゃへこたれない。

そんなわけで待ち時間を無駄《むだ》に過ごしても仕方無いため、俺は風見に今後の相談をもちかけていた。新聞部部長として生徒会のドタバタによるネタ提供を期待している風見からしてみても、生徒会が完全に活動休止状態というのは困るわけで。

結果、風見はより一層、俺への協力態勢を強めてくれていた。ありがたい話だ。

風見が「いいですか、確認しますよ」とおさらいを始める。

「まず厄介《やっかい》な新生徒会メンバー達において、現状一番杉崎さんに協力的と言えるのは——」

「火神《かがみ》だろ。あいつは別に俺のこと嫌《きら》いとか、そういうんじゃないからな」

「そうです。彼女の提示した活動条件は『他のメンバーが集まること』です。となれば、一旦《いったん》彼女のことは放っておいてもいいでしょう」

「ああ、まあそうとも言える、かな」

……とはいえ、気になっていることが無いではないんだが。林檎《りんご》が感じている、火神の「無理している」ような違和感《いわかん》とか……。まあその辺は生徒会活動出席とはまた別の話か。

風見が続ける。

「次に日守《ひのもり》さんですが……正直な話、彼女が最も手強《てごわ》い存在——今年の杉崎さんにとってのラスボスとさえ言っていいと思います。なにせ生徒会どころか、登校も最低限。杉崎さんとの仲がどうこう以前に、学園の誰とも交流が皆無《かいむ》と言っていい生徒ですから」

「だからこそ早めに接触《せっしょく》したいんだが……」

「そういう発想もありますね。しかしさっきも言いましたように、まずは生徒会の体裁を整えるのが先決です。ポ○モンでも初期レベルの面子《メンツ》だけでミュ○ツー捕《つか》まえにかかったりしないでしょう、って話です」

確かにレアだし手強そうだ、日守。それだけに、挑《いど》むにも相応の順序はあるだろう。

風見がピンと人差し指を上げて続けた。

「次に水無瀬《みなせ》さんですが……彼女に関しては、正直なんとも言えません」

「だろうな」

なにせ付き合いの長い俺でさえ距離《きょり》感《かん》測りかねている。それぐらい、「あの水無瀬が成績落としている」という情報は尋常《じんじょう》じゃなかった。

「杉崎さんは異論あるかもしれませんが、私から見れば杉崎さんと水無瀬さんの関係性は極めて良好だと思っていました」

「まあ……少し注釈《ちゅうしゃく》はあるけど、そうだな。なんだかんだ言って、うまくやってたと思う」

「しかしここに来て水無瀬さん側には大きな『揺《ゆ》らぎ』が見えます。生徒会に入るというらしくない選択《せんたく》、その上での生徒会サボタージュ、そして成績の悪化と、それに関係するのかしないのか、杉崎さんへの態度硬化《こうか》」

「ああ……」

本当に、らしくない。……だからこそ知り合いとして……いや、友達として、傍《そば》に行って悩《なや》みを聞いてやりたい、解決してやりたいという気持ちは痛い程にあるんだが……。

「とはいえ、杉崎さんが動くのはもうちょっと後……こちらで詳《くわ》しく調査してからにしていただきたいと思います。お父様の怪我《けが》という話題も、流石《さすが》にデリケートすぎますので」

「ああ、俺は俺で水無瀬に対しては、慎重《しんちょう》に探り入れるようにするよ」

実際、先日勝手に突《つ》っ走《ぱし》って、水無瀬の事情も知らず彼女を責めたりしてしまったからな……。基本ガムシャラに前へと進むのを信条とする俺だが、だからと言って最低な無神経野郎《やろう》でいていいと思っているわけじゃあない。

今の水無瀬に成績のことをガツンと訊《たず》ねたりすることが愚行《ぐこう》だってことぐらい、流石の俺でも分かる。彼女とは知り合いだからこそ、より慎重に対応する必要があるだろう。

となれば……。

「そうすると、やはり今最も攻略すべきは、会長・西園寺つくしさんとなるわけですが」

「西園寺……」

彼女のことを思い出す。奇跡《きせき》の演説、職員室でのトラブル、そして生徒会初日の経緯《けいい》。

風見と無言で目を合わす。数秒して、風見が肩《かた》を落としながら呟《つぶや》いた。

「問題は、彼女の特性があまりに常識離《ばな》れしすぎていて、全く攻略の糸口が摑《つか》めないということなんですよね……。……杉崎さん、本当に敵の能力打ち消す系の異能とか持ってないんですか？」

「あるわけねーだろ」

「ですよね……杉崎さんに宿る異能なんて精々『毎晩二割の確率でエロい夢を見られる』程度ですもんね」

「ただの思春期男子じゃねえか！」

それに俺は六割の確率でエロい夢を見ているぜ！……まあ残り四割は身近な女性たちによる修羅《しゅら》場《ば》系の悪夢だがな！　ちなみに最後は知弦《ちづる》さんに刺《さ》される確率高し！

「冗談《じょうだん》はさておき、実際西園寺さんの『それ』って、異能持ちの主人公でもなきゃ解決出来ない悩みだと思いますよ。つまり私達一般《いっぱん》人には過ぎた問題というか。割と真面目に」

「………」

夕暮れの生徒会室に、二人の長い長い溜息《ためいき》が木霊《こだま》した。

＊

西園寺つくし。

由緒正《ゆいしょただ》しき名家・西園寺家の生まれで、幼少の頃《ころ》から様々な英才教育を施《ほどこ》されて育つ。環境《かんきょう》への反発から曲がるといったこともなく、至って品行方正に成長。その器量の良さも相俟《あいま》って、親族を始めとした周囲からの評価は高い。

まさに、大和撫子《やまとなでしこ》と表現するに相応《ふさわ》しい女子高校生。

「……のはず、なんだけどなぁ」

廊下《ろうか》を歩きながら、風見に渡《わた》された彼女に関する報告メモを眺《なが》め、違和感に後頭部をポリポリと掻く。……別に、風見の報告を疑っているわけじゃないんだが……。

「実際の印象と……なんか違うんだよなぁ」

それは多分風見も、そしてこれを調べたのであろう新聞部員も……いや、あの演説を見た全校生徒が分かっていることなのだろう。ただ、報告書に書く文章としては、ここまでしか表現出来ないだけで。

「プロフィールだけ見りゃあ、こんなに生徒会長っぽい人間も居ないのにな」

そんな人間が断固として役職を拒否《きょひ》しているというのだから、不思議なものだ。それも大和撫子的な「謙遜《けんそん》して一歩引く」ような動機からではなく、明らかに、もっと根深い自信の無さから。……そう、自信の、無さ。

「それが第一の引っかかりかもな……」

もう一度報告メモに目を落としながら呟く。どうも、その背景や実際の能力値と、態度が比例していない。メモの補足事項《じこう》にも、成績優秀《ゆうしゅう》・対人関係良好といった高評価がずらりと並んでいた。「控《ひか》えめな態度」なのと「本当に自信が無い」のには明確な差がある。西園寺つくしを見た限り、俺の印象は後者だった。

「ま、悪いヤツじゃないのは確かなんだよな。今はそれで充分《じゅうぶん》か」

俺は必要以上の考察をやめてポケットにメモを突っ込《こ》む。西園寺に関しては、あれこれ考えるよりとにかくアタックだ。交流しなきゃ何も始まらない。

気合いを入れて彼女のクラスへと向かう。しかし、西園寺は既《すで》に教室には居なかった。予想していたことではあるが、少し残念だ。多少なりとも生徒会に出るか迷って留《とど》まっていてくれるかな、なんて期待もあったのだ。肩を落とす俺に、彼女のクラスメイトだった顔見知りの女生徒——巽千歳《たつみちとせ》が声をかけてきてくれた。

「つくつくが帰ったのはついさっきにゃ。まだ全然追いつける距離《きょり》だと思うにゃ、すぎすぎ先輩《せんぱい》」

「そうなのか。サンキュ、千歳ちゃん！」

「うにゃ、攻略頑張《こうりゃくがんば》るにゃー！　ふぁいとにゃー！」

そんなわけでダッシュで二年C組から飛び出す。そういえば千歳ちゃん、全然事情説明してないのに訳知り顔だったな。相変わらず底が見えない子だ。

玄関《げんかん》まで走ってみるも、西園寺は居ない。しかしこんなこともあろうかと帰宅の準備を整えておいた俺は、そのまま玄関を出て校門前まで走った。キョロキョロとあたりを見回すと、遠くに艶《つや》やかな黒髪《くろかみ》の女生徒の後ろ姿が見える。ハーレム王の特殊《とくしゅ》スキル「美少女感知」を発動し、あれが西園寺だと確信した俺は猛《もう》ダッシュでそれを追いかけた。すぐ背後まで来たところで「西園寺！」と声をかけると、彼女はびくんと驚《おどろ》いてこちらを振《ふ》り返《かえ》る。ビンゴ！

「一緒《いっしょ》に帰ろうぜ！」

「え、ええ⁉」

目を白黒させて驚く西園寺に、爽《さわ》やかに微笑《ほほえ》みかけようとするも、急な運動のせいでぜえぜえと息苦しくて、物凄《ものすご》く歪《いびつ》な表情になってしまう。西園寺は完全に怯《おび》えていた。

「あの……それは遠慮《えんりょ》させていただきたく……」

「なんで？」

「なんでと言われましても……その……殿方《とのがた》と二人で下校というのは、ふしだらと申しましょうか……」

「ふーん……」

目を伏《ふ》せながら拒絶《きょぜつ》してくる西園寺。まあ予想通りの反応だが……しかし、嫌悪感《けんおかん》を示しているようなフシはない。ふむ。ならばここは、男として押させて貰《もら》おう。

「じゃこれ、今日の生徒会活動っつうことで」

「え」

驚いて顔を上げる西園寺。俺は即座《そくざ》に横に並び、ひょいと彼女の鞄《かばん》を奪《うば》い取りつつ笑顔を向けた。

「鞄、お持ちしますよ会長」

「か、会長って……。わたしは——」

「会長だろう？　本人の意思がどうであれ拒否申請《きょひしんせい》が通っていない以上、今は会長だ。そして会長なら、帰宅する以前に生徒会活動に参加すべき。だろ？」

「っ……。……そんな風に言われてしまいましたら……。……分かりました。その代わりと言ってはなんですが、鞄は流石に自分で——」

「おう、そう言うだろうと思った。ほい」

素直に鞄を返す。俺のあっさりした態度で何か勘《かん》づいたのか、西園寺はジトッと俺を睨《にら》んでいた。

「……なんとずるいお方なのでしょう……」

「なんだって？」

「なんでもございません」

少しだけ拗《す》ねたような表情を覗《のぞ》かせる西園寺。……なんだ、こいつ、こういう顔も出来るんじゃないか。

そんなわけで半ば無理矢理気味に二人で並んで歩いていると、意外なことに、西園寺の方から口を開いてきた。それも、極《きわ》めて申し訳なさそうに。

「……先日は、申し訳ございませんでした」

「へ？　何が？」

そう応じた直後に「ああ、生徒会欠席のことかな」と思うも、しかし実際にはそうではなかった。

「職員室で……その……声を荒《あら》げてしまい……」

言われてみて確かにそんなことあったなと思い出したものの、その件に関して特に腹を立てた覚えもなかった上に、どちらかというとその前の、会長職をぞんざいに扱《あつか》う言葉の方を撤回《てっかい》して貰いたい気持ちがあったため、微妙《びみょう》な反応をしてしまう。

「ああ……」

俺のリアクションをどう捉《とら》えたのか、西園寺は更《さら》にかしこまった。

「えと……す、杉崎、さんは、上級生の方だったのですね。そうとも知らず、先日は本当に無礼な対応を……」

「あ、いや、そんなのは別にいいんだけど」

というか、そういう話をしだしたら、俺はもっと怒《おこ》らなきゃいけない下級生だらけだ。

西園寺がしゅんとしてしまっているため、俺はフォローを入れておくことにした。

「まあ学年がどうであれ、西園寺は会長で俺が副会長だからな。言葉遣《ことばづか》いが上からだったり対等だったりしても、そんなに違和感《いわかん》は無いんじゃないか?」

「それは……そういう見方もあるやもしれませんが……」

「そんなわけで、西園寺は明日《あした》から俺のことをダーリンと呼べばいいと思うぞ」

「そういう見方だけは無いと思います」

きっぱり断られた。しかし俺は食い下がる。

「じゃあ西園寺はなんて呼びたいんだよ、俺のこと」

「なんて呼びたいと問われましても……。その、貴方様《あなた》の希望があればそれで……。あ、先程のような冗談は無しですよ」

「じゃ玉袋筋《たまぶくろすじ》○郎で」

「冗談にも程があるではありませんか！」

「なにおう！　なにが冗談だ！　謝れ！　今すぐ玉袋○太郎《たろう》さん本人に謝れ！」

「ああ、申し訳ありません、浅○キッド様！　他意は無かったのです！」

　あさっての方向に手を合わせてぺこぺこ頭を下げる大和撫子。本当に謝りおったでこの娘《むすめ》。斬新《ざんしん》な反応だ。正直超《ちょう》面白いので俺はこのノリを続行する。

「浅草○ッドは水道○博士も含《ふく》めたユニット名だろう！　ちゃんと玉○筋太郎さんの名前を呼んだ上で謝れよ西園寺！」

「そ、そんなご無体な……」

「何が無体か！　お前全然反省してないのな！　そこで躊躇《ためら》うことこそ、玉袋○太郎氏に対する何よりの侮辱《ぶじょく》だとは思わないのか！　恥《はじ》を知れ恥を！」

「くぅ……い、一理あります……しかし……しかし！　なぜ貴方様はそんなにも鼻息を荒くなさっているのですか！　明らかに邪《よこしま》な意図が見えるではありませんか！」

「俺が邪悪《じゃあく》かどうかなんてこの際関係ない！　これはお前と玉袋筋○郎氏の問題だ！」

「なんということでしょう！　いつの間にかわたしと浅草キ○ド様との間に謎《なぞ》の因縁《いんねん》が発生してしまっております！」

「いいから謝れ！　人として謝れ！　名指しで謝れ！」

「く……っ」

「あーやまれ！　あーやまれ！　あーやまれ！　あーやまれ！　あーやまれ！」

「わたしは今、驚く程軽蔑《けいべつ》に値する高校三年生を目撃《もくげき》しております！」

そんなことを言いつつも、しかしどうやら根は異常に真面目《まじめ》らしい西園寺、彼女はしばし顔を真っ赤にしてぷるぷる震《ふる》えた挙句……ごくりと唾《つば》を飲み込んで、口を開いた。

「た……玉○ゃん様、申し訳ございませんでした！」

「た、玉ち○んだと⁉」

なんてこったい！　こやつ、この土壇場《どたんば》で玉袋筋○郎氏がN○Kの番組に出る際の芸名で謝るというファインプレイを見せおったでぇ！

心なしかどや顔でこちらを見る西園寺。俺は「ぐぬぬ」と唸《うな》り拳《こぶし》を握《にぎ》りしめ……そして、ハッキリと告げてやった！

「しかしそれはそれで興奮するからまたよし！」

「なんと！」

驚愕《きょうがく》する西園寺。俺はニタリと下卑《げび》た笑みを浮《う》かべた。

「ふふ……玉○ゃん……玉ち○ん……」

「ああっ、なんということでしょう！　繰《く》り返されるごとに、なぜだか元のお名前より卑《ひ》猥《わい》に聞こえてくるではありませんか！」

「たーまーちゃん。たーまーちゃん。たーまーちゃん」

「いやぁああああ！　堪忍《かんにん》を、ご堪忍をぅー！」

両手で耳を塞《ふさ》いで顔を真っ赤にして逃《に》げ回る西園寺。追いかける俺。

「たーまーちゃん」

「いやぁあああ！」

「中○玉緒さん」

「いやぁあ!?　今までは全く卑猥さなど感じなかったはずの名前にさえ敏感《びんかん》にぃ！」

「マー〇ニーちゃん！　マーロ〇ーちゃん！」

「はぁぅ！　なぜか卑猥！　定番鍋《なべ》具材さえも今やなぜか卑猥ですぅ！」

そんなこんなで、そのまま五分程追いかけっこをしたところで、流石《さすが》にお互《たが》い力尽《ちからつ》きて、ぜぇぜぇと息を切らせて項垂《うなだ》れてしまっていた。……いかん、楽しくなりすぎた。完全に目標どころか自分見失ってた。

ふとあたりを見回すと、他の通行人達がドン引きして俺達の周りを取り巻いている。しかし不思議と俺を変態と見なして取り押さえるような空気もない。……まあそりゃそうか。終盤《しゅうばん》なんか「サ〇エさん！　ちびま〇子ちゃん！」とか叫《さけ》んでたしな。最早《もはや》あれら日曜アニメタイトルの何をエロいと見なしていたのか自分達でも理解出来ない。

ある程度息を整えたところで、西園寺が非難がましい目で俺を睨み付けてくる。

「い、一体なんなのですか貴方様は……」

「通りすがりの、玉袋筋〇郎を名乗る者さ」

「ただの変態さんではありませんか！」

「なんだと！　謝れ！　玉〇さんに謝れ！」

「ああ、申し訳ありません――ってこの展開はもういいです！　そもそも貴方様は杉崎鍵《けん》さんでしょう！　なれば当然わたしはその名で呼ばせていただくまでです！」

「おう。じゃ、鍵さんで」

「え」

ぴたりと止まってしまう西園寺。しかし俺は笑顔で押す。

「いいだろ、別に。そういう名前で、俺もそれを望んでいるんだから。何か問題が？」

「え……いえ……その……杉崎さんとかでは……」

「鍵さんで」

「……あの……」

「鍵さんで」

「…………分かりました。……鍵、さん」

悔《くや》しいのか照れているのか分からないが、顔を赤らめて俯《うつむ》く西園寺。……よし。一歩前進だ。こちとら最早ゆっくり仲良くなろうなんて悠長《ゆうちょう》なスタイルじゃねえんだ。強引だろうが「杉崎鍵」全開で行かせて貰う！

俺は会話を再開させた。

「それでさ、西園寺」

「なんですか杉……鍵さん」

額に手をやり、呆《あき》れた様子の彼女に、俺は単刀直入に切り出す。

「なんで生徒会に来ない？」

「…………」

彼女は一瞬《いっしゅん》だけ押《お》し黙《だま》り。しかし、ある程度は予想していたのか割と落ち着いた様子で返してきた。

「わたしは、生徒会長に相応《ふさわ》しくありません」

「それは碧陽《へきよう》学園の生徒達が決めることだ」

「……碧陽学園の皆《みな》さんは、まだ、わたしのことを何も知りません」

「それでも俺より票数集まるんだから、立派なもんだ」

「っ！　とにかく、無理なんです。わたしなんかには……」

ジッと地面を見つめる彼女に、俺は少し困って首筋を掻《か》く。

「それが分からない。何がそんなに自信無いんだよ？　こう言っちゃなんだけど、うちの会長職なんてそこまで能力求められるようなもんじゃねえぞ？」

そう言ってみるも、しかし西園寺は頑《かたく》なに首を横に振《ふ》った。

「そうじゃないんです。そういうことじゃ……」

「じゃあどういうことなんだよ」

「それは……っ……わたしに何かを期待すること自体、やめて欲しいんです」

「？　なんだそれ」

おいおい、単純に能力に自信が無いとかそういうレベルじゃないコンプレックス持ってんのかよ。俺が戸惑《とまど》う中、西園寺はふっと儚《はかな》げに微笑《ほほえ》む。

日本人形のような顔が憂《うれ》いに歪《ゆが》み、しかしそれが故《ゆえ》に美しい。

艶《つや》やかな黒髪《くろかみ》が風になびく。

嘘《うそ》のように幻想《げんそう》的な光景の中。

彼女は情感たっぷりに唇《くちびる》を動か——

縞《しま》パンツ見えた。

「…………」

「…………」

二人、押し黙る。西園寺のスカートが見事に捲《まく》れ、可愛らしい下着と白磁《はくじ》のような太股《ふともも》がガッツリ見えていた。

初めは意味が分からなかったが、すぐに気付いた。彼女の下でくるくるとつむじ風が発生している。そして留まっている。それはまるで彼女の下着を見せるためだけに発生した専用竜巻《たつまき》。

「っ！」

移動する西園寺。ペットのようについてくる竜巻。走る西園寺。離《はな》れない竜巻。スカートの前側を押さえる西園寺。今度は後ろ側に回り込む竜巻。お尻《しり》がぺろんと露出《ろしゅつ》する。後ろを押さえる西園寺。今度は前に回り込む竜巻。両方押さえる西園寺。今回は鞄《かばん》も使って風を完全ガードの姿勢。これには流石の竜巻も太刀《たち》打《う》ち出来ない！

「……ふ」

どや、という感じで俺の方を見る西園寺。しかし次の瞬間《しゅんかん》……。

〈カチ〉

「へ？」

鞄の留め具が外れたと思ったら、中に入っていた手帳らしきものが落下。地面に落ちた衝撃《しょうげき》でバインダーが壊《こわ》れるか何かしたのか、散った紙束がつむじ風に吹《ふ》かれて一気に急《きゅう》上昇《じょうしょう》、あたり一帯へと降り注《そそ》ぐ。

俺の上からも一枚降ってきたので手に取ると、その紙というのがまた……。

「ん？　なになに……『弾丸《だんがん》みたいなこのキモチ☆　アイツへ撃《う》ち込め、ズキュンッバキュンッ！』？　なんだこりゃ？」

「っ～！」

「……こっちの紙には……なになに『恋《こい》のテンプルナイツ～ワタシのカレは聖堂騎士《きし》団～作詞・TSUKUSI』……って。これお前まさか自作の……」

「～～～！」

顔を真っ赤にしてわなわなと唇を震わせる西園寺。飛び散った紙を回収しようとするも、しかし先程は西園寺のスカートをめくっていたつむじ風が、「新たな仕事を見付けましたぞ！　精一杯頑張《せいいっぱいがんば》りますぞご主人！」と言わんばかりに勢いを増し、縦横無尽《じゅうおうむじん》に動き回っては紙を拡散させていく。

不運のコンボが止まらない。なんだこれ。

そうして、この辺の通行人どころか、この街全域に紙が行き渡《わた》ったんじゃないかというところで、彼女はガクリと地面に項垂れる。こんなにメモが降り注いでいるのに、彼女の手には一枚たりとも返ってきていなかった。

正直なんと言っていいのか分からないが、それでも俺が恐《おそ》る恐るフォローの言葉をかけようとすると……彼女は急にこちらを振り向き、前髪《まえがみ》で目元が隠《かく》れる中、不気味に告げた。

「もうお分かりいただけたでしょう……鍵さん……」

「えっと……その……えーと……」

ゆらり、と立ち上がる西園寺。彼女は鞄を拾い上げ、パンパンと土埃《つちぼこり》を払《はら》うと……。

唐突《とうとつ》に、叫びながら走り出した！

「そういう星の下に生まれてきた娘《むすめ》なのですよ、わたしはぁ～！　うわぁぁぁぁあん！」

「お、おい西園寺！」

怒濤《どとう》の勢いで走り去る西園寺。

「…………」

いくら俺と言えども、追いかけてフォローすることさえ出来ず呆然《ぼうぜん》とする。

夕焼けが街の色を赤く染める中、遠くでカラスが「アホー、アホー」と聞こえよがしに鳴いていた。

＊

「まあそういうこともあるだろうな」

英語教師・枯野恭一郎《かれのきょういちろう》は極めてぞんざいな態度でそう言い放ち、熱いブラックコーヒーを喉《のど》に流し込んだ。さっきから不味《まず》い・安っぽい・苦味とただ苦いのは違《ちが》う、などと文句を垂れながらも、これで五杯目《はい》だ。

俺はドリンクバーで取ってきた烏龍茶《ウーロンちゃ》のコップを握《にぎ》りしめながら訊《たず》ねる。

「碧陽学園の性質とか《企業《きぎょう》》関連のこと、それに同級生に超能力《ちょうのうりょく》者居るぐらいッスから、俺もそういうのに大分偏見《へんけん》が無い側の人間だと思うんですが……マジな話ですか？」

俺の疑うような眼差《まなざ》しが気に障《さわ》ったのか、枯野さん——いや、枯野先生は少しムキになった様子で説明してくる。

「人間社会なんてものは、森羅万象《しんらばんしょう》ありとあらゆるものが偏《かたよ》って構成されてるんだ」

「またそんな偏った考え方を……って」

なんか以前も全く同じやりとりをした気がする。が、枯野先生は構わず続けた。

「金もそう、名誉《めいよ》もそう、才能もそう。神は人の上に人を作る。誰《だれ》も彼もを等しく愛してなどいない。そう考えれば、その西園寺とやらの特性についても、なんらおかしいことなど無いだろう。幸福なんざ、世の中で最も偏るものの一つだ」

「……不幸、という感じでも無いんですが。運が無いとでも言いましょうか……」

「まあ本当に運が無ければ、そもそも高校生などやれていないだろうがな」

それはそうだ。運が無いとか不幸とかいう表現は少しずれている気がする。なんだろう……あえて言うならやはり……。

「笑いの神が降りている、か」

「ふむ、面白い表現だな。……くくっ、しかしそんな存在が今年度の碧陽学園会長とは、《企業》としても極めて興味深い事態だ。ふむ、流行《りゅうこう》の中心地たるこの学園を舞台《ぶたい》に、去年一年、貴様等《ら》がギャグ小説など展開してしまったが故《ゆえ》に、彼女のような存在を引き寄せでもしたか。なんにせよ面白い現象と言える」

興味深そうに微笑んだ後、枯野先生は五杯目のコーヒーを飲み干して「とにかくだ」と話をまとめた。

「気になるなら直接調べればいいだろう。私ならば、そうだな、相手が碧陽学園生徒でさえなければ、ふん捕《づか》まえて人体実験でもなんでもしているところだ。実に惜《お》しい」

酷《ひど》く悪い表情を覗《のぞ》かせる枯野先生。まったく、どんな相談相手だ。俺の中でこの手の相談が出来る人はこの人ぐらいしか選択肢《せんたくし》無かったからこうして西園寺に逃《に》げられたその足でファミレスに赴《おもむ》いて相談を持ちかけてしまったが、やはりミスった気がしてならない。

もうこれ以上喋《しゃべ》ることはないといった様子で立ち上がる枯野先生。大人としてこのファミレスの代金を支払《しはら》ってくれる……こともなさそうな彼に対し、俺は改めて声をかけた。

「ありがとうございました、枯野先生」

そんな俺の言葉に、彼は意表を突《つ》かれた様子を見せる。俺はにこっと微笑んだ。

「俺、そういう先生の考え方、割と嫌《きら》いじゃないッスよ。そうですよね。悶々《もんもん》と考える時間あるぐらいだったら、とにかく本人に直接アタック仕掛《しか》けた方が百倍いいッスよね」

「あ、ああ……まあ、そういうことだが。……ちっ、調子狂《くる》うな」

本当に気持ち悪そうに悪態をつく枯野先生。俺が笑っていると、彼は不愉快《ふゆかい》そうに俺に背を向ける。

「ふん、貴様が生徒会活動を行えず四苦八苦している姿は、実にいい気味だ」

「……そうッスか」

最近じゃ勝手に親しみさえ感じ始めていたため、少し落ち込む。

枯野先生はそのまま振り返りもせずに立ち去ろうとし……しかし、すぐにぴたりと足を止めて、小さくだが言葉を続けてきた。

「まあしかし……そろそろ、生徒会の不在にも飽《あ》きた。いい加減、活動を開始させろ。そうしないと、私が直々《じきじき》に潰《つぶ》してやることさえ出来ないだろう」

「……はい！　頑張《がんば》るッス！」

「ふん……精々足掻《あが》け」

実につまらなさそうに出ていく枯野恭一郎。

俺はその背に軽く頭を下げ……そして、決意を新たにした。

＊

「西園寺攻略《こうりゃく》、二日目！」

「わー！　ぱふぱふ！」

今日も今日とて誰も居なかった生徒会室を出たところで意気込む俺。そして、隣《となり》でどこから持って来たのか紙吹雪《かみふぶき》を撒《ま》き散《ち》らしつつ盛り上げてくる火神北斗《ほくと》。……うん。

「……えーと……なんで火神？」

キラッキラした瞳《ひとみ》で紙吹雪を振りまく火神を、わけも分からず見つめる。

彼女は実に端的《たんてき》に事情を説明してきた。

「今日のカガミは友達との約束までちょっと時間あって暇《ひま》だったんで！　センパイの様子を見に来てみました！」

「あそう……」

なんか暇潰しのノリで活動参加されてしまっていた。まあこいつらに生徒会させるのが目標で動いているわけだから、念願叶《かな》ってるっちゃ叶ってるんだが……なんだろう、今日は激しく要《い》らない。同じ後輩《こうはい》なら、風見とトレードして欲しい。

俺のそんな心中を察してか察さずか、火神が意外と律儀《りちぎ》に紙吹雪を片付けつつ話す。

「聞けば風見センパイ、新聞部の方が忙《いそが》しくてここ数日は杉崎センパイのサポートが出来ないらしいじゃないですかぁ！　そしてカガミは今日暇！　とても暇！　これはもう、神様が杉崎センパイを手伝えと言っているとしか思えませんね！　ええ！」

「神様はそう言ってたかもしれないが、当の俺は別に手伝って欲しいとは……」

「よし、じゃあまずは何しましょうかセンパイ！　何でもしますよ、カガミ！」

「何でも？　よしじゃあ――」

げへ、と舌なめずりする俺。しかし次の瞬間――

「エロいことしましょうか、センパイ！」

「ボケを先回りされただと⁉」

「じゃ、気が乗りませんがラブホ行きましょうか。カガミはきっと後悔《こうかい》で泣《な》き叫《さけ》んでしまうと思いますが、まあセンパイに強要されたんだから仕方ありませんよね。行きましょう」

「い、いやややっぱりそれ無し！　エロいことはしなくていい！　普通《ふつう》に手伝ってくれ！」

「わぁい、センパイ優しいー！　ま、でも友達と約束あるんですぐ帰るんですけど！」

「じゃあただの冷やかしじゃねえかよ！」

「センパイ、そんな冷たいこと言わないで下さいよぅ」

ぎゅうと俺の腕《うで》に抱《だ》きついてくる火神。こいつ……もしかして、意外と扱《あつか》い辛《づら》いんじゃないか？　俺、基本的にこいつの手の上で踊《おど》らされてないか？

そんなわけで、色々納得いかないことはあるものの、俺は今日も今日とて西園寺と下校するために玄関《げんかん》へと向かう。火神も一緒《いっしょ》に学校を出るというので、途中《とちゅう》まで同行。

道すがらザッとこれまでの経緯《けいい》を話してやると、火神はなぜか「んー」と人差し指を唇《くちびる》に当てて唸《うな》りだした。

「どうした？」

「んー……。えーと、センパイは信じるんですか、そーいうの」

「？　まあ信じるも信じないも、実際何度か目撃《もくげき》しちまっているしなぁ。科学的に有るだの無いだのの検証には興味無いっつうか」

「カガミも別に超常《ちょうじょう》現象嫌《きら》いじゃないですよ。むしろ好きっていうか、友達の影響《えいきょう》でどっちかっていうとそういう番組チェックする方だし。でも……なんかなぁ」

「なんだよ、ハッキリしねぇな」

「いや……なんて言ったらいいんですかね。あの、カガミ、霊感《れいかん》キャラちょっと苦手なんですよねー。実際霊感ある人っていうより、あくまで『霊感キャラ』なんですけど。やたらそこ主張してくるタイプっていうか、それで空気変にする人いるじゃないですかぁ」

「あー……それは分かる気がするが」

何も霊感だけに限った話じゃない。要は自分の特殊性《とくしゅせい》を鼻にかけるというか、他人に押し付けるような人間が、得意じゃないという話だろう。しかし……。

「西園寺がそういうタイプだとは、俺は思わないけどな」

「んー……カガミは直接喋ったこと無いから、センパイがそう思うんだったら、それでいいんですけど。でも……不幸が重なることなんて、ぶっちゃけ、誰にでもあるじゃないですかぁ」

「そりゃ、そうだけど……」

「なんか……しょーじきその悩《なや》みって、カガミ的には、ビミョーというか」

「ビミョーか」

「ビミョーッスね。でも悩みなんて人それぞれだと思うんで、それはあくまでカガミがそんな風に感じるーってだけの話ですけどね！　あー、なんか、色んな友達から、もうちょっとヘビーな家庭環境《かんきょう》の悩みとか沢山《たくさん》聞いたことあるからってだけかもです」

「……うん、まあ、な」

火神の言うことも分からないじゃない。分からないじゃないんだが……うーん。

俺は自分の見た西園寺の姿を思い出す。確かに、ギャグみたいな特性だ。火神じゃないが、俺にだって、もっとヘビーな悩みを持った知り合いぐらいいくらでもいる。

でも、これまた火神の言うとおり、悩みなんて人それぞれ。他人と比べてどうこう言うもんでもないはずだ。……うん。

そんなことを考えながら火神と二人玄関を出る。俺はそのまま西園寺が出てくるまで待機しようと脇《わき》へ向かい、火神は「じゃ、センパイ！」と実にあっさり去って行ってしまった。……結構薄情《はくじょう》だよな、あいつ。

しばらく壁《かべ》に背を預けて待ち伏《ぶ》せしていると、すぐに西園寺が出て来た。声をかけると露骨《ろこつ》に嫌《いや》そうな顔をされたが、今日も今日とて「これが生徒会活動」という論理で押した結果、渋々《しぶしぶ》といった様子ではあったが同行の許可を貰《もら》った。

校門を出て少し歩いたところで、西園寺が切り出してくる。

「もう、昨日の一件でわたしのことはご理解いただけたと思っていましたけど」

「ああ、充分《じゆうぶん》理解出来たよ。……なんかアイドルに憧《あこが》れていることとか」

「そ、そぞそ、そちらの話ではございません！」

顔を真っ赤にして否定してくる西園寺。接すれば接するほど可愛い奴《やつ》だな……。ギャップ萌《も》えの最高峰《さいこうほう》とさえ言えるんじゃないかこいつ。

半ば無理矢理気味に自分を落ち着かせ、いつもの大和撫子《やまとなでしこ》オーラを振りまく西園寺。

「勘違《かんちが》いされると困りますので一応、僭越《せんえつ》ながらご説明させていただきますと、わたしはあくまで趣味《しゆみ》として作詞を嗜《たしな》んでいるだけでございまして、決して、決して自分がそうなりたいですとか、その、憧れているとか、そういうのとは違《ちが》うので——」

「巡《めぐる》、紹介《しようかい》してやろうか？」

「本当でございますか⁉」

キラッキラした瞳で見つめてくる西園寺。しばし二人の間に無言の時間が過ぎ……ハッとした彼女が、コホンと咳払《せきばら》いをする。

「…………せ、せせせ、折角の申し出でございますが、ここ、今回は、おこ、おこ、お断りさせていただきたく……ひっく」

「いやめっちゃ会いたそうだよなぁ⁉」

「そそ、そんなわけ無いではありませんか！　決して、決して、転校先を碧陽学園に選んだ理由の一端《いったん》に『あの星野《ほしの》巡さんに会えるかもしれません！』などという邪《よこしま》な気持ちがあったりなどは、しないのですから！」

「もの凄ぇ思い入れあるんじゃねぇかよ！　じゃあ意地張らず会えよ！　いつでも紹介してやるから！　巡だってお前には興味あるだろうし！」

俺の申し出に、西園寺は「じゃあ――」と言いかけるも、ぐっとそれを飲み込み……そして、いつもの「大和撫子オーラ付き西園寺」でふっと髪《かみ》を掻《か》き上げた。

「わたし、そういう品の無い『ファンでした』的出逢《であ》い方は、したくありませんので」

「お前結構面倒臭《めんどうくさ》いのな！」

微妙《びみょう》に自尊心ありやがった！　なんだこいつ！　いや気持ちは分からんでも無いけど！

西園寺はしばし抑《おさ》えきらない後悔にぷるぷると打ち震《ふる》えた後……しかし、唐突《とうとつ》に、ふっと、何かを悟《さと》ったような微笑《ほほえ》みを漏《も》らした。

「まあどうせ……いくら鍵さんにセッティングしていただいても、わたしは、巡さんに会えないでしょうしね……」

「………」

枯野先生との会話を思い出す。運が無い……もしくは、笑いの神が降りている、とされる彼女の特性。確かにその特性がホンモノなら、巡に会えない可能性は高いだろう。

西園寺が続ける。

「先日、彼女の事務所に行く機会があった時でさえ、巡さんとは全く会えなかったのです」

ああ、俺が生徒会でぽつーんと待っていた時の出来事か。確か、巡に間違《まちが》われて、マネージャーに拉致《らち》られたんだったよな。場合によってはニアミスとも見れるが、逆に、そこまで接近しておいて会えないというのも、妙《みょう》な因果に思える。

……ふむ。

「よっしゃ！」

俺はぴたりと立ち止まり、唐突に声を上げた。何事かと振り向く西園寺に、俺は笑顔で告げる。

「今から会いに行ってみようぜ、巡に！　それが今日の生徒会活動だ！」

「え、ええ⁉」

驚《おどろ》き戸《と》惑《まど》う西園寺。しかし俺は強引に彼女の手を掴《つか》むと、校舎の方へと向かって引き返し始める。

「ちょ、鍵さん、ですから、無理なんですって！　わたしなんかには……」

「やってみなけりゃ分からないだろ！」

「やってみて失敗することの痛みを、わたしは誰《だれ》よりも知っているんです！」

バッと俺の手を強い力で振り払《はら》う西園寺。その目には涙《なみだ》さえ滲《にじ》んでいる。

「やるだけやってみろとか、当たって砕《くだ》けろとか……そういうのは全部、普段《ふだん》うまくいくことの方が多い方の論理です！　わたしは！　わたしは……それが大事に思うことであればあるほど……必ず……」

彼女は俯《うつむ》き、唇を噛《か》む。それは、その特性で彼女がどれだけ傷ついてきたかを推《お》し量《はか》るには、充分な痛々しさで。

しかし……それでも俺は、退《ひ》かなかった。

「……一回だけでいい。チャンス、くれねぇか？」

「チャンス……ですか？」

「ああ。お前の特性は、分かっているつもりだ。お前が、何度もそれに屈《くっ》してきたのであろうことも、分かる。だけど俺はまだ……それと、戦えてもいない。だから、お前と違って簡単に諦《あきら》められないんだ。そんな理由で会長をやれないっていうことが」

「……それは……」

「だからまずは、チャンスをくれ。俺はこれから、お前を巡と会わせるため全力で動いてみる。そしてその結果、もし、巡に会えたなら……」

「……いいでしょう」

先程とは違う、決意を孕《はら》んだ瞳《ひとみ》で俺を見つめ返してくる西園寺。

「今から放課後中……そうですね、二時間以内にわたしと巡さんを会わせることが出来ましたなら、私は次から生徒会に出席させていただきます。しかしもし出来なければ……もう、わたしの自由にさせて下さい」

「分かった。絶対、会わせてやる。ハーレム王を舐《な》めんなよ！」

自信満々で拳《こぶし》を掲《かか》げる俺。

…………。

…………くくく。

勝った。

これは勝ったぞ、杉崎鍵！　お笑い体質という厄介《やっかい》な問題を「巡に会わせる」という楽な命題に置《お》き換《か》えてやった！

こうなりゃ話は単純！　あとはもう、この命題をとっととクリアするのみ！

実は本日、巡に特に仕事が無いことは確認済みだ！　更《さら》に言えば、二年B組を出る時、巡はまだ教室で他のヤツらと駄弁《だべ》ってた！　更に更に、玄関《げんかん》で西園寺待ち伏せしてた時にも、巡は通っていない！　つまり！　まだ学校にいるっつうことだ！　最悪帰宅していたところで、ここから巡の家までは三十分かからない！　完璧《かんぺき》だ！

「よっしゃ、行くぞ西園寺！」

「はい」

西園寺の手を引いて学園に走り出す俺！

新生徒会長・西園寺つくし……これにて攻略完了《こうりゃくかんりょう》だぁー！

攻略完了どころかまさかのゲームオーバーだった。

「……二時間経《た》ちましたよ、鍵さん」

「嘘《うそ》……だろ……？」

頭にひょっとこのお面をのせながら、手に持っていた鍬《くわ》を畑へと落とし、がっくりと項《うな》垂《だ》れる俺。

西園寺はと言えば、最初から分かりきっていたことと言わんばかりに、俺の耕しまくった畑の真ん中でぽつんと一人、達観した瞳で空を見上げていた。………キャビンアテンダント姿で。

なにがどうしてこうなったのか。とにかく怒濤《どとう》の二時間だったのだ。いや、怒濤という言葉さえ生温《なまぬる》い。振《ふ》り返《かえ》るのにさえ体力の要る二時間だった。

まず学校に戻《もど》ろうとした矢先に、大量のリスに襲《おそ》われた。いくら北の大地と言えど、街中にそうそうリスなど出ない。しかし今日ばかりは出た。大量に出た。しかもなぜか西園寺に執拗《しつよう》にじゃれつくため、俺達はとにかく逃《に》げ回り、そうして気付いたら知らないバス停《てい》の待合小屋の中。しばし茫然自失《ぼうぜんじしつ》となるも、気を取り直して俺は巡に電話。まだ教室に居るというので、リスに怯《おび》える西園寺を立たせ、周囲に注意を払いつつ、なんとかかんとか碧陽へ帰還《きかん》。玄関まで辿《たど》り着《つ》きこれで一安心と思った矢先……。

西園寺が狙撃《そげき》された。

正確には野球部の練習中にかっとばされたボールが色んなところを跳《は》ねた結果西園寺の

頭を銃弾《じゅうだん》真っ青の高速でかすめて、その美しい髪を散らせただけだったのだが、そのショックで西園寺がふらりと倒《たお》れ。

俺が咄嗟《とっさ》に抱《だ》きとめたはいいものの、こんなところでまさかのラブコメシチュエーション発動、むにゅりと思い切り西園寺の胸を揉《も》むような体勢に。まったく信用が無いのは承知の上で弁解するが、わざとじゃない。無論、堪能《たんのう》はしたがな！……本当にわざとじゃないんだが、まあ碧陽の生徒には伝わるはずもなく。通りすがりの女生徒に悲鳴を上げられ。

そこで、なぜかこれまた丁度学校を訪れていたＰＴＡの方が刑事《けいじ》だったらしく、強面《こわもて》で銭〇警部似おっさんに手錠《てじょう》を振り回されつつ追いかけられることになり、これで捕《つか》まったら二時間以内に巡に会わせるのは絶対不可能だと判断した俺は、西園寺をおんぶしながら逃亡《とうぼう》。再び学校から離《はな》れたところで——

意識不明の西園寺もろとも見事に車に撥《は》ねられる。

しかしこれが西園寺につくのが「笑いの神」たる所以《ゆえん》なのか、俺も彼女もうまい具合にぽーんと吹《ふ》っ飛《と》び、なんの怪我《けが》も無い状態そのまま、まさかの、対向車線に居た干し草を積んだトラックの荷台へ。この時点で既《すで》に何件かの刑事事件が発生していることについては一旦《いったん》忘れておくことにして。

トラックから降りることも出来ず過ごすこと十分、西園寺が目を覚ますと同時に、トラックが赤信号で停車したため、戸惑う西園寺を抱《かか》えて荷台から道路脇《どうろわき》の草むらへダイブ。実に見事に着地したものの、なんとなぜかその場に居たワニの尻尾《しっぽ》を踏《ふ》んでしまい——と、ここらでまだこの話中盤《ちゅうばん》だけど、まだ聞く？

そんな感じで、まあ結局の話……。

「納得していただけましたでしょうか、鍵さん。わたしは、『こういう』人間なのです。鍵さんの言い方を借りれば、『笑いの神が降りている』。なるほど、言い得《え》て妙だと思います」

「…………」

自嘲《じちょう》の笑みを浮《う》かべながらこちらを向く西園寺に、俺は何も返せない。

「物心ついた時からこうでした。自分で言うのもどうかと思うのですが、わたしは基本的に『出来る子』ではあったのです」

その言葉に、一瞬《いっしゅん》桜野くりむ……「やれば出来る子」を連想してしまう。しかし、今目の前に居る少女と、あの底抜《そこぬ》けに明るい会長とには、大きな隔《へだ》たりがあって。

「お勉強も、習い事も、意外に思われるかもしれませんが運動も……全て、人並み以上に出来るのです。才能、という言葉はあまり好きではありませんが、他の方より飲み込みが良かったのは事実です。なにより、西園寺家の長女としてわたし自身、相応《ふさわ》しい女性になろうと……世に言う大和撫子《やまとなでしこ》になろうと志《こころざ》しておりました」

「……充分《じゅうぶん》、出来ていると、思う、ぞ」

「本当にですか？」

「…………」

いつもならすらすら出てくる女性への褒《ほ》め言葉《ことば》も喉《のど》につかえる。いや……彼女の優秀《ゆうしゅう》さを認めることは、やぶさかじゃない。しかし……それとは別のところで……。

夕暮れに染まる空を仰《あお》ぎ見つつ、西園寺が続ける。その瞳は潤《うる》んでいるようにも見えた。

「たとえば、それはお琴《こと》の披露《ひろう》会。六歳にしてとても筋がいいと先生に褒められ、親族の集まる場で余興として披露することになりまして。大好きなお父様とお母様に褒められたかったわたしは、張り切って臨《のぞ》みました。しかし結果は……。

わたしが指を添《そ》えた途端《とたん》弦《げん》が切れ、それが叔父《おじ》様の持っていた徳利《とっくり》に当たり、お酒が隣《となり》の親戚《しんせき》にかかり、その親戚が不幸にもおかぶりもの……その、カツラを濡《ぬ》らし、ずれてしまったことでその場は騒然《そうぜん》。幸いにも不穏《ふおん》な空気にはならず、むしろ笑いに包まれましたが……わたしの必死に練習したお琴は、終《つい》ぞ披露されることはありませんでした」

「…………」

「そのようなことが、わたしの人生は常につきまといます。いくら努力しても……いくら思い入れがあっても……いくらわたしが真剣《しんけん》に臨みたくても……最後には、アクシデントに全てを持っていかれてしまいます。わたしの努力は、想いは、全て無駄《むだ》になってしまうのです。強く想えば想うほど。それは、台無しになります」

去年の会長である桜野くりむが「やれば出来る子」ならば、今年の会長である西園寺つくしは、「出来るがやれない子」だとでも言うのだろうか。枯野先生の「ありとあらゆるものは偏《かたよ》る」という言葉を思い出す。

「この放課後の出来事を共有していただいた今の鍵さんには、もうご理解いただけると思います」

確かに圧倒的《あっとうてき》すぎた。気にしすぎ、なんてレベルの話じゃなかった。俺の見立てが甘すぎた。しかし……しかし、だからといって生徒会を諦められるわけもない。

追《お》い詰《つ》められながらも俺は、なんとか言葉を探す。しかし見つからない。そうこうしている間に、西園寺が口を開き……。

「ですから、無理なのです。わたしに会長は。こんな人間が集団の長であっていいはずがありません。責任ある立場であっていいはずがありません」

「…………」

「……しかし、それでも選ばれた以上努力してみようと一度は思いました。生徒会初日のことです。しかし結果は……結局、生徒会室に辿り着くことさえ出来ませんでした。お分かりいただけますよね？　わたしに、生徒会長など、どう足掻《あが》いても務まらないのです」

そんな、決定的な会長職拒否《きょひ》の言葉に。焦《あせ》った俺は……気付いたら、考えもなしに口走っていた。

「そ、そんなの、大したことじゃねえさ！　世の中、もっともっと大変な事情抱えたヤツらは、いくらだっているって！　だから……」

瞬間《しゅんかん》の。

西園寺のあの寂《さび》しそうな顔を……絶望したような表情を、俺は、一生忘れることが出来ないだろう。

何かを致命的《ちめいてき》に失敗した気がして、俺はすぐに言葉を続けようとする。

「あ、いや、違《ちが》う、俺が言いたいのは、だから、西園寺……」

「いいんです」

寂しそうな顔のままそう西園寺は言い。そうして、くるりと俺に背を向けて、歩を踏み出しながら告げる。

「笑いの神が降りている、なんて、他の方に比べれば大した問題ではありません。むしろ楽しそうでさえあるじゃございませんか。だからこそわたしは、この悩《なや》みを、あまり人に話さないのです。鍵さんの言うことはもっともですよ」

「違う……違うんだ西園寺。俺が言いたいのはそうじゃなくて……」

数歩進んだところで立ち止まった西園寺は、顔だけこちらに振り返らせた。

「ただ、鍵さん……本当に申し訳無いのですが……」

そう語る西園寺は、本当に悲しそうに微笑《ほほえ》んで。どこか困った風に告げた。

「わたしが一番嫌《きら》いな言葉は、『世の中もっと不幸な人間が居る』なんですよ」

「っ!」

「その通りだから、嫌いなんです」

それだけ言って、その場から去って行く西園寺。

彼女の背を、俺は……。

「………」

今の俺は、とても、追いかけられなかった。

……………いや。

追いかける資格が、無い気がしたんだ。

＊

土曜の昼下がり。

駅前の待ち合わせスポットである豚《ぶた》銅像前でぼんやりと空を眺《なが》める。天気は快晴、気温湿度《しつど》共に程よく、なによりこれからの予定は美女とのデート。ハーレム王を自認する俺でなくとも心が浮き立って仕方無いであろう、男子にとって最高の時間と言っていい、今この時。

俺の心の中は、別の女のことで一杯《いっぱい》だった。

「(あぁっ、しくった！　超《ちょう》しくったぁ！)」

整髪料《せいはつ》のついた頭を思わず掻《か》きむしる。いや、今日のデート自体は掛《か》け値《ね》無しに楽しみなのだ。相手の女性のことも心から愛している。でも今は正直なところ——

西園寺に、会いたかった。

「(かぁ～！　なんであんとき追いかけなかったんだよ俺！)」

昨日からずっと後悔《こうかい》してばかりだ。もう、ホント、俺ってやつぁ！　ああもう！

「(いや……駄目《だめ》だ駄目だ！　まずはデートに集中せねば！　デート中に他の女のことで頭一杯って、いくらハーレム王といえど失礼だろう！)」

そうは考えるも、どうにも西園寺の寂しそうな顔が頭にちらついて離れない。

一つ問題を抱えてしまうと、他のことをしていても、そっちにばかり意識が行ってしまう。中学時代から結局直ってない、俺の悪い癖《くせ》だ。あの頃《ころ》林檎のことで勝手に一人で責任感じて追い詰められ、上《うわ》の空で飛鳥《あすか》と付き合っていた時のまま。今ではそういう自分を客観的に見ることが出来るとはいえ、根本はやっぱり変わってない。

「(無理矢理にでも切り替えろ、杉崎鍵！　そんなんじゃハーレム王失格だろ！)」

今日は今日で楽しめばいい。それとこれとは別問題。何度も自分に言い聞かせながら、待ち合わせの時間を待つ。ケータイを確認すると約束の五分前。そろそろ彼女の乗った電車が到着《とうちゃく》する頃だなと考え、もう一度だけ目を瞑《つぶ》る。

切り替えろ……切り替えろ……。西園寺のことは、今日は、なんにも関係無い。大丈夫《だいじょうぶ》。分かっているはずだ。うん。なにが一番駄目って、西園寺の件になんら関係無いデートにまで気分引き摺《ず》ってしまうことだ。今日は楽しく。とにかく楽しく。彼女にこのモヤモヤを悟《さと》られることなく、ちゃんと、いつもの杉崎鍵として、明るく今を楽し――

「あら、キー君早いわね。ごめんなさい、少し待たせたかしら？」

「っ！」

ハッとして目を開ける。するとそこには……。

大学生になってより一層色気を増した憧《あこが》れの先輩《せんぱい》、紅葉《あかば》知弦その人が、立っていて。

「あ……い……や」

言葉が出て来ない。直前までの思考が思考だけに動揺《どうよう》しているのに加え、久々に生で見る知弦さんが……その……あまりに、眩《まぶ》しくて。大学生になったとはいえ、卒業からは一ヵ月かそこらしか経《た》ってないわけで、そうそう印象が変わるはずも無いのだけれど。それでも、彼女はどこか、以前よりずっと大人な女性に見えて。

私服のせいもあるのかもしれない。軽くグラデーションのかかった薄《うす》いニットの下に透《す》けて見えるキャミソールがセクシーなのは勿論《もちろん》、彼女のスラリと長い足を強調するかのような黒のクロップドパンツスタイルが目を引く。……スカートも良いけど、知弦さん、やっぱりこういうの似合うよな……。

ぼけーっと見とれてしまっていると。そんな俺の顔を見て、「あら？」と一瞬《いっしゅん》不思議そうに首を傾《かし》げたと思ったら、次の瞬間……知弦さんは、驚《おどろ》くべき言葉を続けてきた。

「キー君、なんか切羽《せっぱ》詰《つ》まってる？　私でよければ話、聞くわよ？」

「………………」

デート開始二秒でバレやがりました。どんだけ顔に出やすいんだよ俺。

＊

映画開始までまだ二十分もあろうかというのに、俺と知弦さんは既《すで》に劇場内でスタンばっていた。

開場したのと同時に入ったせいか、はたまたこの映画自体の人気が無いのか、客席には俺と知弦さんの二人しかいない。……誰《だれ》も居ない場所で二人きり、というのは俺的にナイスシチュエーションすぎるのだが、こう、空間が広くシーンとしていると、妙《みょう》におへその辺りがぞわぞわして駄目だ。誰も居ない体育館で感じる妙な緊張感《きんちょうかん》と似ている。なんか、落ち着かない。

「それで、どうしたのよキー君」

着席した途端《とたん》、飲み物を口に運ぶこともなく早速《さっそく》知弦さんが切り出してくる。相変わらず母性愛というか、保護者的な気持ちが強いらしい。俺の悩みが気になって気になって仕方無いといった様子だ。

実際さっきまでは、映画なんか見ている場合じゃない、ファミレスでも行って話を聞くとまで主張していたのだが、俺の問題なんかでデートを台無しにしたくないこちらとしてはそんなわけにもいかず、結果、映画開始のかなり前に着席して、そこで話をしようということに落ち着いた。……ああ、本当なら二人でちょっと買い物とかもしてデートっぽさを満喫《まんきつ》したかったのになぁ……。

「キー君」

催促《さいそく》するように俺を呼ぶ知弦さん。俺も流石《さすが》に観念して、白状することにした。

「えーと、その……非常に言い辛《づら》いんですが、今、ちょっと、とある新生徒会メンバーの女子に会いたくてですね……」

「……ほぉ」

ああっ、知弦さんが満面の笑みに！　だからバレないようにしたかったんだよ、俺の悩み！　俺は慌《あわ》てて弁解する。

「いや、愛《いと》おしく会いたいとかそういう系じゃなくて！　ちょっと下手うっちゃって、それを取り返したいというか……」

「何か謝りたいってこと？」

「まあ……そんな感じ、ですかね」

神妙《しんみょう》な面持《おもも》ちで頷《うなず》く。しかし、知弦さんはしばらく俺の顔をまじまじと見て……。

「嘘《うそ》ね」

「え」

唐突《とうとつ》に指摘《してき》してきた。何か勘違《かんちが》いされているのかと思い、俺は慌てて言い訳を続けようとするも、遮《さえぎ》るように知弦さんが告げる。

「キー君、貴方《あなた》『謝罪したい』なんて殊勝《しゅしょう》な顔してないじゃない。むしろ……」

「え、なんですか。俺は割と真面目《まじめ》に西園寺に――」

「まるで次の試合を心待ちにする野球少年の如《ごと》く、キラッキラしてるわよ、瞳《ひとみ》」

「――え」

「はいこれ」

目の前にコンパクトを突《つ》きつけられ、自分の顔と対峙《たいじ》する。瞬間《しゅんかん》――

「おおっ!? マジか俺！　自分の中では完全に『神妙な面持ち』だったのに！」

「キー君、貴方は自分で思っている以上に、感情全部表情に出る子よ」

知弦さんは呆《あき》れたように言いながらコンパクトをしまう。俺は未だに自分の表情が信じられず。頰《ほお》をむにっとつまみながら、自分の気持ちを再確認した。

「そっか……俺、やっぱ、そうだったんだ……」

「なに一人で納得してるの。つまりなに、キー君は相手に失礼なことをしたのに、反省の色が無いってこと？　ちょっとそれはどうなのよ……」

「いやホント、自分でも引きましたわ」

苦笑で応じる。未だに呆れ顔の知弦さん。俺は、思わず頭を掻《か》く。

「でも、おかげでスッキリしました」

「どういうこと?」

「なんつうんでしょうね……詳《くわ》しいこと説明はしませんけど、謝りたいって気持ちも、決して0パーセントじゃないんです。ただ……」

一拍《いっぱく》おいて、俺は告げた。

「次はもう負けない……いや、絶対勝つっていう意気込みの方が、遥《はる》かに強いんスよね」

「……そう。ふふっ、キー君は、ホント、キー君ね。大好き」

「な、なんですか急に」

照れて顔を熱くする。穏《おだ》やかに微笑《ほほえ》む知弦さん。……ふと、自分の気持ちをハッキリ自覚した今、すっかりさっきまでのモヤモヤが晴れていることに気がついた。

「(む……今日は知弦さんとデート。…………デート！　デートだぁあ！)」

途端に俺は今日という日が楽しくてたまらなくなり、思わず彼女の手をぎゅっと握《にぎ》った。

「ひゃぅ!?」

戸惑《とまど》う知弦さんに構わず、全力で手をぶんぶんと振《ふ》る。

「ありがとうございましたっ、知弦さん！　俺、知弦さんの彼氏で、本当に良かったです！」

「か、かか、彼氏って！　そそ、そういう言い方するのは、まだ、なんていうか、その、どうなのかなって思うわけで……」

もじもじ俯《うつむ》く知弦さん。かぁ！　可愛いなぁ俺の彼女は！　そんな彼女と今日はデート！　なんでこれでさっきまでの俺はテンション上がってなかったんだよ！　あほか！

俺は知弦さんの手を離すと、極めて幸福な気分でスクリーンを見つめた。——と、劇場が暗くなり、様々な予告編が流れ始める。しかしこの段階になっても、俺達以外の客は入ってきていなかった。不思議に思いながらしばし予告編を眺《なが》めるも……しかし、途中《とちゅう》で遂《つい》に耐《た》えきれなくなり、知弦さんに訊《たず》ねる。

「えっと……すいません、ついさっきまで俺、色々上の空だったんで覚えてないんですが……。これ、今、何見ようとしてるんでしたっけ？」

俺のそんな質問に。知弦さんは「そんなの決まってるでしょ」とだけ言い、そのままちょいちょいとスクリーンを指差す。再びそちらに視線を向けると、予告編が終わり、本編が始まっていた。提供会社の表示の後……最初から、ばばーんとタイトルが出る。

そのタイトルとは……。

《浮気《うわき》彼氏残酷拷問《ざんこくごうもん》劇場　～新たなメスブタ達もろともミ・ナ・ゴ・ロ・シ～》

黒バックに血のように滴《したた》る赤文字で表示されていた。

「…………」

さっきまでの高揚《こうよう》した気分が嘘のように冷め、ガタガタと震《ふる》え出す俺。対して知弦さんは、うっとりとした笑顔だった。

「見たかったのよねぇ、これ！　いい感じのB級臭《しゅう》がたまらないわ！」

「そ、そうですよね。あくまで、そういう意味で、見たかったんですよね——」

「あと、感情移入できそうだし」

「…………」

俺が呆然としている間にも、早速スクリーンでは浮気男が監禁《かんきん》されていた。……え、開始二分でそんなテンポ良く話進みます？　まあさくっと終わってくれるにこしたことはないけど……。

「ちなみにこの映画、上映時間五時間だから覚悟《かくご》してねキー君。あと絶対寝《ね》ちゃ駄目《だめ》よ」

「…………」

あれ、なんだろう。俺、今、凄《すご》く、あの誰も来ない新生徒会が恋《こい》しいや。

＊

「西園寺、今日は正式に生徒会活動を行おうと思う」

「は？」

月曜日の放課後。俺は当然のように玄関《げんかん》で待《ま》ち伏《ぶ》せした西園寺に対し、開口一番そう告げた。西園寺は一瞬呆気《いっしゅんあっけ》にとられてしまっていたが、すぐに前回の約束を思い出したのか、珍《めず》しく怒《おこ》った表情を見せてくる。

「鍵さん、話が違《ちが》うじゃありませんか。前回、わたしと巡さんを会わせることが出来なかったのですから、あとはもうわたしの自由にさせていただけるという約束を……」

「ああ、したな」

「でしたら……」

「でも、俺が西園寺へのアプローチをやめる、という約束はしていない」

「そんな、詐欺《さぎ》みたいなことを……」

西園寺は心底呆れているようだった。しかしこっちだってなりふり構ってられないんだ。たとえ男らしくない卑怯《ひきょう》な手段だって、必要とあらば使わせて貰《もら》う。

「それにあれは、あくまで俺にお前の状況《じょうきょう》を見せるため……俺の心を折るためのイベントだったろう？　しかし俺にまだやる気がある以上、再挑戦《リトライ》不可とは言われていない。なにより、そもそもお前が会長として生徒会に出席すべきだという事実は何一つ変わらない」

「……そんなのは……」

そう、詭弁《きべん》だ。だけどそれがなんだ。俺は西園寺に本当の意味で軽蔑《けいべつ》され始めてしまっているのにも構わず、続けた。

「分かってる。今後もずっと付きまとおうなんて、そんなことは考えてない。あと一回だけ。一回だけでいいから、チャンスをくれ。リベンジさせてくれ。そうしたら、もう、俺はお前を無理に生徒会へ誘《さそ》わない。約束する」

「……この期《ご》に及《およ》んで、わたしがそんな言葉を信用出来ると思いますか？」

彼女の冷たい瞳に。俺は、笑顔で応じた。

「今回俺が約束を破ったら、西園寺は真儀瑠《まぎる》先生にそれを報告したらいい」

「……？　それが、一体なんだと……」

「その瞬間、お前の生徒会長権限と顧問《こもん》の権限で、俺は副会長をクビにされる手はずにしてきたからさ」

「っ！………」

　ここ数日しつこく俺に付きまとわれている彼女だけに、俺の生徒会にかける想いもイヤという程知っているはずだ。西園寺はしばし黙《だま》りこくった後、「……わかりました」と頷いた。

「それで、今日は何をなさるのですか？　なにやら正式に生徒会活動をするとおっしゃられていましたが……」

「ああ。今日はいつもの下校形式じゃなくて、ちゃんと、生徒会室で、会議をしようと思う。俺とお前で。しっかり。議題は……そうだな、笑いの神様について、なんてどうだ？」

　俺の言葉に、西園寺は一瞬表情を険《けわ》しくし。そしてすぐに何か得心したというような笑みを浮《う》かべた。

「なるほど、実際の会議はこんなに面白いのですよ、などと、わたしを説得にかかるつもりですか」

「ああ。生徒会室にまともに足も踏《ふ》み入れないうちから、生徒会なんか無理だと喚《わめ》かれるのもシャクだしな。いいだろ、お互《たが》い悔《く》いの残らない最終決戦でさ。たっぷり話し合おうぜ」

「……いいでしょう。……あ、ただ、うちには門限がございますので……」

申し訳なさそうに告げる西園寺に、俺は「いいや、大丈夫《だいじょうぶ》」と自分のケータイを取り出して見せた。

「さっき、お前の家のお母さんには了承《りょうしょう》とった。遅《おそ》くなっても大丈夫だとさ」

「話されたのですか⁉　お母様と⁉」

愕然《がくぜん》とする西園寺。俺は悪びれることもなく続けた。

「ああ。ちょっと他にも訊《き》きたいことあったしな。思っていたよりフランクでいいお母さんだな」

「な……なにをそんな勝手な！　いきなり親に電話するなど、非常識ではございま――」

「おっと、そういうの全部含《ふく》めて生徒会室でな」

「――っ……分かりました……」

抗議《こうぎ》しようとしてくる西園寺を制す。彼女も周囲の生徒に注目されてしまっているのに気付いたのか、渋々《しぶしぶ》といった様子ではあったが、応じてくれた。上履《うわば》きに履き替え、西園寺と生徒会室へ続く廊下《ろうか》を歩く。

二人、無言で歩く中……ふと、俺はついでのように「そうそう」と切り出した。ちらっと視線だけ寄越《よこ》す西園寺に、さらりと告げる。

「今日生徒会室には、巡にスタンバッて貰っているから」

「な——」

西園寺はぽかんと口を開き、しかし次の瞬間《しゅんかん》には怒濤《どとう》の如《ごと》く怒鳴《どな》り出す。

「な、なにを考えているのですか貴方《あなた》様は！　そんなことをすれば、今日は生徒会室にさえも辿《たど》り着《つ》けなくなって——」

そんな西園寺の台詞の途中で、目の前を歩いていた女生徒が手に持っていた袋《ふくろ》をドサリと落としてしまった。——と、次の瞬間にはその袋から大量のビーズ玉が廊下全体に広がる！

「わ、わわわ⁉」「うおっ⁉」

それは俺と西園寺の足下《あしもと》にまで転がってきた。慌《あわ》てて動こうとしてビーズを踏んで転びかけるもなんとか踏ん張《ば》り、更《さら》に西園寺の体も支える。袋を落とした女生徒は「すいませんっ、すいませんっ、手芸部で使うやつなんです！　今片付けます！」としきりに叫《さけ》んでいる。しかし不思議なことに、よく見れば、ビーズの被害《ひがい》に遭《あ》っているのは俺と西園寺の二人だけで、周囲の生徒の足下には不思議に広がっていないどころか、落とした当人の足下にさえビーズは無かった。代わりに、俺達が行こうとする方向へ方向へと、ビーズ達がまるで先回りするように転がる。

仕方無いので、俺は西園寺と共に後退した。この廊下を通らないと、生徒会室へはかなり遠回りになるんだが……まあ行けないことはない。俺はビーズ拾いを手伝えなくてごめんとだけ手芸部の子に声をかけると、西園寺と共に玄関方向へと引き返した。

――と。

「い、犬が入っていったぞ!!」

『へ？』

誰《だれ》かの叫び声に、俺と西園寺の足が止まる。瞬間、玄関から……屈強《くっきょう》なドーベルマンが姿を現した！

『なんで⁉』

疑問に思うも束《つか》の間、飛び込んで来たドーベルマンはこちらに視線を合わせると、途端《とたん》に大興奮した様子でしっぽをぶんぶん振《ふ》って……西園寺に突進《とっしん》してくる！

『なんで⁉』

まったく状況が理解出来ないが、とりあえず西園寺をさっと自分の方に引き寄せてドーベルマンの突進を回避《かいひ》させた。……あの犬……別に嚙《か》み付こうとしていたわけでもなさそうだが、大きさが大きさだ。西園寺なんか、じゃれつかれただけでもコトだぞ！

再び西園寺に狙《ねら》いを定めるドーベルマンからジリジリ距離《きょり》をとっていると、突然《とつぜん》、その場を通りかかった家庭科教師の木村《きむら》先生（40歳　独身女性）が声を上げる！

「ああっ、ジョニーちゃん！　散歩の途中《とちゅう》で忘れ物を取りに学校に寄ろうと職員用玄関の方にリードで繋《つな》いでいたというのに、どうやら緩《ゆる》かったみたいね！　なんてこと！　そしてジョニーちゃんは畳《たたみ》の匂《にお》いのする女性がめっぽう好きなのよー！」

なんか急に説明台詞がきた！　しかしそんなこたぁどうでもいい！　俺は目をハートマークにして西園寺を狙うジョニーちゃんから逃《に》げるため、彼女の手をとって走り出した！

……位置関係的に生徒会室とは全くの逆方向へ！

生徒の間をすり抜《ぬ》けることでなんとかジョニーちゃんに追いつかれないようにしつつ、俺は、額に汗《あせ》をかきながら西園寺にニヤリと微笑《ほほえ》んで見せる。

「そんなわけで、今日こそはリベンジさせて貰うぜ、笑いの神様よぉ！」

「なぜそういうことを、貴方様はわたしの許可無しに始めてしまわれるのですかぁー！」

当初の大和撫子《やまとなでしこ》な雰囲気《ふんいき》はどこへやら、本気で泣《な》き叫ぶ西園寺。

そんなわけで、こうして笑いの神リベンジマッチはその火蓋《ひぶた》を切ったのだった。

＊

三時間後、そこには碧陽学園屋上でぐったりとする、股間《こかん》に白鳥を付けた俺と、全身タイツ姿の西園寺つくしが居た。経緯《けいい》は……うん、例の如《ごと》く省略。

しかし俺の反応は前回と違う。俺は、股間にある白鳥の首をふりふりさせつつ、思い切り立ち上がって拳《こぶし》を握《にぎ》りしめた！

「今日はイケる！」

「何がですか⁉」

愕然とする西園寺。しかし俺はぶるんと白鳥の首を揺《ゆ》らしつつ彼女に振り返った！

「だって一時間前までは俺達秋田できりたんぽ食べてたんだぜ！　しかし今は碧陽学園屋上！　そう考えりゃすげぇ前進してんじゃん！」

「いえ、それを言い出したら、三時間前までわたし達は校内に居たではありませんか。つまり大きな目でみれば後退――」

「この馬鹿《ばか》ちんが！　歯を食いしばれ！　えいえい！」

白鳥の頭で西園寺の頰《ほお》をぺちぺちと一心不乱に叩《たた》く俺！

「ちょ、これは完全にセクハラではございませんか！　警察呼びますよ！」

「何を失礼な！　これはあくまで愛のムチだ！……………………ぬふ」

「確実に何かの性癖《せいへき》にお目覚めになられましたよねぇ!?」

「まあそんなセクハラはさておきだ」

「今さらりとセクハラって認めませんでしたか!?」

「とにかく再び生徒会室を目指すぞ西園寺。ほら、いつまでそんな、も〇もじ君みたいなふざけた格好してんだよ」

「股間に白鳥スタイルの人には一番言われたくない言葉でございます！」

そんなわけで、一旦《いったん》それぞれ屋上の入り口裏スペースを使って制服に着替《きが》えることにする。正直かなり西園寺の着替え中……もっと言えば全裸《ぜんら》を見てしまう的イベントを期待したが、その辺は何事もなかった。……しっかりしろよ、笑いの神様！　なんでそこは働かないんだよ！

「？　なにをムスッとなさっているのですか、鍵さん？」

「いや別に……」

そんなわけで、改めて今度は屋上から生徒会室を目指す。しかし……当然と言えば当然だが、すんなり生徒会室に向かえるはずもなく。

やれ校内清掃《せいそう》だの、やれ運動部の揉《も》め事《ごと》だの、やれ西園寺が階段でバランスを崩《くず》して転びかけた末に一番最初の出発地点に戻《もど》るだのと、まあトラブルに暇《いとま》がない。

気付いた時には、もう部活動の生徒さえ残っていない時間だった。校舎内のいたるところが暗い。一応真儀瑠先生に連絡《れんらく》を入れて、校内への滞在《たいざい》許可を貰《もら》っているが、流石《さすが》にもう常識で考えてうろうろしているのはまずい時間だ。西園寺の家だって、いくらご両親に連絡済みとはいえ限度があるだろう。

タイムリミットが近付くにつれ、焦《あせ》りもあって俺は走り、西園寺に降りかかるトラブルも強引に蹴散《けち》らしにかかりまくっていたため、今や汗だくだった。

「……え……え……」

もはや呼吸もかすれ気味だ。校内マラソンの数倍辛《つら》い。

ブレザーなんぞとっくに脱《ぬ》いでいるが、それでもシャツがビシャビシャに濡《ぬ》れていた。既《すで》にゆるゆるのネクタイを更に緩める動作をしつつ、顎《あご》から滴《したた》る汗を拭《ぬぐ》う。……もう限界が近い。しかしその甲斐《かい》あって、あと少し。あと少しだ。もう、生徒会室が廊下の先に見えてきている。あと少し。あと数十歩。しかしその数十歩が、遠い。

目に汗が入って景色が滲《にじ》む。俺は袖《そで》で拭ったが、こちらもびしょ濡れなのであまり意味が無かった。

俺とは対照的に青ざめた表情をしている西園寺が、もう何度目になるか分からない言葉をかけてきた。

「もういいです……いいですから、鍵さん」

「よく……ねぇよ」

正直声を出すのも辛かったが、なんとか笑顔を作ることには成功した。西園寺は心配・呆《あき》れ・諦観《ていかん》……色々なものが入り交じった、少なくとも楽しそうではなさそうな複雑な表情で、俺を見つめている。

「せめて、頑張《がんば》るのだけでもやめて下さい。わたしに降りかかるトラブルは、いちいち相手にしないで、流した方がいいことばかりなのです」

「………………」

それは、確かにそうだった。基本、彼女の周囲で「笑えない」ことや「致命的《ちめいてき》」なことは起こらない。一瞬《いっしゅん》だけ恥《は》ずかしかったり、ちょっと面倒《めんどう》なことになりはしても、諦《あきら》めて受け流せばそれで済む話。

しかし今日は時間制限がある。そして、これは俺と「笑いの神様」の喧嘩《けんか》でもある。だからこそ俺は、あえて、正面から愚直《ぐちょく》にぶつかっていっていた。流されるままに諦めたら、本当に、いつまで経《た》っても生徒会室に辿り着けない気がするから。

それに……。

「鍵さん」

考え事をしていると、西園寺がいつの間にか自分のハンカチで俺の顔の汗を拭ってくれていた。ほんのりと桜の香《かお》りがする。俺はなんだか彼女のハンカチを自分の汗で汚《よご》すのがイヤだったので「いいって」と振り払《はら》おうとするも、西園寺は意外と強引に動作を続けてきた。

「……鍵さん、意地になるのは、もうやめませんか？」

「意地？」

言葉の意図が分からず訊《たず》ねると、西園寺はこくりと頷《うなず》く。

「鍵さんがどういうお方なのか、わたしも、充分《じゅうぶん》分かりました。貴方は……本当に素敵な方だと思います。おちゃらけたフリをして、きっと誰より真面目《まじめ》な方なのでしょう。ですから、そういう貴方様が一生懸命《いっしょうけんめい》になる生徒会を疎《おろそ》かにしてしまったこと、心よりお詫《わ》び申し上げたいと思います。本当に申し訳ありませんでした」

綺麗《きれい》なお辞儀《じぎ》で謝罪をしてくる西園寺。

俺はその言葉に感銘《かんめい》を受け、疲《つか》れなんて吹《ふ》っ飛《と》んだぜ、と言わんばかりに背筋を伸《の》ばして応じた。

「お、おぉ、そうかそうか西園寺、お前もようやく俺の魅力《みりょく》に気がついて――」

そんな言葉の途中で上げられた西園寺の顔は……とても、寂《さび》しそうな微笑で。

思わず詰《つ》まる俺に、西園寺はどこかはにかみながら、告げてきた。

「そんな鍵さんとなら、わたしも生徒会、やってみたかったです」

「…………」

西園寺の照れ笑いに、言葉を失う。

しばしの沈黙《ちんもく》の後……俺は、ギリッと歯ぎしりさせて、返した。

「なんで……過去形なんだよ」

「……鍵さん。もう、いいんです。鍵さんが頑張ってくれたこと、嬉《うれ》しかったです。でも……やっぱり、それとこれとは、別なんですよ」

「別って……何が」

睨《にら》み付ける俺の目から視線を逸《そ》らす西園寺。

「こんなわたしが、生徒会長様であっていいはずが、ないではありませんか」

「…………」

……息を整える。…………よし、いけるな……。

「……ですから——って、きゃ!?」

強引に西園寺の腕《うで》を掴《つか》んで、歩を進める。瞬間《しゅんかん》、なぜかそこだけワックスを塗《ぬ》りすぎていたらしい廊下《ろうか》に足下をすくわれて二人して転びそうになるも——負けるもんかと、強引に体中の筋肉を使って、西園寺を両腕に抱《かか》えつつドシンと足を着地させる。

「っ〜!」

正直無理矢理な動きすぎて色んな筋肉の筋が悲鳴を上げていたが、気合いで耐《た》える。多分これも普通《ふつう》に受け入れてれば、すてーんと見事に痛みもなく転ぶぐらいで済んだんだろうな……。

俺に抱《だ》きかかえられたままの西園寺が猛抗議《もうこうぎ》してくる。

「な、なにをなさっているのですか鍵さん！　やめて下さい！　鍵さんが生徒会にかける想いは、もう充分にわかりましたから！　ですから今日のところはもう——」

「それが気に食わねぇんだよ！」

「っ⁉」

怒鳴《どな》りつけながら、西園寺を抱えたまま更《さら》に前進する。そうしてバランスをとってワックスゾーンを抜けたところで、今度は開きっぱなしだった窓からモモンガ（なぜ⁉）が滑空《かっくう》で飛び込んできて俺の顔にびたーんと張り付きやがった！……モフモフしてちょっと気持ちよかったのも束の間、こいつがなぜか俺をいたく気に入ったらしく、全然離《はな》れやがらないので、視界ゼロなのに加えていよいよ酸欠じみてくる！

ぶるんぶるんと頭を振《ふ》っていると、流石に俺が死ぬ前に顔から離れてくれたが、なぜかそのまま今度は俺の頭にしがみついてしまった。……なんか懐《なつ》かれた。そして……。

「西園寺、俺はお前のそういうところがだな――」

「きゅきゅっ、きゅきゅう！」

「……………くふ」

やべぇ、話的にはかなりシリアス場面なのに、西園寺が俺から目を逸らして必死に笑いを堪《こら》えてやがる！　そりゃ真面目に喋《しゃべ》る俺の頭の上でモモンガが通訳みたいに鳴いているのを下から見上げてたら、超《ちょう》面白いだろうさ！　うけるだろうさ！　でもそこは耐えようよ！　今めっちゃ真面目な話してんだから、耐えていこうよ！

とりあえず俺は頭にモモンガを乗せたまま、更に生徒会室へと近付く。すると今度は——漆黒《しっこく》の闇《やみ》が俺達を襲《おそ》った。

「うわぁ!?」

いやもうそうとしか表現出来ない。いくら中二病と言われようと……ただでさえ暗い廊下の奥から、更なる「暗黒」が高速で飛んできたのだから！　俺は西園寺を落とさないようにしたままジタバタと「絡《から》みつく闇」を振り払おうともがくも、なんだかどんどん首に巻き付いていく感触《かんしょく》が……。

「…………ぶはぁっ！」

やっとの思いで闇を抜《ぬ》け出したところで、自分が一体どうなっているのかと、窓ガラスの方を確認する。そこに映るのは……。

理科室か何かから風で飛んできたらしい遮光《しゃこう》カーテンをマントのようにたなびかせ、カーテンの切《き》れ端《はし》みたいなゴミが口元にカイゼル髭《ひげ》の如《ごと》く付着し、なぜか今のドタバタで上半身のシャツが脱げて半裸《はんら》になってしまっている上に、頭にはモモンガを乗せて西園寺を抱える俺。

つまり

……女子高生を攫《さら》う変態紳士《しんし》が出来上がっていた。

「………………くふぅ！」

「！」

西園寺が吹き出しやがった！　こいつ！　この真面目な説教パートの最中に、何を笑ってやがるか、何を！

頰《ほお》が熱くなってきたものの……その瞬間、ふと悟《さと》ってしまった。

なるほど、これが「普段《ふだん》は西園寺に起こっていること」か。

今はたまたま、西園寺を生徒会室に運ぼうとしている俺にそれが代替《だいたい》として降りかかってしまっているだけで。

……確かに、自分が真面目に何かをしようとしているのが阻害《そがい》されるのは辛い。今はまだ笑っていられるが、これが毎日だと考えると、ぞっとする。

…………。

だけど。

俺は無理矢理に話を続けることにした。足を踏《ふ》み出す度《たび》に襲ってくるトラブルにも出来るだけリアクションせず、とにかく、西園寺に語りかける。

「笑いの神様に憑《つ》かれているからって、がは、なにもかも諦めなきゃいけない、ぐふ、そんな道理があるかよ！　うぉおおっと！」

生徒会室に近付けば近付くほどハイペースで襲ってくるトラブルの合間を縫《ぬ》って喋る。

西園寺は笑うのこそやめたものの、顔は俺から背《そむ》けたままだった。

「……何が理由でも関係ありません。重要なのは、私が真面目に活動しても、その全てが無駄《むだ》になってしまうということで――」

「何が無駄なんだよ！」

「っ！」

現在はなぜか廊下の奥から転がってくるドンキー○ングの樽《たる》みたいなものを右に左にそしてジャンプで避《よ》ける作業中だったが、俺は最後に転がってきた樽をヤケクソ気味に蹴《け》り飛ばしつつ怒鳴った。……足超《ちょう》痛ぇ。

「お前が思い描《えが》いた成功こそが、唯一《ゆいいつ》の正解なのかよ。自分の思い通りの結末じゃなきゃ、絶対イヤなのかよ」

「そ……それはそうに決まっています！　誰《だれ》だって――」

「ああ、そうだ！　誰だってそうだろうさ！　俺だってそうさ！　でもなぁ！」

言いながら、更に一歩を踏み出す。今度は後ろから何か来る気配がするが……もう無視だ無視！　何が来ようととにかく生徒会室に行く！　それだけだ！

「お前の嫌《きら》いな考え方かもしれないが、世の中、うまくいかないヤツなんて沢山《たくさん》いる！　やり直したいことなんて誰にだってある！　思い通りにいかないことばっかりだ！」

中学時代の、自分の重大な過《あやま》ちを思い出して強く奥歯を噛《か》みしめる。……そう、大事なところで、うまくいかないこと……ばっかりだ。

「それは……だけど、わたしは、人生の全部が……」

「西園寺家に……お前が尊敬する両親の間に生まれたことも後悔《こうかい》してるって言うのか？」

「！　そ、そんなこと――」

「碧陽に来たことも、生徒会長に選ばれたことも、俺とこうしていることも！　全部全部、お前にとっては等しく不本意で、不幸なのかよ！　お前の望んだ結果とは違《ちが》うから！」

「っ！……それ、は……。…………」

「…………あれ？」

いよいよ生徒会室直前まで来たところで。ふと、新たなトラブルが襲いかかってきていないのに気がついた。それどころか……。

『杉崎？　なんかさっきから五月蠅《うるさ》いけど、あんたなの？』

「！」

生徒会室の中からは巡の声。そして、ここまで大接近しているにも拘《かか》わらず、本当に襲ってくる気配の無いトラブル。……よし！　予想通り……とまでは言わないけど、期待通り！

俺はとりあえず西園寺を降ろすと、戸惑《とまど》った様子の彼女に笑いかけた。

「どうやら行けそうだな、生徒会室。それに会えそうだ、巡と」

「そんな……どうして……」

愕然《がくぜん》とする西園寺に、俺は「どうしてもなにも」と答える。

「そっちの方が、面白いから、じゃないか？」

「…………え？」

キョトンとする西園寺に、俺は額の汗《あせ》を拭《ぬぐ》いながら答える。

「だって、お前についているのは笑いの神様なんだろう？　ここまで来たらもう、これで会えないっていう展開は……もう流石に『笑えない』んじゃねえの？　それよりは最早《もはや》、生徒会活動中にドタバタする方が面白そうじゃないか」

「そんな……」

そう、それが俺の期待したことでもあった。こうして、俺が無茶な強行突破《きょうこうとっぱ》を試みまくったら、あくまで「笑える範囲《はんい》」でしか起こらないトラブルは、起こらなくなるんじゃないかと。実際これ以上何かあれば、俺は怪我《けが》や病気をしていた可能性が高い。そこまで来たらもう……西園寺に憑いているのがあくまで「笑いの神様」だっていうなら、退《ひ》いてくれるんじゃないか。特に確信なんかなかったが、うまくいってよかった。

しかし西園寺は全く納得いっていない様子だった。嬉《うれ》しそうどころか、むしろ、青ざめてさえしまっている。

「ですが……わたしはずっと今まで……。……こんな……こんな程度のことで……」

「こんな程度のことさえする前に、諦《あきら》めてばかりだったろ。碧陽でのお前はさ」

「……っ！　そんな……そんな言い方……！　わたしは……！　わたしだって昔はっ！」

涙目《なみだめ》で俺を睨《にら》み付ける西園寺。俺は……本当は出来るだけ隠《かく》しておいてほしいと言われたが、もう仕方無いかと、心の中で彼女の両親に謝ってから口を開いた。

「例の、お前が昔練習しまくったけど発表会出来なかった琴《こと》、の件だけどさ」

「……琴？　それが今なんの関係……」

「あれ、ちゃんとお前の両親聴《き》いてくれていたみたいだぞ。……こっそり、練習中に」

「…………え」

途端《とたん》、何か気の抜けたような……今まで見せたことのない、素《す》の表情を見せる西園寺。

俺は「やっぱこいつ可愛いな」なんてことを考えながら、笑いの神によるトラブルで邪魔《じゃま》される前に、言ってしまうことにした。

「お前のそういう、大事なことがうまくいかないところは、そりゃご両親も……というか、親戚《しんせき》一同承知済みなんだよ」

「みんなが……」

「たとえ『発表会』が見て貰《もら》えなくたって、『西園寺つくし』は、ちゃんと見て貰えているんだよ」

「…………」

……生徒会の皆《みんな》が、飛鳥が、林檎が、俺を……結局何一つ器用になんてこなせやしなかった俺を、それでも温かく受け入れてくれたように。愛してくれたように。

「そしてそれはさ、この学園でお前に投票してくれたヤツらも、同じなんだと思うぜ。悔《くや》しいけど、今や俺も同じ気持ちだ。俺達は、お前に憑いている笑いの神だけを評価してるんじゃない。トラブルに見舞《みま》われながらも凄ぇ一生懸命《いっしょうけんめい》だった西園寺自身に魅《み》せられて、この子に会長になって欲しいなって、願ったんだ」

「…………」

西園寺が、顔を隠すように俯《うつむ》く。肩《かた》が小刻みに震《ふる》えているのを……俺はあまり見ないようにしながら、続けた。

「だからさ、西園寺の努力は、培《つちか》ってきた人間性は、なに一つ無駄なんかじゃねぇんだ。だってお前はこれまでの人生、何度も何度も『笑いの神様』に自力で打ち勝って、生きてきたんじゃねえか。俺が今日こんなに必死こかなきゃ出来なかったことを、お前はずっとずっと、当然のようにやってこれていたんだよ。だから……」

俺は、西園寺に会ってからこの方ずっと言ってやりたかったことを……ようやく、口にした。

「西園寺は、自分を誇《ほこ》って、いいんだ」

「……っ！」

びくっ、と西園寺の肩が大きく震える。そういや、西園寺のハンカチは俺の汗拭うのに使っちゃってたな……と思い、俺はすっかり忘れていた自分のハンカチをズボンのポケットから取り出した。

「あー……その、これはこれで若干《じやつかん》汗臭《くさ》いかもだけど……」

恐《おそ》る恐るハンカチを差し出す。西園寺は黙《だま》ってそれを受け取り、そして顔を見せないまま涙を拭う動作をすると、次の瞬間《しゆんかん》——

目をはれぼったくしながらも、今までで一番最高の笑顔で、俺に微笑《ほほえ》みかけてくれた。

「ふふっ、こんな場面だといいますのに、これ、本当に汗臭いですよ、まったく」

「あー……やっぱり笑いの神様はそうそういなくならないみたいだな」

「そうですね」

二人、思わず笑い合う。……笑いの神様は、あくまで、笑いの神様。決して、俺達に不幸をもたらそうとしているものじゃあ、ない。俺もまた、そんなことを少し忘れていたような気がした。西園寺と過ごしたトラブルだらけの放課後さえ、今振《ふ》り返《かえ》ってみればこんなにも楽しい思い出だらけだというのに。

——と、彼女が泣き終わったあたりで、空気を読んだらしい巡が生徒会室の中から、

『えーと……杉崎。いい加減私、帰りたいんだけど……』

と彼女にしては申し訳なさそうに声をかけてきた。そうだ、巡には「絶対生徒会室から出ないで待っててくれ！　絶対だぞ！」と念を押してしまったんだった。それでもこんな時間まで本当に律儀《りちぎ》に待っていてくれるとは……いつか、本格的にお礼しないとだな。

「じゃ、行くか、巡に会いに」

西園寺にそう声をかけると、彼女は「はいっ！」と嬉しそうに応じた。俺は張り切って生徒会室の戸を開けよう――としたところで、俺のシャツの裾《すそ》を西園寺がちょいちょいっと引っ張った。振り向くと、西園寺は少し照《て》れ臭そうに……告げてくる。

「星野巡さんに会うのは勿論《もちろん》ですが……その前にその……なんといいましょうか……」

「ん？　どうした、西園寺」

俺が訊《たず》ねると、西園寺はしばしもじもじした後……一度深呼吸をして、いつもの大和撫《やまとなで》子《しこ》モードに切《き》り替《か》えて、上品な笑顔で告げてきた。

「本日の活動をもって、わたし、西園寺つくしは、正式に今期碧陽学園生徒会長の任を拝命させていただきたく思います。未熟な不束者《ふつつかもの》ですが、これからよろしくお願い致《いた》します」

腰《こし》からしっかりと曲げて頭を下げる西園寺。それは本当に綺《き》麗《れい》な、演説の時のような失態なんか微塵《みじん》も感じさせない、自信に満ちた素晴らしい挨拶《あいさつ》だった。

なんだかこうなると俺の方がかしこまってしまい、緊張《きんちょう》で思わず「お、ぼう」と微妙《びみょう》に嚙んで返してしまう。

そんな俺のテンパり具合をくすくす笑う西園寺。


……こりゃ、俺の方にもちょっと笑いの神様がうつっちまったかもしれないな。

＊

生徒会室の戸を開くと、ムスッとした巡が仁王立ちで待っていた。即座《そくざ》に平謝りでなんとか巡の機嫌《きげん》をとりにかかる。最終的には五分程謝り倒《たお》し、映画と食事と服を奢《おご》るという約束をしたところで、急に巡が「……や、やった、でで、デートじゃないそれ……」とか呟《つぶや》いたと思ったら急に機嫌良《きげんよ》くなって、全部許してくれた。……うん、なんか彼女の気持ちを知った今となっては、そういう反応されると俺は俺で照れるわけで。

二人の間に微妙な沈黙《ちんもく》が訪れてしまったので、俺は「そうだ」と、西園寺に話を振ることにした。

「それで、巡、この西園寺ってのがお前のファンでさ……」

言ってから、あ、ファンって紹介《しょうかい》されるのイヤなんだっけ、と思って慌《あわ》てて西園寺の方を振り向くと……。

彼女はまだ、生徒会室にさえ入ってなかった。

入り口手前で緊張のしすぎによって固まり直立不動になっている。……マジか西園寺……。お前それ、ガチの巡ファンじゃねえかよ！……若干引くわ……。

そう思ったのはどうも巡も同じらしい。これまた傍若無人《ぼうじゃくぶじん》な彼女には珍《めずら》しく、かなり気を遣《つか》った感じで「ど、どうも、西園寺……さん？」と声をかける。

瞬間、西園寺の顔は蒸気を噴《ふ》き出さんばかりに赤くなり、カチカチと歯を鳴らしながらも口を開いた。

「は、はははは、初めましてっ！　ささ、西園寺と申しましゅっ！　あの、あのの、その、むか、むかむかしから、とら、とらぶ、とらぶりゅさえも、魅力《みりょく》に、かか、変えてしまわれる、あいどるさんには、あこ、あこが、あこがれて、おりまして！　とととくに星野様におかれましては、神仏にも勝《まさ》る輝《かがや》きとぞんじ……」

やべえ、ファンはファンでもかなりアレなレベルのファンじゃねえかよ西園寺！　お前さっきまでの大和撫子オーラどこいったんだよ！　不審者《ふしん》すぎるだろう！　見ろ、あの巡がガチで引いてんぞ！

しかしそれでもそこはアイドル。偉《えら》いもんで、巡はスイッチを切り替えたらしく、営業スマイルを浮《う》かべて優しく西園寺に語りかけた。

「嬉しいわ。こちらに来て、握手《あくしゅ》でもどうですか？」

「よ、よよよよよよ、よろしいのでございますか⁉」

鼻息荒《あら》くする西園寺に、一歩引く巡。……あの巡を気圧《けお》すとは……流石《さすが》会長の器《うつわ》だぜ西園寺！　悪い意味で！

しかし巡もそこはプロ。引いたのは一瞬《いっしゅん》で、すぐに笑みを浮かべると、スッと手を差し出した。――と、しかし次の瞬間、西園寺は自分が「一ファン」にすぎないキャラになりきってしまっているのを感じたのか……急に、大和撫子オーラを持ち出してきた。

そして、極《きわ》めて冷静そうな雰囲気《ふんいき》を装《よそお》って、巡に告げる。

「あ、いいえ、わたしはそういう、なりふり構わずお近づきになろうとするようなはしたないファンとは、一線を画しておりますので」

『(こいつ超面倒臭《ちょうめんどうくせ》ぇ！)』

なにこの無駄《むだ》なプライド！　名家の娘《むすめ》気質がそうさせているのか⁉　しかもめっちゃそわそわしてんじゃん！　すげぇ握手したそうじゃん！　入り口前で挙動不審なぐらいにモジモジしてんじゃん！

巡は額にぴきっと怒《いか》りマークを浮かべたまま、もう一度社交辞令的に誘《さそ》った。

「そ、そう言わず。是非《ぜひ》、握手させて下さい、西園寺さん」

「(うわ、巡、大人っ！)」

流石アイドル！　そつがない！　よし、これで西園寺が「いえ、そういうわけには。ではこれにて」という感じで引き下がれば、ここは一件落着——

「そうでございますか。巡様がそこまでおっしゃられるのでしたら、わたしも、やぶさかではございません」

『(うぜぇぇぇぇぇぇぇぇぇぇぇぇぇぇぇぇぇぇぇぇぇぇぇぇぇぇぇぇぇぇ！)』

握手すんのかよ！　結局すんのかよ！　したかったのかよ！　じゃあ最初の提案の時に受けろよ！　なんなの西園寺家！　いや多分西園寺家は悪くない！　ご両親凄ぇいい人だ

った！　これはこいつの名家の娘たろうとする努力の、悪い方の賜物《たまもの》だ！　俺が妙《みょう》に自信復活させたせいで、それが顕著《けんちょ》に出やがった！

俺と巡が呆《あき》れ返る中、西園寺は実に優雅《ゆうが》に、妙に格好付けて生徒会室の敷居《しきい》をまたぎ、そうして颯爽《さっそう》と——

転んで床《ゆか》に顔を打ちつけた。


『………………』

「………………」

……しばし無言の時間がその場を支配する。……なんだこれ。最早俺が恥《は》ずかしい！　なんか今や西園寺の身内みたいになってきている俺まで恥ずかしい！

西園寺はむくりと立ち上がると、ぱんぱんとスカートの埃《ほこり》を払《はら》い……そうして、何事も無かったかのようにニコリと優雅に微笑んだ。

『（意外と図々しい！）』

思えば、演説の時からコイツはこういうヤツだった気がする。笑いの神によるトラブルの派手さに気を取られていたが、実際、コイツがこういう「何もありませんでしたよー」

みたいな空気出さなければ、もうちょっと場の雰囲気を良くできているケースが多々ある気がする！　西園寺の一族が今まで彼女に色々打ち明けてあげられなかった理由の一端《いったん》が、ここに垣間見《かいまみ》えた気がする！　お前実は自業自得なんじゃね!?

俺達の呆れにも構わず、西園寺はスッと巡に手を差し出す。今ので一旦《いったん》手を引いてしまっていた巡も、慌てて握手のための手を――

「あ、西園寺さん……」

「？　どうかされましたか、星野さん」

無駄に大人びた表情で首を傾《かし》げる西園寺。しかしその顔から、今や俺と巡は大和撫子オーラを感じることは出来ない。なぜなら……。

「あの……鼻血、出てますけど」

「え……」

「……しかも両方……」

「……え……」

鼻の下に手を触《ふ》れて、確認する西園寺。……うわぁ……夜の校舎で日本人形みたいな美少女がだくだく鼻血出している姿は、かなり怖《こえ》ぇわ……。引くわ……。

西園寺は一瞬これも無かったことにしようかという挙動を見せるも……すぐにぷるぷると震《ふる》え出すと……次に顔を真っ赤にし……そして最後には遂《つい》にダッシュで生徒会室を去った！

「せ、生徒会室なんて二度と来るものですかぁ～～～！」

「最低の捨て台詞《ぜりふ》残しやがった！」

八つ当たりもいいところじゃねぇか！　夜の静かな校舎に、ドタドタと西園寺の走る音だけが響《ひび》いている。……あ、転んだ。転んだ音がした。そう思ったら即座に「違《ちが》います！」という声が聞こえてきたぞ。誰《だれ》に言い訳してんだあいつ……。

彼女が去った生徒会室の入り口を見ながら、ぽつりと、巡が漏《も》らす。

「杉崎。杉崎に聞いた通りさ、確かにあの子には『笑いの神様』憑いているかもしれないけど……その……実はさ、実際問題さ、五割ぐらいはさ……」

「ああ……お前も気付いてしまったか、巡よ。『笑いの神様』との対決に際してモチベーション下がりそうだったから、ずっと考えないように、考えないようにしてたけど……そうだよな、明らかにそうだよな。西園寺家の皆《みな》さんも実は気付いているよな、みんな」

「ええ……そうだと思うわよ」

「だよな……」

巡と二人、西園寺の去った生徒会室で顔を見合わせ……そして、同時に、告げる。

『うまくいかない理由の半分ぐらいは、普通《ふつう》に本人のドジだよな（よね）』

こうして。

新生徒会にようやく最初の正式メンバー、会長・西園寺つくしが加わったのだった。

……役に立つかどうかは、さておき。

ホワイトボード

生徒会長
西園寺《さいおんじ》つくし

二年生。転校生ながら、大和撫子なビジュアルと〈笑いの神様〉を宿した代表演説によって、人気投票1位を獲得した。かなりのドジッ子

副会長
杉崎鍵《すぎさきけん》

今回の生徒会でも唯一の男で、ギャルゲー大好きな三年生。またしても美少女揃いの生徒会メンバー全攻略を狙……っているが、前途多難

書記
日守東子《ひのもりとうこ》

の〜いめ〜じ

机

の〜いめ〜じ

の〜いめ〜じ

副会長
水無瀬流南《みなせるな》

会計
火神北斗《かがみほくと》

出入り口

【第四話　進めない生徒会】

いつの日だったか、我が親愛なる前会長は言った。

「行動しない者に、幸福は訪れないのよ！」

良い言葉だ。感銘《かんめい》を受けたとかそういうレベルじゃない、俺の根っこにある行動原理そのものと言っていい。

だからこそ俺は、それが「パクリ名言のパクリ」という絶望的にプライドの欠けた行動であったとしても、あえて、堂々と、今、宣言しようではないか！

「行動しない者に、幸福は訪れない！」

いよいよ俺以外のメンバーが参加した生徒会室で、会議初めの第一声として、椅子《いす》の上に乗って力の限り叫《さけ》ぶ！　そんな俺の勇姿に、当然ながら会長・西園寺《さいおんじ》つくしは感銘を受けてくれていた！

「流石鍵《さすがけん》さん、素晴らしい格言ですね」

パチパチと小さく控《ひか》えめな拍手《はくしゅ》でもり立ててくれる、よく出来た大和撫子《やまとなでしこ》・西園寺つくし。そんな彼女の参加に、俺もまた「ああっ、まだ『仮状態』とはいえ生徒会らしくなった！」と実に感無量だ！

西園寺はしばらくパチパチと笑顔で手を叩《たた》いてくれるも……しかし、唐突《とうとつ》に「ふ」と翳《かげ》りのある表情を覗《のぞ》かせる。

「ま、わたしに限っては逆ですけどね……。動けば動くほど、泥沼《どろぬま》の人生ですよ……」

「………………」

……俺は何も言わず、しょんぼりと着席した。生徒会室を重苦しい沈黙《ちんもく》が満たす。……この参加者に対しては、完全に引用する名言を間違《まちが》えましたね、ええ。

『………………』

二人、ただどんよりとする。西園寺攻略《こうりゃく》から三日ほど経過したが、笑いの神様は今日も絶好調だ。一応俺が体を張ったことが効《き》いているのか、西園寺及《およ》び生徒会に直接的なトラブルが舞《ま》い降《お》りることは減った。しかし代わりに最近はシュールな笑いの方面にまで手が伸《の》びつつあるように感じる。

俺はこほんと咳払《せきばら》いし、本題を切り出すことにした。

「そ、そんなわけで、先日の打ち合わせ通り、今日は第一回の『仮』生徒会、その名も『副会長・水無瀬流南《みなせるな》対策会議』を行いたいと思います。いいですね、西園寺会長」

「はい、わたしも準備は出来ております」

キリッと意識を切り替《か》える西園寺。仮生徒会が始動するにあたって、彼女のことは、基本的にこれからも西園寺と呼ぶが、ケジメケジメではちゃんと会長をつけるということに決まった。その方がお互《たが》い背筋が伸びていいだろうとの判断だ。

そして西園寺の会長権限において、一応ではあるが俺達の最終的な役職も確定した。俺と水無瀬が副会長、日守《ひのもり》が書記、火神《かがみ》が会計だ。まあ順当な配置だし、ぶっちゃけ、この学園の生徒会は会長以外あんま役職とか関係無いからあくまでカタチだけではあるが。それでも、前進している実感は得られた。

「じゃ、始めますか。……おーい、もういいぞー」

とりあえず、外に待たせていた風見《かざみ》を入室させる。実は会議前から駆《か》けつけていたのだが、仮生徒会の始動は生徒会メンバーだけでやらせて貰《もら》っていたのだ。風見も、その様子を新聞記事にしたいという話だったしな。

会長席に西園寺、その両脇《りょうわき》に俺と風見（元々は知弦《ちづる》さんの居た席だ）という配置で、会議が開始される。

まだぎこちなくはあるが、一応、会長として西園寺が進行役を務めた。

「では、風見さん。ご報告をお願い致《いた》しましゅ致します」

いきなり噛《か》んでいたが、本人が実に優雅《ゆうが》な笑みで即座《そくざ》に無かったことにしてかかってきたので、俺も風見もツッコミを入れないでやることにした。ここ数日で西園寺の扱《あつか》い方にも少し慣れてきた俺達である。

風見が立ち上がって報告を開始した。

「水無瀬流南。碧陽《へきよう》学園三年生にして、今年の優良枠《わく》行使生徒。人気投票で上位に来るような華のある学生ではありませんが、特筆すべきはその学力です。入学当初から優秀《ゆうしゅう》な成績を誇《ほこ》る生徒でしたが、一年生二学期の中間テストからこの方、全教科満点という偉業《いぎょう》をコンスタントに成し遂《と》げるという、狂気《きょうき》じみた成績を誇っております」

「確かに、それは凄《すご》いですね。わたしなど分かっていてもケアレスミスだらけですよ」

でしょうね、と俺も風見も思ったが、風見はサラリと流して進行する。

「天才、という意味では二年の巽千歳《たつみちとせ》さんなんかがそれにあたりますが、彼女でさえペーパーテストにおいては数問外してしまうことが多いですから。なんのミスも勘違《かんちが》いもなく学校のテストをこなすというのは、単に頭がいいとかそういうものとは全く別ベクトルの、それこそ『努力』『執念《しゅうねん》』とも呼ぶべきものが必要になってくると言っていいでしょう」

「そういや水無瀬自身も昔言ってたな。自分は元来頭のいいタイプではないって」

俺の言葉に、風見が頷《うなず》く。

「秀才《しゅうさい》、という言葉が彼女には最も適切と言えるでしょう。それにしても行き過ぎた秀才ではありますが」

「まあ、出逢《であ》った時から基本的に勉強漬《づ》け人間だったからな。別に楽しそうでもなかったけど、逆に言えば苦でもなさそうだったし。当然の様に勉強一筋、って感じか」

「そうなのですか。あれ？　でもそれでは――」

西園寺が首を傾げる。

「そのようなお方が、これまたなぜ、わざわざ勉強時間を削《けず》ってしまわれるような生徒会入りをご希望に？」

当然の疑問だった。風見が応じる。

「そこが、第一の疑問点でした」

「でした？」

過去形なのが気になった俺が口を出すと、風見は「ええ」と続ける。

「これに関して、私としては既《すで》に答えを出しております。断言は出来ませんが、まあ、当たらずとも遠からず、ぐらいではあるでしょう」

「どういうことだ？　あの水無瀬が生徒会入りたがる理由なんて、俺にはとても……」

「杉崎《すぎさき》さんです」「ああ、鍵さんですか」

風見と西園寺が同時にそんなことを言ってきた。俺はキョトンと二人を見返してしまう。

「へ？　なにそれ？　どゆこと？」

しかしそれに対し、二人は目を見合わせたと思ったら、はぁと溜息《ためいき》をついて特に説明もしてくれないまま会議を進行させた。

「約一年半も杉崎さんと関わったのです。優良枠の行使に至った心境については、そう不思議に思うことでもないでしょう」

「そうでございますね。鍵さんですものね」

「はい、杉崎さんですから」

「いやいやいやいや、ちょっと、お二人さん？　おーい？」

「ま、それはいいんですよ。問題は、そんな自ら望んで生徒会入りしたはずの彼女がなぜ、今になって生徒会活動をすっぽかすかという点です」

「そうですね、わたしや火神氏、日守氏のような、意図せず祭り上げられてしまった人間とは、また全く別の状況《じょうきょう》と言えますね。それだけに問題も根深そうです」

「……おーい、俺だけ、なんかまだ話の入り口の方で止まってるんだけど……」

なんで水無瀬が優良枠使ったという超《ちょう》不思議展開について、解決した感じになってんだよ。なんだよ、水無瀬がそんな心境になる理由って。この中で最も彼女と親交のある俺でさえ全然見当つかないんだぞ。それをなんで、この二人が分かった風なんだ。納得いかない！

しかし俺のそんな気持ちを無視して会議は着々と進行していってしまう。……仕方無い、俺も一旦《いったん》そこは置いておくか……。

「ここからが本日の本題です。新聞部で調査した結果、ここ一ヵ月程で水無瀬さんの周囲に起こった変化は、大きく数えて二点。父親の入院と、成績の急落です」

「えーと、わたしの率直な印象を言わせていただきますと、なんだか、事情はぼんやりと察せる気が致しますね。お父上の入院で彼女の日常が変化を来《きた》し、それによって勉学の方へも影響《えいきょう》が出たという……」

俺も同印象だった。短絡《たんらく》的な発想ではあるが、この二つが全く無関係ということも無いだろう。風見もまた、こくりと頷く。

「それに関してはまず間違いないと思います。……少し踏《ふ》み込んだ情報になってしまいますが、父親の入院も長びいているようですから……」

「仕事の方にも影響はある、よな。そりゃ……」

「ええ。そこに、彼女が生徒会はサボりつつもバイトは継続《けいぞく》しているという情報も加味して考えると……」

『………』

三人、思わず押《お》し黙《だま》ってしまう。……どうも、生徒会活動云々《うんぬん》で踏み込んでいい領域じゃなくなってきた感があった。

家庭の事情。

これほど、友人関係で踏み込み辛《づら》い問題も無いだろう。ご両親の事情で転校していった椎名《しいな》姉妹のことを思い出す。あれは母親の香澄《かすみ》さんがフランクだった分、まだいい方だ。今回の場合親族の怪我《けが》（病気？）、それに付随《ふずい》しての収入関係の問題、そして個人の成績問題と、まー友人が踏み込むにはデリケートすぎる話題のオンパレードだ。西園寺についた「笑いの神」と戦っていた頃《ころ》が懐《なつ》かしい。

風見が申し訳なさそうに告げる。

「碧陽学園新聞部の力なら、更《さら》に調査することも難しくないのですが……。……すいません、私としては、水無瀬さんに関しての調査は、ここで打ち切らせていただきたく思います」

　ぺこり、と頭を下げる風見。俺はそんな彼女に、笑いかけた。

「うん、勿論《もちろん》だ、風見。ありがとうな」

「すいません杉崎さん、あまりお役に立てなくて……」

「なに言ってんだよ！　むしろ俺は、お前のそんなところが大好きなんだ！　最高の新聞部部長だと思うぜ、風見は！」

　ニカッと満面の笑みを彼女に向ける。風見は少し頬《ほお》を赤らめ、俺から視線を逸《そ》らした。

　なぜだか西園寺が少しムスッとした様子で告げる。

「……分かっていたことですが、鍵さんは、どなたに対しても、鍵さんなのですね」

「？　なんだ？　どういう意味だ、西園寺？」

「なんでもありませんでございますぅ」

「？」

　口を尖《とが》らせて拗《す》ねる西園寺。……ん、なんだろう。俺、なんか西園寺の特性いじったりでもしちゃったっけかな？　うーん……分からん。

なんにせよ、状況の確認はこれで終わった。となれば、次は対策会議だが……。

『………』

ま、当然こうなるわな。対策どうこうの問題じゃない。これはもう、今日は解散した方がいいかもしれんな。

しかし、こんな雰囲気《ふんいき》で生徒会を終わらせるのもアレなので、俺は場を和《なご》ませるために「そうだ」と提案してみた。

「俺と水無瀬が結婚《けっこん》して、俺がお義父《とう》さん共々どーんと養えば万事解決だな！」

『………』

「……えーと」

すいません、なんですかこの空気。なんかお二人がジトーッと俺をただ睨《にら》むんですけど。

あ、あんまりいい冗談《じょうだん》じゃなかったかな。そうだよな、ボケとしてはちょっと中途半端《ちゅうとはんぱ》だったよな、やれないこともなさそうだし。うん。……そ、そういう意味で怒《おこ》っておられるんですよね、お二人さん？　ね？　なんでそんな軽い殺意こもった瞳《ひとみ》なんですか。

たまらず、俺は西園寺に話を振《ふ》る、

「えーと、西園寺からはなにかあるか？　あ、水無瀬に関してじゃなくていいぞ。ほら、ちょっとした世間話というか、こう、場を軽くする小話みたいなのあれば……」

「小話でございますか！」

「おわ!?」

急に西園寺が食いついてきたので思わずびくんと仰《の》け反《ぞ》る。西園寺はと言えば、なぜか活《い》き活きした表情だった。

「アイドル様のラジオに憧《あこが》れてきたこのわたしに、小話を振りますか！　振ってしまわれましたか！　ええ、ではよろしいでしょう！　とくと披露《ひろう》してさしあげましょうとも、わたしが蓄《たくわ》えに蓄えた小粋《こいき》なエピソードトークを！」

『（うわぁ……）』

俺と風見は二人でげんなりだった。あいたたた、という気分だ。なんなんだろうな、この西園寺の、見ていられない感じの特性。

「こほん。……昨日ぉ、よっちとぉ、ショッピングモール歩いていたんですよぉ」

『（まさかのアイドル気取りだ！　うわぁ！　やめてぇ！）』

「でぇ、その日は一緒《いっしょ》によっちの家に置く鏡を買いに行ったんですけどぉ、なんかぁ、どこの雑貨屋さん行ってもぉ、全部パッとしないんですよぉ」

『(トークの方もダラダラとしてパッとしないですね!)』

「なんていうかぁ、見づらいんですよねぇ、全部。もうどの商品見ても、全部、もやーんとしちゃっているっていうかぁ。そこでわたし、ぴーんと来て、笑いながらよっちゃんに言ってあげたんですよぉ。ここはショッピングモールだからぁ、仕方無いって」

『(ん?)』

「ショッピングモールだけに、しょうひん、くもーる。……商品、曇《くも》る」

『(…………)』

「おあとがよろしいようで」

『(…………)』

俺と風見は、いつの間にか、ガタガタと震《ふる》えだしていた。なんだこれ……寒いを通りこして……怖《こわ》い? 最早《もはや》、恐怖《きょうふ》と言える感情だぞこれは。なにこれ。最早アイドルのどうでもいいエピソードトークでさえないという。作り話なのにつまらないという、もう、産業廃棄物《はいきぶつ》みたいな小話じゃねぇかよ。

しばらく西園寺は「どや」という顔をしていたものの、俺達二人の反応を見て、流石《さすが》に色々悟《さと》ったらしく、彼女もまた顔を赤くしてぷるぷると震え始める。

そうして、地獄《じごく》のような沈黙《ちんもく》が数十秒間生徒会室を満たし。

最終的には、西園寺がキレた。

「な、な、なんですか！　鍵さんが話せって言うから！　言うからぁ！」

真っ赤な顔で叫《さけ》ぶ西園寺！　俺はどうにかとりなそうとするも、フォローの言葉なんか出て来やしないというか、フォローしたくもない！　そうこうしているうちに、遂《つい》に西園寺は机の上に置いてあった丸い消しゴムを、自棄《やけ》気味に俺に投げつけてきた！

「うおっ！」

至近距離《しきんきょり》からの突然《とつぜん》の攻撃《こうげき》に驚《おどろ》いたものの、かわすまでもなく消しゴムは俺をはずれ、背後の壁《かべ》に当たる。しかしそこで勢いが失われることはなく、消しゴムはまるでスーパーボールのように生徒会室中をバンバンと跳《は》ね回った挙句、最後には……。

「あうっ！」

西園寺自身の額にクリーンヒットした上で、どっかに消えて行った。………ナイス笑いの神様。今回ばかりは正直痛快でした。俺と風見はちょっとだけニヤッとしてしまう。

それに気付いた西園寺は……涙目《なみだめ》で、顔を真っ赤にしたままぷるぷると震え……最後には、自分の鞄《かばん》を掴《つか》んで生徒会室から駆《か》けだした！

「二度と生徒会なんてやってあげないんですからぁ――――――――!」

『(今回は九割方自己責任の癖《くせ》に!)』

そんなわけで、今日も今日とて新生徒会はグダグダな解散と相成った。……なんかこれが今後新生徒会の恒例《こうれい》行事になる予感がして、ちょっとぞっとする今日この頃です。

＊

生徒会室から西園寺と風見が去った後、俺は一人椅子《いす》に座りしばし黙考《もっこう》した。

……なにはともあれ水無瀬に会わないと話にならない。前回のことがあるだけに正直躊躇《ためら》いが無いわけじゃないが、だからと言ってこのまま顔を合わさないままボンヤリと生徒会を去られたくなんか絶対ない。

「……うし」

決めた。水無瀬に会おう。また失礼をするんじゃないか、なんて尻込《しりご》みをするのは、やっぱり俺らしくない。相手を気遣《きづか》ったフリした逃《に》げだ、それは。

バイトまでまだ少しだけ時間もある。丁度俺のバイト先への通り道だし、水無瀬の働いているゲームショップに少し顔を出してみよう。

決意して席から立ち上がったところで、不意に、生徒会室の戸が開いた。

「あー……やっぱいないよなぁ」

「真儀瑠《まぎる》先生？　どうしたんスか？」

入室した真儀瑠先生がどこか困った風に頭を掻《か》きながら生徒会室内を見渡《みわた》していた。

先生は数歩室内に足を踏み入れたところで、これみよがしに嘆息《たんそく》する。

「しっかし、まだ始まらんのか、今年の生徒会は」

「む、失敬な。一応、さっきまではメンバー居たんですよ」

「全員か？」

「…………一人ですけど」

く……改めて自分の口から数字言わされると、なんだか凄《すご》く屈辱《くつじょく》だ！　西園寺が加わったことで物凄く前進したつもりでいたが、実際問題、客観的に見たらまだ四分の一。忘れていたわけではないのだけど、今一度現実を突《つ》きつけられた気分だった。

真儀瑠先生はけらけらと笑う。……この人はホント、意地が悪いのか、それとも凄くいい先生なのか……。いや、両方なんだろうなぁ。

俺は鞄を持ちあげ、彼女に帰る意思を見せながら訊《たず》ねる。

「で、先生は俺の悪戦苦闘《あくせんくとう》具合を見に来たんですか？」

「ん？　まあそれもあるにはあるが……どちらかというと、水無瀬に用があってな」

「水無瀬に？」

ここでその名前が出るかと意外に思っていると、先生は自分の肩《かた》を気怠《けだる》そうに揉《も》みながら「ああ……ま、お前だしいいか」などと呟《つぶや》いて話を続けた。

「どうやらあいつ、担任に進路希望調査提出してないらしくてな。生徒会顧問《こもん》の私の方からもせっついてくれと頼《たの》まれたんだが……ま、居ないんじゃ仕方無いわな」

「進路希望調査の不提出ですか……」

これまた優等生の水無瀬らしくない状況《じょうきょう》だと思った。

真儀瑠先生が「そういや」と話を変えてくる。

「杉崎、お前はどうするんだ、進路」

「俺ですか？　俺は普通《ふつう》に大学進学ですよ」

「そうなのか。少し意外だな。お前なら、すぐにでも就職して女を養いたい、みたいなことと言い出しても良さそうなものだが」

「ま、少し前までの俺だったらそうでしたけどね。今はもうちょっと先見てますよ」

「ほぉ……」

真儀瑠先生は少し感心したように俺を眺《なが》めた。なんだか妙《みょう》に照《て》れ臭《くさ》かったので、話を元《もと》に戻す。

「でも進路希望調査って、二年の時もやりましたよね。その時水無瀬は……」

「ああ、その時はそれこそお前と一緒《いっしょ》で、普通に進学希望していたみたいだな」

「そうなんスか……」

確かに俺としても水無瀬の進路は進学以外にイメージが湧《わ》かない。しかしそれが今、用紙を提出してないとなると……ふむ……。

俺が考え込んでいると、先生は大きくあくびをして俺に背を向けた。

「ま、そんなわけだから、職員室戻るわ。私としては、一応顧問として動きましたよー、っていう事実が欲しいだけだしな」

「うわー、やる気ねぇー」

「そうだ、水無瀬に会ったら伝えておいてくれ。生徒会顧問の先生が……お前の進路を心から心配して、必死で夜の街を捜《さが》し歩いていたと」

「作り話で好感度上げにかかんなよ！　進路希望調査のことだけ伝えておきます」

「ま、それでいいや。じゃあなー」

先生はぷらぷらと手を振ると生徒会室から去って行く。

「……進路、ねぇ」

そんな呟きを漏《も》らしながら、俺もまた生徒会室をあとにした。

＊

「センパーイ！　杉崎センパーイ！」

「ん？」

水無瀬の居るゲームショップ付近まで来たところで、先の方から誰《だれ》かが大声を出しつつ俺に手を振《ふ》って近付いてくるのが見えた。あれは……。

「センパーイ！　カガミですー！　おーい！」

「おう、火神！」

俺も手を振り返す。周りに通行人が居たので正直少し恥《は》ずかしかったが、こっちが気付いた素振《そぶ》りを見せないといつまでもやってそうだったため、仕方無く……。

「センパーイ！　カガミですよー！　会う度《たび》センパイにカラダだけ求められる、都合のいい間に合わせの女、カガミですー！」

「変な言い方すんな！　生徒会への参加を促《うなが》しているだけだろ！」

近くに居た主婦の集団に物凄くイヤな視線を送られてしまった。ちくしょう！

「おおーい！……カラスの仕業《しわざ》に見せかけてゴミを荒《あ》らす、碧陽学園の杉崎鍵さーん！」

「どんな言いがかりだ！　しかもフルネームで！　お前は俺をどうしたいんだよ！」

ああっ、近くの主婦の方達の視線が！　とんでもなく冷ややかなものに！

俺がダッシュで火神に近付いていくと、彼女は照れ臭そうに自分の頭を軽く小突《こづ》いた。

「てへぺろ☆」

「それで済んでたまるか！　ほら、ちゃんと皆《みな》さんの誤解解いてこい！」

「えー、超面倒《ちょうめんどう》なんですけどぉー」

「えー、超心外なんですけどぉー」

そんなわけで、しょぼんとする火神の襟首《えりくび》を掴んで引きずり、誤解を解いて回らせる。

……結局ビジュアル的にドメスティックバイオレンスな彼氏が彼女に無理矢理謝罪を強《し》いているみたいになってしまった件については、あまり深く考えないようにしよう。

一段落したところで、火神はけろっとテンションを元に戻して俺に訊ねてくる。

「それで、杉崎センパイはやっぱりあれですか。この夕暮れ時、活きのいい、肉の柔《やわ》らかそうな女を探《さが》して街を徘徊《はいかい》していた感じですか」

「なぜにお前は俺を切り裂《さ》きジャック的な何かと見なしているんだよ。違《ちげ》ぇよ。俺はただ、水無瀬に会いにだなぁ……」

「なんと！　それは奇遇《きぐう》ですね！」

「ん、ってことは、お前も水無瀬に何か用事――」

「いやカガミはフツーにカラオケ帰りです」

「じゃあ何も奇遇じゃねえよ！」

「奇遇ですよ！　カガミも今丁度思ってたところですもん！　水無瀬センパイは意外とお肉柔らかそうだなぁって！」

「だから俺はそんな殺人鬼《さつじんき》ライクな嗜好《しこう》じゃねぇって！」

「またまたぁ。ま、いいですケド！　じゃあセンパイ、今から水無瀬センパイのお家《うち》に行くんですか？」

「いや、家じゃなくてバイト先。ほら、すぐそこのゲームショップで働いてんだ」

少し先の方に見えるショップに視線をやると、火神もそれを見て、「へぇ！」と興味深そうに瞳《ひとみ》を輝《かがや》かせた。……嫌《いや》な予感がする。

「じゃ、暇《ひま》なんでカガミもお供致《いた》します！」

ほら来た。

「………マジッスか」

「マジッス！」

……キラッキラした上目《うわめ》遣《づか》いで俺を見つめてくる火神。……正直、要《い》らない。連れていきたくない。これから俺が臨《のぞ》もうとしている水無瀬との会話の場にはあまりに不釣《ふつ》り合い。

しかし……。

「……せんぱぁい」

「うっ」

火神の必殺技「年上男性落とし」が炸裂《さくれつ》する！　説明しよう！　この技は女性には効かないどころか嫌悪《けんお》感《かん》さえ抱《いだ》かれるのに、男性相手だと威力《いりょく》が∞の、恐《おそ》ろしい技なのだ！

そんなわけで。

「……大人しくしてろよ？」

「わぁい！　ありがとうございますセンパイ！　カガミ、頑張《がんば》ります！」

「いや頑張らなくていい！　頑張らなくていいから――」

「じゃ、レッツゴー！」

手を摑《つか》まれ小走りでゲームショップに向かう俺と火神。俺は激しく不安になってきた。

「こ、コラ火神！　お前本当に分かってんだろうなぁ！」

「分かってます、分かってますって！　あれですよね。えーと……水無瀬センパイとは杉崎センパイがお話しするので、カガミは――」

「そう、お前は黙《だま》って店内でも見て――」

「優良枠《わく》使っておいて生徒会に来ない水無瀬センパイを、杉崎センパイの背後からガンガンに言葉攻《ぜ》めにして援護《えんご》射撃《しゃげき》すればいいんですよね！　ガッテン承知の助《すけ》です！」

「やーめーてぇえええええええええええええええええええええええええええ！」

そんなわけで、雲行きがかなり怪《あや》しくなってくる中、俺と火神の二人はゲームショップへと足を踏《ふ》み入れたのだった。

＊

「あ、これはこれは『いやがる女の子を無理矢理追いかけ回すだけの簡単なお仕事』をなさっている、杉崎君じゃありませんか。おや、尾行《びこう》じゃなくて隣《となり》に女の子を従えているなんて珍《めずら》しいですね。そこの貴女《あなた》、もしや家族を人質《ひとじち》にでも取られているのですか？」

入店しょっぱなから水無瀬節全開だった。なんか失言とかを気にしていたのが馬鹿《ばか》らしくなりつつ、俺も応じる。

「水無瀬よ……いつも言っているが、一応、俺はここの上客なんだぜ？　つまりお前のバイト代にも大きく貢献《こうけん》しているわけだ」

「ふむふむ、なるほどなるほど。……すいません杉崎君、いったんバウリ○ガルとってきていいですか？」

「俺の言葉は犬語翻訳《ほんやく》機介《かい》さないと理解出来ないレベルですかねぇ！」

「……わわんわわん？」

「大体で応じてんじゃねえよ！　っつうか聞け！　いいか？　こういう言い方もなんだが、俺はある意味お前に金を貢《みつ》いでいる以上、もっと対応が良くなってもいいと思う！」

「わ、センパイ、見事ですね！　高校生にして既《すで》に水商売に入れ込む駄目《だめ》男の風格です！」

横で火神がきゃぴきゃぴと騒《さわ》いでいたが、無視。俺は水無瀬の、どこか常に半開きのシラーッとした黒目を見て話す。

「そんなわけで、俺はここの常連客として、この場でお前に対応の改善を要求する」

「……はぁ。で、具体的にどうして欲しいんですか、杉崎君は」

なんだか非常に面倒臭《めんどうくさ》そうに頭を掻《か》いてそっぽを向く水無瀬。……やる気ねぇなぁ、ホント！　俺はびしっと人差し指を突《つ》きつけて言ってやった！

「まるで新婚《しんこん》を思わせるぐらいの、温かい受け入れを要求する！」

ばばーんと背後にSEを付けて欲しいぐらいのテンションで叫《さけ》ぶ。火神は「おおっ、なんて厄介《やっかい》なお客さん！　流石《さすが》ですすセンパイ！」と相変わらずよく分からない褒《ほ》め方をしてくれていたが、水無瀬はまったくの無反応だった。

しばしして、嘆息《たんそく》混じりに水無瀬が応じる。

「まあ、別にいいですけど。接客態度に拘《こだわ》りもありませんし」

「マジか！　じゃあ俺今、入り直して来るから！　新婚ばりに温かく迎《むか》え入れろよ！」

「……あーい」

なんだか至極《しごく》やる気のなさそうな態度こそ気になるものの、約束はとりつけた！

俺はワクワクしながら一度店を出ると、すぐにまた入店する。

店内に足を踏み入れたところで、水無瀬と目が合った。

彼女は……普段《ふだん》の更《さら》に十倍冷たい表情で俺を睨《にら》み付けて来ていた！

「今日ホテルの前で腕《うで》組んで歩いていたあの女、誰よ？」

「なぜに泥沼《どろぬま》状態っ！」

俺は即座《そくざ》に怒鳴《どな》りつける。水無瀬はキョトンとしていた。

「新婚がどうたらこうたらと、先程杉崎君が……」

「なんで新婚といえば泥沼なんだよ！　もっとあるだろう、温かい言葉が！」

「はぁ……もっと温かく……」

「とにかく！　もう一回入り直して来るからな！　次はちゃんとやれよ！」

「……ぅーぃ」

またもやる気の無い返事で応じる水無瀬。なんて発音しているのかも分からない。

俺は嘆息しつつ店外に出る。そうして、再び店内へと足を踏み入れた。

今度の水無瀬は……なんと、ニッコリ笑顔だ！　これには俺もハートを撃《う》ち抜《ぬ》かれ――

「けん君おかえり。今日はいじめられなかったかい？　転ばなかったかい？　そうかいそうかい、友達と沢山《たくさん》遊んだのかい、良かったねぇ。ほらほら早く炬燵《こたつ》入って温まりんしゃい。あそうだ、美味《おい》しいみかんも剥《む》いてあげようねぇ」

「温かすぎるわ！　おばあちゃんか！」

「貴方《あなた》が温かく迎え入れろと……」

「それはそうだけども！　違ぇーんだよ！　そうじゃねーんだよ！　もっとこう、新婚の部分に着目しろよ！　家族要素だけフィーチャーしすぎんなよ！」

「……だったら具体的に指示して……」

水無瀬が激しく面倒そうだ。仕方無いので、俺はテンプレートな言葉を授《さず》けてやることにした。

「だから……例えば、接待とかで疲《つか》れて帰ってきた俺が帰宅したところで、『ごはんにする？　お風呂《ふろ》にする？　それとも……』みたいなやつとかをだなぁ」

「センパイセンパイ。カガミ、なんかセンパイこそ、当初の『接客態度を改めさせる』みたいな目的から遠ざかりつつある気がするんだけど……」

火神の冷静な指摘《してき》は無視。ここまで来たら、水無瀬の新妻《にいづま》ぶりを見るまで満足出来るかってんだ！

水無瀬が俺の言葉にこくりと頷《うなず》いたので、俺は再び外へ。他に客がいないのをいいことに、今日三度目の入店を果たした。

そして今度の水無瀬は……。

「あなた……」

「お、おぅ」

なんと、とてもしおらしい態度だ！　目はうるうると涙目《なみだめ》！　やべぇ！　そそる！

水無瀬が、普段なら絶対やらない潤《うる》んだ上目遣いで訊《たず》ねてくる。

「ごはんにする？　お風呂にする？　それとも……」

「おぉ……（ドキドキ……）」


「わ、た、……み？」


「飲み屋に戻《もど》れと!?」

驚愕《きょうがく》する俺に対し、素《す》の態度に戻った水無瀬が冷静に告げる。

「夜中に他人を家に上げたくないのは人として当然の心理でしょう」

「俺、今回旦那《だんな》設定じゃなかったの!?　じゃあなんで食事と風呂の選択肢《せんたくし》あった！」

「今回私の中で杉崎君は、こちらが涙ぐむほどの耐《た》え難《がた》い腐臭《ふしゅう》を撒《ま》き散《ち》らす、骨と皮だけで構成された餓鬼《がき》のような有様の男だった……というリアルな未来設定でしたので」

「慈悲《じひ》の心どうも有難う、俺も涙が出るよ！　でも俺の求めているのはそういうんじゃねーから！　もっと親密な新婚設定をプリーズ！　俺に誰《だれ》よりも愛情を注《そそ》げ！」

「仕方ありませんね。そこまで言うなら……」

そんなわけで、一度店外に出る。脇《わき》で火神がいい加減呆《あき》れつつあるのはスルーして、再び入店。

「おーい、水無瀬ー」

「お帰りなさい、あ・な・た」

ぴとりと寄《よ》り添《そ》ってくる水無瀬！　やべぇ！　水無瀬のクセにふんわりとシャンプーのいい香《かお》りがしやがる！　なんだこれ！　ギャップ萌《も》えも含《ふく》めて、すげぇ破壊《はかい》力だ！

むふーっと俺が鼻息荒《あら》く興奮する中、水無瀬は演技を続けた。

「本当にお疲れ様《さま》。いつもいつも私のために、ご苦労様です」

「お、おう……」

「今日も本当に疲れたでしょう？　はい、これ飲んで。苦労して手に入れたのよ」

水無瀬が何かを渡《わた》す素振《そぶ》りをする。サイズ的に栄養ドリンク設定だなと考えた俺は、それを受け取り、一息に呷《あお》る動作を――

「名探偵《たんてい》コ○ンファン垂涎《すいぜん》の毒薬、その名もアポトキシン4○69よ」

「ぶふぅーっ！」

実際に飲んだわけでもないのに、条件反射的に噴《ふ》き出してしまう！　俺がむせながら抗《こう》議《ぎ》するように睨み付けると、水無瀬はキョトンとした様子で全く悪びれることもなく告げてきた。

「貴方に、狂《くる》おしい程の愛情を注いでみました」

「注ぎすぎだ！　殺す気か！　歪《ゆが》みすぎだろう愛情表現！」

「杉崎君、どうも疲れている様子でしたから。だったらいっそのこと……と。それに運が良ければ子供化出来ますし、一石二鳥では？」

「何をどう計算して一石二鳥なんだよ！　違《ちげ》ぇんだよ水無瀬！　俺は、もっと、普《ふ》通《つう》の愛情表現を欲《ほっ》しているんだよ！」

「なるほど理解しました、そうですね、確かに今のはファンタジー過ぎました。次からは普通に、現実に沿って青酸カリやトリカブトを渡すことにします」

「そこを普通にして欲しいんじゃねえ！」

「しかし杉崎君、普通も何も、そもそも私と杉崎君が夫婦という時点で世界観が尋常《じんじょう》じゃないでしょう。第三次世界大戦において全人類の精神が毒電波にやられてしまった未来か何かですか？」

「そんなにあり得ませんかねぇ！　俺との結婚生活《けっこんせいかつ》！」

「私が正常ならば、まず間違《まちが》いなく挙式中に舌を噛《か》み切《き》っていることと思います」

「惨劇《さんげき》すぎる！　もういいや！　なんかこのやりとり落ち込むだけだから、もういいや！」

そんなわけで、何も得られないまま対応の改善要求　終了《しゅうりょう》。激しく時間を無駄《むだ》にした。

水無瀬相手だと普通に世間話もままならない感があるため、いい加減下手に様子を窺《うかが》うのはやめにして、徐々《じょじょ》に本題へと話をシフトさせる。

「そういや水無瀬、さっき真儀瑠先生が探してたぞ。進路希望調査の件で」

こちらとしては当たり障《さわ》りの無い話題を選んだと思っていたのだが、水無瀬は意外にも少しピリッとした様子だった。普段から無愛想な顔をしているが、それがより一層険《けわ》しくなる。

「そうですか……真儀瑠先生まで……」

「進路、迷ってるのか？」

少し踏《ふ》み込《こ》みすぎかなとも思ったが、会話の流れとしては自然だろうと、思い切って訊ねてみた。水無瀬は特に気分を害した様子も無く、代わりにどこか他人事《ひとごと》のように訊ね返してくる。

「迷っている……のでしょうか？　私が？」

「いや、訊《き》いているのは俺なんだけど」

「そうでしたね。……良く分かりません。個人的には、迷うという段階の、遥《はる》か手前に居るようにさえ思います」

「えと……それはどういう……。やっぱり成績や親父《おやじ》さんのことで何か――」

「………………」

話が深くなってきたところで、水無瀬はちらりと火神に視線をやった。途端《とたん》、火神はぴょこっと飛び上がって、あせあせと自己紹介《しょうかい》を始める。

「あ、カガミは、カガミです！　じゃなくて、一年生の火神北斗《ほくと》でっす！　今年の生徒会の……えーと……」

ちらちらとこちらを窺ってきたので「会計」と助け船を出す。

「そう、会計になったみたいです！　なので、よろしくお願いします、水無瀬センパイ！」

「……よろしく。私、水無瀬流南。三年」

それだけ言って水無瀬は無表情で火神と握手《あくしゅ》を交わす。自己紹介が終わったところで、流石《さすが》の火神も空気を読んだのか、「あ、じゃ、ちょっとゲーム見てきまっす！」とゲーム売り場へと消えていった。

水無瀬もまたレジの方へと移動したので、俺もそれについていく。彼女はカウンターに腰《こし》を預けるカタチで、軽く腕を組んでこちらを見た。身長が高いせいか、こういうポーズをするとやはり学生とは思えない程大人びて見える。

「……どうやら杉崎君は私の置かれている状況《じょうきょう》を中途半端《ちゅうとはんぱ》に知っているようですね」

「えと……その……ごめん」

「別に謝罪は要求していません。率先して家庭の事情を喋《しゃべ》りたいとも思いませんが、知られて困る類《たぐい》の話でもありませんし。特に貴方には」

「あ、そう言ってくれると俺も嬉《うれ》し——」

「自分の裸《はだか》を蚊《か》に見られたところで気にする人間が居ないのと同じです」

「ですよねー」

なんか今回は心構え出来てたよ正直。

俺はそれで腹を立てることもなく、むしろニカッと彼女に笑いかけてやった。

「じゃ、この世紀の虫ケラ・杉崎鍵に話してみろよ。独り言のつもりでさ」

「……まったく、貴方という人は一年の頃《ころ》から……」

水無瀬はどこか呆れたような……しかし、少し柔《やわ》らかい表情を一瞬《いっしゅん》だけ覗《のぞ》かせ、しかしすぐにいつもの無表情に戻って話し始めた。

「別に大した話ではありません。最近父が怪我《けが》をして入院し、その煽《あお》りで収入に不安が出て来たため、私は進学希望から就職希望に切り替《か》えようと考えた、ただそれだけの話です」

「……本当にただそれだけだったら、お前はもう進路希望調査を提出しているだろう？」

俺の疑問に、水無瀬は「貴方のそういう無駄な鋭《するど》さ、嫌《きら》いです」などと言いつつも、話を続けてくれた。

「少し話を変えましょう。……杉崎君は知っているかもしれませんが、うちは父子家庭です。父と母は私が産まれてすぐに離婚《りこん》しましたから。あ、杉崎君、一応注意しておきますが、今後語る私の身の上話において、気持ち悪い同情とかしないで下さい。杉崎君みたいな下等生物に同情されたら、それこそ私、泣いてしまうかもしれません。死にたくて」

「俺の心を傷付ける事に関しての配慮《はいりょ》は無いのでしょうか」

「とにかく私の家は最初から父子家庭で、私はそれを日常として育ちました」

「普通に話続けやがったなおい」

「だからなのか、私は物心ついた時から『自分のことは自分で』を信条に生きています。決して父にそう躾《しつ》けられたわけでもなく、自発的に、そう思っているのです」

「……なるほど、お前らしい信条だな」

「自分でもそう思います。今で言えば、勉強とバイト。その二つをこなすことが、私の信条であり、大袈裟《おおげさ》な言い方をすれば生きるうえでのよすがでもあります。別に大きな事件に由来するような決意などではなく、あくまで自然な日々の生活の中から生まれた信条ですが、それだけに、私の全てと言っても過言ではありません」

「…………」

なんとなく、だけど。少しだけ……ほんの少しだけ、水無瀬は俺に似ているのかもしれない、と思った。生徒会の皆《みんな》と接して、ゆっくりとだけど、しかし着実に今の「杉崎鍵」を確立させてきた……俺に。

少し自分の内面を喋り過ぎたと思ったのか、水無瀬が咳払《せきばら》いをして「話を戻しましょう」と続けてくる。

「そんな私ですから、二年生の頃の希望は順当に、進学でした。良き大学に入り、高収入の仕事へと繋《つな》げたい。ただそれだけの考えからです。しかし……その展望は最近、破綻《はたん》しました」

「親父さんの入院か」

こくりと頷《うなず》く水無瀬。しかしその顔にはやはり悲壮《ひそう》感などは無い。

「大きな怪我でした。命が助かり、後遺症《こういしょう》も残らず済みそうなのは幸いでしたが、それでも長期間仕事には復帰できそうもなく。手術費・入院費も含めると、やはり金銭面では逼《ひっ》迫《ばく》します。一応蓄《たくわ》えもありますから、私の進学が絶対無理……とは言いませんが、私も父も苦しい生活を強《し》いられるのは確かでしょう。そして先程言ったように、私には、そこまで断固として進学したいという意志はありません。就職を決意したのは当然と言えます」

「……ふむ」

「そこに特別な感情などありませんでした。家庭の事情で進学をやめて就職。実に簡単な話です。私の心にしこりが残るでもなし、本当に自然に就職を決意したのです」

自然な話の流れだった。しかし水無瀬は、そこで、不意に俯《うつむ》いた。

「しかしその瞬間《しゅんかん》、私ははたと気付いてしまいました。自分に、何も無いことに」

「何も無い？」

こくりと頷いて、水無瀬は続ける。

「就職する、それはいいです。進学したところで、いつかは就職するのですし。しかし将来を具体的に考え始めた途端……。自分が何をしたいのかどころか、何に向いているのかさえ、驚《おどろ》く程に分からなかったのです。子供のように漠然《ばくぜん》とした『宇宙飛行士になりたい』『アイドルになりたい』……そんなものさえもなかったのです、私には。

就職にあたって、夢もスキルも意志もない。これには流石に自分でも呆《あき》れましたね。自分のことは自分で、と目の前のことを懸命《けんめい》にこなしてきた結果、その先に続く未来のことを全く考えていなかったのです。

たとえるなら……そうですね、それはまるで、懐中電灯《かいちゆう》を持っての夜道散歩でした。小さな光しか出せなくても、足下《あしもと》だけを照らすことで、そこに道があることに安心して歩いてきた。その先がどこに続いているのかなど、知ろうともせずに。

……杉崎鍵。もしかしたら、動物や虫ケラのようだったのは、貴方《あなた》じゃなく、むしろ私の方だったかもしれませんね。ただ本能のままに生きて来ただけの存在」

「今同情的な声を出しませんでしたか？」

「水無瀬……」

「出してない」

水無瀬が余りに怖《こわ》い表情で睨《にら》み付けてくるものだから、俺はぶるんぶるんと首を横に振《ふ》った。水無瀬は「そうですか」と再び無表情に戻《もど》り続ける。

「実際これまではそんなこと、気にしたこともなかったのです。というか、理解した上で、生きてこられていたはずなのです。ですから本当に不可解極《きわ》まりないのは、むしろ、今になって『自分』なんてもののことを考えてしまう、今の私の心持ちの方です。……優良枠《わく》に志願したことも含《ふく》めて、本当に、最近の私はどうかしています」

はあ、と重い重い溜息《ためいき》を漏《も》らす水無瀬。彼女は更《さら》に続けた。

「そして、そんなことを考え出したあたりから、今度は勉強の方が捗《はかど》らなくなりました。先程の例を続けるならば、懐中電灯で足下を照らすのをやめてしまったからでしょうね。先の方を見ないとと今更焦《いまさらあせ》って小さな光を振り回したところで、すぐに何かを見付けられるはずなどありません。

結局、足下も周囲もどちらも満足に見えず……その場に立ち尽《つ》くす。私は、これまで出来ていたことさえ出来なくなりました。勉強が頭に何も入ってこないのは勿論《もちろん》、元々あった知識のアウトプットさえままならない有様なのです。

当然成績は下がり、いよいよもって、私は空虚《くうきょ》な存在に成り下がりつつあります。そんな折、例の進路希望調査が行われました」

「…………」

「当然のように、私は何も書くことが出来ませんでした」

「…………」

水無瀬は、ふっと何かを諦《あきら》めたような表情で呟《つぶや》く。

「今の私に出来ることと言えば、無思考でバイトをこなして精々父の入院費や日々の生活費を稼《かせ》ぐことぐらいでしょうか」

「水無瀬……お前、だから生徒会も来ないでバイトを……」

「あ、いえ、生徒会に関してはかったるいので行かないだけですが何か」

「………」

おい。俺は拳《こぶし》をぷるぷると震《ふる》わせる。俺の同情を返せ！　と叫《さけ》んでやりたかったが、そういや最初に「同情するな」という注意をされていたなと思い出し、それも出来ない。畜生《ちくしょう》！　水無瀬のヤツ、最初からそのつもりで「同情するな」発言しておきやがったな！　弱っていても水無瀬はやはり水無瀬！　俺の天敵か！

「このような状況で生徒会などという、私にとってなんのメリットもない活動に参加する理由が無いじゃないですか。自分のことで手一杯《ていっぱい》の時になぜ他生徒の面倒《めんどう》を見ねばならぬのですか」

「そりゃそうだけど！　ゆ、優良枠を自分から獲得《かくとく》したクセに！」

「その頃はまだ父が怪我していませんでしたし」

「辞退申請《しんせい》もしなかっただろう！」

「余裕《よゆう》がなさ過ぎてすっかり忘れていました。実際面倒ですし。今年の現状を鑑《かんが》みるに、来年からは辞退する方が申請するのではなくて、受ける方が受諾《じゅだく》申請する方が効率良いのではありませんか？　というかなぜそうじゃないかがむしろ疑問です」

「くぅ……！」

なんだ……背景はそこそこ同情に値するのに、なんだかトータルで見るとやはり憎《にく》たらしいぞ、水無瀬！　なんだこれ！　なぜ悩《なや》んでいながら相変わらず不遜《ふそん》なんだ！

俺が唸《うな》っていると、どこからか唐突《とうとつ》に火神がひょこっと姿を現した。俺、そして水無瀬さえもびくんと驚く中、火神は……盗《ぬす》み聞きでもしていたのか、実に軽いノリで水無瀬に声をかける。

「カガミ的にはぁ、別にやりたいことないんだったら、とりあえず安定してそうな公務員でも目指せばいいじゃないかって思いますケド」

「火神、お前なぁ……」

俺は彼女の軽さにほとほと呆れて黙《だま》らせようとするも、しかし、水無瀬は意外な言葉を返してきた。

「ええ、貴女の言う通りです火神さん。それは私と全く同じ考え方です」

「でしょでしょ！」

同意を得てはしゃぐ火神。まあ……それも確かに指針の一つか、と若干《じゃっかん》納得いかないながらも様子を見守っていると、水無瀬は……ここで、なぜか今日一番、表情を曇《くも》らせた。

「でも……その考え方は、完全に否定されてしまいました」

「誰《だれ》に？」

「父にです」

「あー……」

三人の間を重苦しい沈黙《ちんもく》が包む。水無瀬は、どこか自嘲《じちょう》気味に呟いた。

「病室で世間話を……勉強のこと、就職に対する意識、生徒会から飛んでくるうざい小バエのことなどを話している時でした」

「おい、その小バエって誰のことだよ！　なぁ！」

「話の途中《とちゅう》で急に烈火《れっか》の如《ごと》く怒《おこ》り出した父は、私に向かって言ったのです」

「なんて？」

火神の遠慮《えんりょ》の無い質問に、水無瀬は、少し遠くを見るようにして告げる。

「『自分が人事《じんじ》だったら、今のお前を採《と》りたいなんて、絶対に思わないぞ』と」

『…………』

「父に叱《しか》られたのは……否定されたのは、私の覚えている限り、初めてのことでした」

『…………』

「……本当に、今の私は、なんなのでしょうね。これでは杉崎君の生殖《せいしょく》機能と同じぐらい使い所が無いではないですか」

「おい」

「ふ……」

そんないつも通りの応酬《おうしゅう》をしながらも。

薄《うす》く微笑《ほほえ》む水無瀬は、あまりに儚《はかな》くて。今にも消えてしまいそうで。

なんと言ってやっていいか分からず戸惑《とまど》っていると、俺より先に火神が動いた。

「とりあえず生徒会でも行ったらどうですか？　行ってないカガミが言うのもなんですけど、楽しいと思いますよ？　どうせ空っぽなら、楽しい方がいいと思いますけど」

なんだか、軽いは軽いが、それなりに真理だった。しかし……水無瀬には当然の如く響《ひび》かなかったご様子で。

「遊ぶことと楽しいことは、誰にとってもイコールではないと思います。今の私にとって逃避《とうひ》のように生徒会で呆《ほう》けることは……恐《おそ》らく、苦痛この上無いでしょう」

「ふーん……カガミはよく分からないですね。まあ確かに杉崎センパイが中心になっている楽しそうな生徒会の雰囲気《ふんいき》は、今の水無瀬さんにはキツイかもですねー。それで喧嘩《けんか》になんかなったら目もあてられないですし、行かなくて正解かもしんないです」

火神の発言が俺の心にもチクリと刺《さ》さる。今日行った、西園寺や風見との楽しいひときき。あのような会話の場に、今の水無瀬を……。

「…………」

すっかり生徒会へ彼女を誘《さそ》う意欲《いよく》が削《そ》がれてしまう。前回のデリカシーに欠けた発言が自分の中で尾《お》を引いていることもあり、どうにも強引な手段に出られない。

場が重苦しくなる中、火神が空気の改善を図《はか》ってか仕切り直す。

「あ、杉崎センパイ、今日バイトとかじゃなかったでしたっけ？　カガミも流石《さすが》に帰らなきゃだし、もうそろそろ……」

言いながら、俺の腕《うで》にきゅっと抱《だ》きついてくる火神。彼女のおかげで、立ち去るキッカケは出来たけど……いいのだろうか？

そう疑問には思うも、水無瀬が退店を後押しするかのように俺達へと背を向けたので、仕方無く、俺はこの場を去ることに決める。

「じゃあな、水無瀬。えと……また学校で」

「……はい。お気をつけて」

「…………」

毒舌が飛んでこなかったことに、寂《さび》しさを感じる。無駄《むだ》に元気な火神に引っ張られ、店を後にする。店を出て少し歩いたところで、火神は俺からパッと離《はな》れて、強引な笑顔で軽く俺に敬礼してきた。

「では隊長！　カガミ、これにて失礼致《いた》します！」

「あ、ああ……。……えと、なんかサンキュな、火神」

「いえいえ、どう致しまして！　水無瀬センパイのことは残念ですが、ま、世の中どうしようもないこともありますよ、センパイ！　切り替《か》えて、楽しくいきましょう！」

「……ああ、そうだな」

少し歪《いびつ》にはなってしまったが、俺も火神に笑顔を返す。彼女は満足げに微笑むと、「では！」と元気に駆《か》けだして去っていった。

………。

「俺も……バイト行くか」

なんだか暗い気分のまま、ぽつりと呟く。

………。

なぜだろう。

水無瀬に暴言ラッシュで傷付けられて凹《へこ》む方が、よっぽどマシな気分だった。

＊

ハンドガンを構え、廃墟《はいきょ》と化した研究所内の壁際《かべぎわ》をジリジリと移動する。

見据《みす》えるのは数歩先の曲がり角。

…………いる。

確信と同時に足が止まる。何かが見えたわけでも、不審《ふしん》な物音が聞こえたわけでもない。

それでも感じる絶望的な気配に、掌《てのひら》にじっとりと汗《あせ》をかく。

大丈夫《だいじょうぶ》……大丈夫。襲《おそ》われるのが分かっているという状況《じょうきょう》は、恐怖《きょうふ》に値しない。真の危機とは不意を突《つ》かれることだ。全力で警戒《けいかい》している現在、そこにあるのがいかな脅威《きょうい》であろうと、臆《おく》すことはない。

俺は覚悟《かくご》を決めると、手早くハンドガンをリロードし……。

角から飛び出すと同時に正面へと構える！

「かかってこいやぁ、クサレゾンビ共ぉぉおおおおおおおおおおおお！」

雄叫《おたけ》びを上げながら睨《にら》んだ廊下《ろうか》の先には、予想通り死人の群れが――居なかった。

「あ、れ？　確かに気配が――」

《バンッ！》

刹那《せつな》、背後に設置されていたロッカーが音を立てて開く！

「うひゃぁああああああああああああああああああ⁉」

恐怖で手がもたつく俺！　ロッカーから飛び出て摑《つか》みかかってくるゾンビ！　対応が遅《おく》れに遅れる俺！　そして――

《ＧＡＭＥ　ＯＶＥＲ》

――画面に表示される、見慣れた赤い文字。気が抜《ぬ》けて大きく息を吐《は》いていると、ＰＣのスピーカーから、これまた聞き慣れたヒステリックな叱咤《しった》が飛んできた。

『だから、どうしてすぐ真冬《まふゆ》から離れて殺されちゃうのですか、先輩《せんぱい》！』

「いや、だってさぁ……」

視線をテレビモニタからPCの液晶《えきしよう》へと移す。そこに映るのは、ぷっくり頬《ほお》を膨《ふく》らませて分かりやすく怒気《どき》を孕《はら》んでいる、元後輩《こうはい》・椎名真冬《まふゆ》。大量の猫《ねこ》があしらわれたパジャマ姿は大変可愛らしいのだが、状況が状況なので流石に俺は視線を逸《そ》らした。

「極限状況で矢面《やおもて》に立つのは、やっぱり男の役目だと思うんだよね」

『そういう台詞《せりふ》は相棒の女性より腕が立って初めて言えることです！』

ごもっとも。俺はしょんぼりと項垂《うなだ》れてから、にへらっとした笑みをモニタに返した。

「でもほら、チェックポイント頻繁《ひんぱん》なゲームだし！　やり直しも楽だから、大丈夫、被害《ひがい》は少ないさ！」

『塵《ちり》も積もれば山となるのです！　くぅ、真冬ともあろうものがソフトの発売から一ヵ月かけてまだゲーム中盤《ちゆうばん》なんて……前代未聞ですぅ！』

「わ、悪かったよ。ほら、気を取り直してやろうぜ、続き」

というわけで、コンティニューしてゲームを再開させる。まだ文句がありそうだった真冬ちゃんといえど、ゲームが始まってしまっては操作に集中せざるを得ない。渋々《しぶしぶ》といった様子で彼女がテレビモニタへと向き直ったのを確認して、ホッと胸を撫《な》で下《お》ろしつつ俺もゲーム画面の方に視線を戻《もど》す。

このとある有名ホラーTPSを真冬ちゃんとオンライン協力プレイし始めて、約一ヵ月。

週に五日程度の頻度《ひんど》で、就寝《しゅうしん》前の一時間程を使って少しずつ遊んできたはいいが……俺も真冬ちゃんも、今やお互《たが》い違《ちが》う意味で疲《つか》れ始めてしまっていた。

そもそも、学校が離れてしまった真冬ちゃんに軽い気持ちで「なんかオンライン通じて一緒《いっしょ》にゲームとかしよっか」とか言ってしまったのが運の尽《つ》きだ。

彼女がそれならばと薦《すす》めてきたゲームは、なるほど、二人協力にはぴったりどころか、男女でイチャイチャキャーキャーするにも極めて適したホラーゲームだったが……。


いかんせん、俺が下手すぎた。


ゲームはそこそこやる方だとはいえ、ここ数年は専《もっぱ》らギャルゲー三昧《ざんまい》。更《さら》に元々やっていたゲームもどちらかというとRPGやシミュレーションなどのまったりしたゲームだったため、アクション……反射神経や、それこそゲーム神経的なものが重要なゲームに関して、今の俺は素人《しろうと》以下だった。自分で自分のキャラの動きに啞然《あぜん》とするという、ゲーマーには中々無い経験が出来るぐらいの下手さだ。

そして致命的《ちめいてき》なことに、このゲームは、二人のうち片方でも倒《たお》れるとゲームオーバー。いくら真冬ちゃんが、引く程ゾンビの頭を正確に撃《う》ち抜く術《すべ》に長《た》けていたとしても、彼女が戦う横で俺がゾンビに噛《か》まれて死ねば元も子もないのだ。

　かくして、プレイ時間はそこそこなはずなのに、進行度はそれに全く見合ってないという現在の状況が出来上がっていた。

　ゲームをこなす効率が最早《もはや》人智《じんち》を超《こ》えたレベルの真冬ちゃんからすれば、これは相当信じられない惨状《さんじょう》らしい。

　結果、一年前の気弱だった頃《ころ》からは考えられない程……。

『先輩、邪魔《じゃま》です！　射線上うろうろするぐらいだったら、そこらで倒れてて下さい！』

「……すいません」

　男前で厳《きび》しい真冬ちゃんが出来上がっていた。しょぼんとする俺。ゲームといえど好きな子から完全に足手まとい扱《あつか》いされるとは、なんたる屈辱《くつじょく》。

　日本男児としてのプライドを持つ俺としては、そんな現状に満足してなどいられるはずもなく。結果……。

『ふぅ……先輩、やりました、遂《つい》にこの辺の敵を一掃《いっそう》しましたですよ。進んでチェックポイント通過しましょう。それとさっきはすいませんでした。真冬、つい熱くなって――』

《GAME　OVER》

『えええええええええええええええええええええええええええ⁉』

なんの前触《まえぶ》れもなく画面に現れたその文字に、愕然《がくぜん》とする真冬ちゃん。

俺は、てへっと舌を出してウィンクした。

「せめて探索《たんさく》だけでもしておこうとしたら、一撃死《いちげきし》トラップにかかって死んじゃった☆」

『だから、どうしてそう余計なことをするのですか！』

「真冬ちゃん。自慢《じまん》じゃないけど俺、小学生の頃は通知表に六年連続で『落ち着きがありません』とのお言葉を貰《もら》ってたぜ！」

『本当になんの自慢でもないですね！　くぅ、またやり直しです……』

「どんまい」

『なんで真冬の失敗みたくなっているのですかぁ！』

というわけで、リトライ。正直このステージ今日七回目です。てへり。

『では、真冬の射線に入らないよう、後ろからついて来て下さい！　あと、真冬から十歩以上離れないように！』

そんな命令を受け、金魚のフンのように真冬ちゃん扱うところの美人キャラについていく、俺こと、ガタイのいい男性キャラ。……心なしか最近、その肩《かた》に哀愁《あいしゅう》さえ漂《ただよ》う。

ショットガンを至近距離《しきんきより》からぶっ放すというスタイルで、果敢《かかん》にゾンビをなぎ倒していく真冬ちゃん。……男前だ。

「真冬ちゃんって、ゲームではアグレッシブだよね」

『パラメータにポイント割《わ》り振《ふ》るゲームでは、攻撃力《こうげき》に極《きょく》フリ一択《たく》の真冬ですから』

「なんか、やっぱ深夏《みなつ》の妹だよね……」

つくづくそう思う今日この頃だ。……しかし、それにしても暇《ひま》だ。そりゃそうだ、俺のキャラ歩いているだけだもん。左スティック前に倒しているだけだもん。そりゃ暇に決まっている。

目の前には、ショットガンでバリバリ敵を倒す真冬ちゃん。ふむ……もしかして、ショットガンが強いんじゃないか？　そうだ、俺が弱いんじゃなくて、俺が今までメインで使っていた、ハンドガンやマシンガンが弱かったんだ。実際、真冬ちゃんは全ての敵を一撃で倒しているじゃないか。つまりショットガンの威力《いりょく》は一撃必殺。これは強い。そしてこれさえ使えば、俺も強いはず。

そんなわけで、俺はおもむろに装備変更《へんこう》。チャキッとショットガンを構える。……やべぇ、超《ちょう》カッコイイ。そして装備時にメニューで確認したが、これ、やっぱりすげぇ威力高い。これならどんな相手でも一撃だ！　つまり、俺も戦える！

「ふ、待たせたな、真冬ちゃん！」

『？　先輩？』

視線はゲーム画面にやったまま応じる真冬ちゃん。俺は彼女のキャラの背後で颯爽《さっそう》と武器を構えると……今まさに真冬ちゃんへダメージを与《あた》えようとしていたゾンビめがけて、照準を合わせた。そして、

「ここからは、俺に任せな！」

決め台詞とともに、引き金を引く！

刹那、俺の予想通り、その超威力で一撃のもとに頭が吹《ふ》き飛《と》んだ！

——真冬ちゃんのキャラの、頭が。

《GAME　OVER》

『…………』

「…………」

沈黙《ちんもく》。ネット回線の不調かなと思うぐらい、スピーカーからは何も音がしない。

数秒して真冬ちゃんが震《ふる》える声で切り出してきた。

『先輩……何か、言うことは？』

そう訊《たず》ねられた俺は。やれやれ、といった態度で応じる。


「どんまい、真冬ちゃん」


『だからなんで真冬のミスみたいにするのですか！　もっと言うことありますよねぇ⁉』

「ショットガン強《つえ》ぇ」

『それは良かったですねぇ！　ただ二度と使わないで下さいますか！』

「真冬ちゃん、それはちょっと言い過ぎじゃないかな。このショットガン開発した人も悪気があったわけじゃないと思うんだ」

『ショットガン自体を責めているわけじゃないです！　使用者を責めているんです！』

「分かった、使用キャラを変えよう」

『……もういいです。分かりました。キャラ変えなくていいので、次は先輩……歩く以外の動作を、何もしないで下さい。左スティック以外触《さわ》らないで結構です』

「世に言う縛《しば》りプレイだな。腕《うで》が鳴るぜ」

『もうそれでいいです。じゃあ、いきますよ？』

そんなわけで、このステージ八回目のトライ。真冬ちゃんは手慣れに手慣れた様子でゾンビ達を危なげなく倒していく。それに対して背後からコソコソと歩いていくだけの俺。

……やはり暇だ。流石《さすが》に暇だ。左手親指を前に倒すだけの数分は、限り無く不毛だ。

しかし、スティック以外の操作は禁止されている。どうしたものか……。

そう考えてスティックをいじっていると、ふと、「押し込む」操作でキャラが匍匐《ほふく》体勢になることに気がついた。同時に、当然視点も下がる。すると……。

「(これは……っ!)」

真冬ちゃんの扱う女性キャラのスカートの中が、今にも見えそうではないか！

このゲームの真骨頂《しんこっちょう》を、俺はここに見たね！　左スティック操作だけでこんなに面白いなんて、なんたる神ゲー！　け、決して邪《よこしま》な加点による評価じゃない！

そんなわけで、決して他意は無いが、カサカサと匍匐前進を始める。真冬ちゃんのキャラに向かって。他意はない。本当に他意はない。俺はあくまで、彼女に言われた通り、ついていっているだけだ。……ただ、今や十歩以内どころか、ほぼ零距離《ゼロきょり》まで接近しているがな！　あとちょっと……あとちょっとで、バッチリ中身が見え——

『よっ』

「！」

唐突《とうとつ》に真冬ちゃんが一歩後ろに下がり俺を跨《また》ぐ！　その一瞬《いっしゅん》、当然ながら視界にそれらしき何かがチラリと映った気がするものの、不意打ちすぎてじっくり見れなかった！

悔《くや》しくて歯ぎしりすると共に、少し戻らなければと後退の操作を――

『ちょ、なんでそんなトコ……って先輩《せんぱい》、危な――』

「え」

気付いた時には、頭の直上に、巨体《きょたい》ゾンビの大きく汚《きたな》い足の裏が迫《せま》っていた。

《GAME　OVER》

『…………』

「…………」

再び二人の間を沈黙が支配する。ネット通話の無駄遣《むだづか》いもいいとこだ。別に料金かからないけど。

ふと時計を確認すると、もうゲーム開始から一時間半経過していた。……流石に寝《ね》ないといけない時間だ。……ふむ。

「じゃ、今日は解散ということで――」

『なにか真冬に言うことありませんかねぇ！』

「まことに申し訳ございませんでした」

パソコンに向かって土下座したのは初めてだった。そしてこんなに本気で謝罪したのも初めてな気がする！　極刑《きょっけい》に処して貰っても構わないと心の底から思うことって、ホントにあるんだね！　びっくり！

そんな俺をモニタ越《ご》しにしばらく呆《あき》れた様子で見つめ、それから真冬ちゃんは、いつものように苦笑を浮《う》かべる。

『まったく。また今日も、全然進みませんでしたね』

「ああ、それに関しては本当に申し訳無く――」

そう、俺がもう更に床《ゆか》へと額をこすりつけようとした時だった。真冬ちゃんが、優しい声を発する。

『おかげで、まだまだ一緒《いっしょ》に楽しく遊べそうですね。先輩』

「……ああ、そうだね」

顔を上げ、モニタに映る真冬ちゃんに向かって、ニッコリと微笑《ほほえ》む。……しばらく二人で言葉もなく見つめ合い……そして、俺のほうから笑顔で切り出す。

「じゃあね。おやすみ、真冬ちゃん」

『はいです！　おやすみなさい、先輩。また明日《あした》！』

「うん、また明日」

そう言って、少しだけお互《たが》いの顔を見てから、通話を切る。

ゲームの電源も落とし、パソコンの電源も切ったところで、ふと、少しの疲労《ひろう》も手伝ってその場に大の字に寝転《ねころ》ぶ。

音のない自室で、じっと蛍光灯《けいこうとう》を見上げるも、やはり少し眩《まぶ》しくて思わず目を閉じた。

…………。

なにげない……いつも通りの、本当にいつも通りの、日常だった。

水無瀬のことで少しだけ気分が滅入《めい》って……でも、真冬ちゃんとゲームしている時は、やっぱり滅茶苦茶《めちゃくちゃ》楽しくて。

これも……あいつに言わせたら、「逃《に》げ」、なんだろうな。

でも、ホントに？　こんな温かい気分になる行為《こうい》が、幸せな時間が……ただの「逃げ」？

…………。

むくりと起き上がり、思わず呟《つぶや》く。

「違《ちげ》ぇよな……絶対違ぇ……」

水無瀬がなんと言おうと。水無瀬がどういう考え方だろうと。そこにどんな事情があろうと。

それでもやっぱり、俺、杉崎鍵の考え方は、揺《ゆ》らぎそうもない。

「……だったら、結局ぶつかるまでだよな。何度だって。たとえ失敗したって」

再び蛍光灯を見上げ、その光を握《にぎ》りこむように手を伸《の》ばす。

トライ&エラーの過程を存分に楽しんでこそ、俺達、碧陽学園生徒会。

なあ、そうだよな……真冬ちゃん。

*

「あっれぇ……どこやったかなぁ……」

真冬ちゃんと遊んだ翌日の放課後。俺は生徒会室の中で捜《さが》し物をしていた。床に四《よ》つん這《ば》いになり、備え付けの棚《たな》の下の段をごそごそと漁《あさ》る。収納されたダンボールを取り出して来ては、中を逐一《ちくいち》チェックするという地道ながら疲《つか》れる作業。

気付けば顔中の汗《あせ》に埃《ほこり》が付着し、中々に最悪の気分だった。それでもアレはどうしても必要だ。……いやどうしてもではないが、やはりアレを使った方が手っ取り早いし説得力もあるだろう。なによりこういう時に使わないと活躍《かつやく》の機会が無い。

「しっかし……確かにそうそう使わないもんなぁ。奥にやっちゃったっけかなぁ」

去年の大掃除《おおそうじ》の際に、アレをどこにしまったのかという記憶《きおく》を探るも、うまく思い出せない。念《ねん》の為《ため》その時のことを書いた原稿《げんこう》を読み返してみたものの、なんか俺達のアホなリフォーム模様しか書いてなかったので断念。

しばらくそんな作業を続けていると、ガラガラと戸が開く音。誰《だれ》かと思って視線をやると、そこには日本人形的女子が無駄《むだ》にいい姿勢で立っていた。

「おう、西園寺。どうした、今日は集まらなくても大丈夫《だいじょうぶ》だぞ？」

捜し物を継続《けいぞく》しながら声をかける。西園寺は後ろ手に戸を閉めながら「それはそうなのでございますが」と返してきた。

「鍵さんがいらっしゃるかなと思いまして……」

「俺？　ああ、今日は一応野暮《やぼ》用でいたけど……どした？」

棚の奥に上半身を突《つ》っ込《こ》みつつ応じる。……うーん、無いなぁ。

俺のすぐ傍《そば》までやってきた西園寺が、俺の様子を覗《のぞ》き込むようにして訊ねてきた。

「鍵さんは、なにをなさっているのですか？」

「ん？　ああ、ちょっと捜し物をな。……もっと奥ってこたぁないはずなんだがなぁ」

「あの……シャツやおズボンが汚《よご》れてしまわれますよ？」

「へ？　ああ、まあいいんだいいんだ。洗濯《せんたく》すりゃあいいんだから」

言いながら、一旦《いったん》棚から顔を出す。すると、なぜか西園寺は俺の顔をぽけっと見つめ、急に顔を近づけてきたと思ったら、俺の前髪《まえがみ》についていたらしい綿埃《わたぼこり》をちょんとつまんで取ってくれた。……やべぇ、ちょっとドキッとしてしまった。いやハーレム宣言している以上なにもまずくはないんだけど、一応俺にも先輩としての面子《メンツ》とかあるっつうか……。

西園寺はなんだか、苦笑と微笑の中間の様な笑いを浮かべて、俺の顔を見つめる。

「その捜し物と言うのは……やはり、その、水無瀬様関連……なのですよね？」

「ああ、勿論《もちろん》。今はあいつを生徒会に出席させるために頑張《がんば》ってるとこだからな！」

袖《そで》で汗を軽く拭《ぬぐ》いながら答えると、西園寺はなんだか少しだけ寂《さび》しそうに笑った。

「そうですか。……そうでございますよね。鍵さんは、そういうお方なのですよね」

「えと……どういうこと？」

意味が分からず首を傾《かし》げる。すると西園寺は、唐突に何かを吹《ふ》っ切《き》ったかのようなテンションで、まったく似合わない腕まくりを始めた。

「では、捜し物を手伝います鍵さん！　わたしも、生徒会役員でございますから！」

「へ？　ああ、サンキュ、それはありがたいけど……。そもそも西園寺、お前なんで俺に会いに？」

「ああそれは、ただ鍵さんに会いた——。……っ！　そ、そのようなことはどうでもよろしいでしょう！」

「うぉっ!?　な、なに急にキレてんだよ」

「キレてなどおりません！　ほ、ほら、早く捜し物しますよ！　水無瀬様を生徒会に引き入れるためなのでございましょう!?」

「お、おう、そうだけど……。えと……なら、お言葉に甘えようかな」

「お任せ下さいませ！」

きゅっと腕まくりし、どこから取り出したのか割烹着《かっぽうぎ》を身につける西園寺。……とことん和風女子のせいか、美少女の癖《くせ》に割烹着が妙《みょう》に似合いやがる……。

最後にきゅっと頭に三角巾《さんかくきん》を取り付けて、「いざっ！」と気合いを入れて俺を見つめる西園寺。

「では鍵さん、何をお捜しかお申し付け下さい！　このわたしめが、西園寺家の名誉《めいよ》にかけまして、たちどころに発見してご覧に入れましょう！」

「ああ、じゃあ西園寺、悪いんだけどさ」

「はい！」

俺はやる気満々の彼女に対し、今年の生徒会役員が自分を手伝ってくれるという感動から、とびっきりの笑顔で、指示を出してやった。

「盗聴器《とうちょうき》、捜してくれないかな」

「はい！　了解致《りょうかいいた》しまし――。…………？…………えと、鍵さん、あのもう一度……」

「だから盗聴器。と・う・ちょ・う・き」

言いながら、自分の作業に戻《もど》る。下の棚の奥へと再び体を潜《もぐ》り込ませる。

――と、上から西園寺の戸惑《とまど》ったような声が返ってきた。

「それはあの……音声を盗《ぬす》み聞きする類《たぐい》の機械……でございますよね？」

「うん、そう。去年使ってたのがあるはずなんだけど、無いんだよなぁ、どうも」

「きょ、去年から使われていたのですか!?」

「ああ。去年はなんだかんだ、大活躍だったんだよ、あの盗聴器。性能いいし」

「だ、大活躍させておられたのですか⁉　それはその……どういった用途《ようと》で……」

「ん？　用途って……俺の場合は、ちょっとした脅迫《きょうはく》に使ったぐらいかなぁ」

「脅迫でございますか⁉」

背後でガタンと長机が動くような音がした。うん、どうやらあいつもしっかり盗聴器を捜してくれているみたいだな。ありがたいことだ。

いやぁ、しかし《企業《きぎょう》》相手にしてた時はホント大活躍だったよな、盗聴器。

そんなことを回想していると、西園寺がなぜか震《ふる》えの混じった声で訊《たず》ねてくる。

「もしかして……今回もメンバーを生徒会に出席させるために……まさか……」

「ああ、水無瀬に使おうと思ってさ、盗聴器」

「えええええええええええええええええええええええ⁉」

「？」

なんか西園寺が急に大声を上げた。意味が分からず、棚から体を出して西園寺の方を振《ふ》り返《かえ》る。彼女は……なぜか、俺から遠ざかろうとするかのように、長机に腰《こし》を預け、顔面を蒼白《そうはく》にしていた。

西園寺が、ガタガタと震えながら、なぜか潤《うる》んだ瞳《ひとみ》で俺を睨《にら》んでくる。

「そんな……鍵さん、本気でございますか!?　本気で、水無瀬様に盗聴器を……」

「ああ、こうなったら最終手段だ。盗聴器でも使ってあいつの目を覚まさせてやるぜ！」

拳《こぶし》を握りしめて全力で答える俺。そんな俺に、西園寺は……なぜか俯《うつむ》き、ぶるぶると震えていた。

「………………」

「……えーと、西園寺？　どうした？」

「…………み…………」

「み？」

次の瞬間《しゅんかん》。西園寺は腕《うで》を目元に当《あ》て、号泣《ごうきゅう》しつつ生徒会室から駆《か》けだした！

「見損ないましたぁあああああああああああああああああああ！」

「お、おい、西園寺!?」

いつもの如《ごと》く廊下《ろうか》を走り抜《ぬ》けていく西園寺。しかし今回はまったくわけが分からない。なんか今日あいつにアクシデントとか降りかかってたか？　見た限り無かったよな……。しかも、数秒後には廊下の奥の方から「わたしの純情を、初恋《はつこい》を返して下さいませぇ～！」とこれまたわけの分からない木霊《こだま》が響《ひび》いてくる始末。……うーん。泣いている女の子を放置するのは、俺の性分《しょうぶん》に反するんだが……。

「ま……いいか、西園寺だし」

というわけで、とりあえず放置しておくことにした。なんだか良く分からんが、アイツに降りかかる面白不幸の類は、変につつかないでおけばあっさり解決されるしな。

それよりも今は、盗聴器だ。あれで水無瀬に………真実を、教えてやらないと。

「ま、無かったら無かったでいいんだけどな」

別に盗聴器じゃなくても出来る作業だし。あったら使おうってだけで。

そんなわけで俺はそのまましばらく盗聴器を捜したが、結局は見つからなかった。

後から聞いた話では、知弦さんが卒業時に回収していってしまっていたらしい。

最初から聞いておけば良かったが、なにはともあれ。

盗聴器の捜索《そうさく》を諦《あきら》めた俺は、とりあえず、水無瀬のバイト先へと向かったのだった。

……彼女の親父《おやじ》さんへの面会約束を、取り付けるために。

＊

土曜日。見事な晴れ模様の清々《すがすが》しい午後一時五分。

俺は水無瀬の親父さん……水無瀬寺雄《てらお》氏と共に、病院前散歩コースに設置されたベンチへと腰を下ろした。

寺雄さんが着席し、二本の松葉杖《まつばづえ》をベンチ横に立てかけてひと心地《ごこち》ついたところで、俺は改めて切り出す。

「すいません、わざわざ場所を変えていただいて……」

俺の言葉に、寺雄さんは娘《むすめ》にまったく似ない人なつっこい笑みを浮《う》かべて「いやなに」と笑う。

「どうせ昼食後はリハビリ兼《か》ねて動くようにしてんだ。むしろ丁度良かったぐらいだよ」

「そう言っていただけるとありがたいです。俺みたいななんの面識も無いガキにわざわざ付き合っていただいていることも含《ふく》めて……」

「ははは、構やしないって。こちとら本当に暇《ひま》なんだ。むしろ礼を言いたいぐらいさ、ええと……」

「杉崎です。杉崎鍵」

「ああ、杉崎君。そうだそうだ」

寺雄さんは俺ににっこりと微笑《ほほえ》み返してくれる。……最近は専ら《企業》の大人ばかり見てきたせいか、なんだか寺雄さんは物凄《ものすご》く落ち着いた人に見えた。

顔立ちこそどことなく水無瀬に似ているが、笑みを絶やさない目元と口元は娘と正反対に思える。うちの親父と同年代のはずだが、入院中の患者《かんじゃ》にも拘《かか》わらずどこか若々しいバイタリティに溢《あふ》れ……正直羨《うらや》ましいぐらいカッコイイ親父さんだった。ナイスミドル、とはこういう人のことを言うのだろう。

寺雄さんは俺に視線を合わせたまま、続けてくる。

「それにキミのことを全く知らないというわけでもない。娘からしょっちゅう話は聞いていたからね」

「水無――流南さんがですか？　俺のことを？」

なんか意外だったため訊ね返す。すると寺雄さんは唐突《とうとつ》にはっはっはと笑い出した。

「うちの娘にこれ程嫌《きら》われる人間も、珍《めずら》しいからなぁ」

「……そうですか」

……すいません。白状します。今俺、ちょっと水無瀬のツンデレ的側面期待しました。

家ではとても俺の事を良く言ってくれているとか、そういう展開だと思ってました！

俺がどんよりしていると、寺雄さんがさりげなくフォローを入れてくれる。

「流南は、普段《ふだん》は何事にも無関心な娘だからね。どういう意味であれ、しょっちゅう話題にするということは、キミのことを気にかけている証《あかし》だと思うよ」

「……どういう意味であれ」

「そう、どういう意味であれ」

寺雄さんと顔を見合わせて、少しだけ笑い合う。そうして、数秒間の沈黙《ちんもく》を挟《はさ》んだ後……寺雄さんの方から「さて」と切り出してきた。

「うちの娘は、生徒会活動に参加しそうかな？」

「え？」

意外な言葉に動揺《どうよう》する俺。寺雄さんはまるで悪戯《いたずら》に成功した子供のような無邪気《むじゃき》な笑顔で、俺のキョトンとした顔を見つめていた。

「はは、そこまで驚《おどろ》くこともないだろう？　娘が優良枠《わく》とやらに志願していることや、キミが生徒会役員だっていうことは私も聞いているからね」

「ああ……そうでしたね。でもそれにしましても……」

「急に核心《かくしん》突かれるとは思わなかったかい？　すまないね、昔から回りくどいのは苦手な性分なんだ。ああ、そういうとこだけは娘に遺伝したかな」

「……なるほど」

　確かに水無瀬もそういうとこあるな。

　俺は妙に納得しつつ、それなら話が早いと、早速《さっそく》本題を切り出させて貰《もら》うことにした。

「今日はその件と……そして、流南さんの進路の件でお訊《たず》ねしたいことがあって、訪ねさせていただきました」

「だろうねぇ、他にわざわざキミが私の元に来る理由があるとしたら、『娘さんを下さい』ぐらいしか思いつかんものなぁ」

　冗談《じょうだん》めかして笑う寺雄さん。……うん、それももしかしたらそのうち言いに来るかもしれないんですけど。まあその辺はややこしいから一旦《いったん》置いておいて。

「単刀直入に伺《うかが》います」

「うん」

　回りくどいのは嫌いだ、と語る寺雄さんに。俺は、ずばり訊ねる。

「寺雄さんは、流南さんの就職に対する考え方を、否定されましたか？」

俺のその、ある確信に基づいた質問に対し。

寺雄さんは……。

「……ん？」

一瞬《いっしゅん》だけ、意味が分からないといった風に首を傾《かし》げた後。しかしすぐに、「ああ」と色々なことに得心がいったような表情を見せた。

「そういうことか、なるほど、なるほど。ああ、だから流南のやつぁ……」

「寺雄さん」

「ああ、すまんね、杉崎君。そうだね、まずさっきの質問の答えだが」

「はい」

そこで一拍《いっぱく》置いて、寺雄さんは……少しだけ可笑《おか》しそうにしながら、返してきた。

「NOだな。私は娘の未来選択《せんたく》に関して、頭ごなしに否定などは絶対しない」

「ですよね」

俺は予想通りの回答が得られたことに、ひとまずホッと胸を撫《な》で下《お》ろす。

寺雄さんは先を続けてきた。

「娘の就職に対する考え方……確か、給料で職を選ぶ、だったか。まあ個人的には釈然《しゃくぜん》としない考え方だが、別に否定するほどのことじゃあ、ないな」

「そうだと思いました。流南さんの話を聞いていて、なんか違和感《いわかん》あったんですよね」

「なるほど。流南らしい話だ」

どうやら寺雄さんも大体の事情を察したようだ。彼は「まったく、だからあいつぁ……」と「父親」の顔で頭を掻《か》いた後、俺の目があることを思い出したのか、少し照れた様子で……改めて、説明してきた。

「杉崎君は、どうやらちゃんと分かっているようだが……」

「はい」

「私が怒《おこ》ったのは、就職云々《うんぬん》の話にじゃあない」

寺雄さんは「はぁ」と何かに呆《あき》れたような溜息《ためいき》をついてから、続ける。

「あいつが、生徒会に出てないって件についてだ」

「……やっぱりですか」

やはり、予想通りだった。

……水無瀬の話には最初から違和感があった。すぐには気づけなかったけど、よくよく考えてみれば、やはり話の流れ的に変だ。だって。

水無瀬の進路に対するドライな考え方は、元々じゃないか。

大学進学だって、そもそもは「給料のいい会社に入るため」という考え方だ。親父さんの怪我《けが》によって就職を余儀《よぎ》なくされ、そこで自分のやりたいことやれることに関する悩《なや》みがあったとはいえ、最終的には「給料を基準に」という、傍《はた》から見れば当初から特にブレてない結論に落ち着いている。

そして、水無瀬は言った。父に否定されたのは、初めてだったと。つまり、これまでも進学に対する考え方を否定されていないということだ。

そう考えると、やはり水無瀬の就職観を親父さんが急に否定するのは妙《みょう》だ。

一応、親父さんがそもそも水無瀬の進学に対する考え方を知らなかった……という可能性はあったが、そこそこ良好な関係を築いてそうな父子家庭で、高校三年生になるまで全く進路の話をしないというのも考えられないだろう。

それでも百パーセント、というわけではなかったから、今日こうして親父さんに確認を取りに来させて貰ったわけだが……ドンピシャだった。

寺雄さんが深く溜息をつきながら頭を抱《かか》える。

「まったく、本当に流南らしい……。ちゃんと言わなかった私の方も悪いが……いやしかし、実際生徒会の話をしている時に私は怒ったじゃないか。なぜそれで、問題意識が就職観の方に行くかね……いや、人事《じんじ》がどうこうと引き合いに出したのがまずかったか……」

寺雄さんはひとしきり後悔《こうかい》した後、俺に「すまんね」と苦笑を見せ、改めて説明してくれた。

「さっきも言ったが、この前私が流南を叱《しか》ったのは、『生徒会の欠席』についてだ。そう、それこそ杉崎君の話をしていた流れからだったな。最近キミにまとわりつかれるという話から、ぽろっと、自分が生徒会をサボっているのを漏《も》らした」

「……なるほど」

水無瀬らしい話だ。自分の進路のことで余裕《よゆう》が無かった水無瀬からすれば、そこには特に問題を感じてなかったのだろう。結果……。

「流南は、私が言うのもなんだが、よく出来た子だ。自分のことはなんでも自分でやる。

子供の頃《ころ》から全然手のかからない子だったよ。それにしっかりと『自分』を持っている。下手をすれば私以上にね。だから、私も流南を叱ることなど、殆《ほとん》ど無かった。しかし……生徒会のアレに関しては、流石《さすが》に駄目《だめ》だ。仁義に反している」

「じ、仁義ですか」

なんか渋《しぶ》い言葉が飛び出した。寺雄さんは特に気にした様子もなく「ああ」と応じる。

「普段は、そういう子じゃないんだがな。しっかりした、いい子なんだ」

「ええ、分かっています」

確かに普段から水無瀬はドライなヤツだが、誰《だれ》かに迷惑《めいわく》をかけるような人間じゃない。

しかし自分で語った通り……この春は、本当に余裕が無かったのだろう。

寺雄さんは苦虫《にがむし》を噛《か》み潰《つぶ》したような顔をする。

「いや、それも私の入院のせいか……」

「そんな……」

「分かっている。たとえ流南に余裕が無かったとしても、それはそれだ。だったら、最初からそう生徒会の方に言えばいい。それを怠《おこた》ったのは、娘《むすめ》の過失だ。私は自分の行動を後悔などしていない。しかし……まさか勘違《かんちが》いして受け取られているとは……」

「まあ、その時水無瀬の頭の中は生徒会じゃなくて進路のことで一杯《いっぱい》でしたからね……」

「私はちゃんと言ったつもりだったのだがな。『自分が人事だったら、今のお前を会社に入れたいなんて、絶対に思わないぞ』と」

今の、を強調する寺雄さん。なるほど……確かにそういう微妙《びみょう》なニュアンスが伝わる状《じょう》況《きょう》ではなかったのかもしれない。

「自分から引き受けたはずの仕事を、そして仲間を放り出すような人間と仕事をしたいなんて、私なら思わない。もし何らかの事情で余裕が無いのなら、その旨《むね》もきちんと伝えるべきだ。……あの子は、なまじ一人でなんでも出来るから、そういうことが分かってないんだろうな……。……あの子のことを大人と見なしすぎた、私の責任だ」

「そんなことはないと思います」

それは俺の正直な感想だった。こんないい親父《おやじ》さん、そうそういない。

寺雄さんは優しく俺に笑いかけ、「ありがとう」と呟《つぶや》く。そして、脇《わき》の松葉《まつば》杖《づえ》を取ると、リハビリ中の病人とは思えないほど力強く立ち上がった。

俺も慌《あわ》てて立つと、寺雄さんは病院の方へと足を向けた。俺もその横に並ぶ。

「杉崎君、すまなかったね。この事に関しては、すぐにでも私の方から流南に説明して誤解を解いて——」

「ああ、その必要は無いですよ」

そう笑って応じながら。

俺は、胸元の集音マイクから繋《つな》がったケータイの通信を、ポケットの中でそっと切った。

……もうちゃんと伝わってるよな、水無瀬。

「？　いやしかし……」

「ホント大丈夫《だいじょうぶ》ですから。実はこれから流南さんと会う約束あるんですよ。だから……」

「そうかい？　ならいいけど……」

そう言って、寺雄さんは引き下がる。……さて、目的は果たしたし、俺もそろそろ……。

「あ、杉崎君、流南との約束までまだ時間はあるかい？」

立ち止まっていた俺に、寺雄さんは笑顔で振《ふ》り返《かえ》ってきた。

「あ、はい、大丈夫ですけど……」

「そうか。それなら、ちょっと院内でジュースでも奢《おご》るよ。折角来てくれたんだし」

「いえ、そんな……」

「いいからいいから。実はもうちょっと話したいこともあるんだ」

「……そうですか？　じゃあ、お言葉に甘えて……」

「ああ、そうしたらいい」

本当に人なつっこい笑みで誘《さそ》ってくれる寺雄さんについて、院内へと向かう。

そうして、その三十分後……俺は、水無瀬に最後のアプローチをかけるため、寺雄さんに挨拶《あいさつ》をして、病院を後にしたのだった。

＊

二時に病院近くの公園でと待ち合わせをしていた水無瀬は……なぜか普段《ふだん》以上の仏頂面《ぶっちょうづら》でベンチに腰掛《こしか》けていた。……さっき寺雄さんと会った時と殆ど構図は同じなのに、なんでここまで雰囲気《ふんいき》違《ちが》うかな……親娘《おやこ》のクセに……。

しかし別に俺が待ち合わせに遅《おく》れたわけでもない。特に気構えることもなく、俺は「よお」と水無瀬に声をかけた。

彼女はジロリと俺を確認し……そして、口を開く。

「デロデロデロ、デン、ディロリン」

「なぜに『ぼうけんのしょ』が消えた音！」

「いえ、私が杉崎君の顔を見た際の毎回の心境を、的確に表現してみたまでですが」

「なんか今日はとりわけ機嫌《きげん》悪いっスね！」

水無瀬は俺からスッと視線を逸《そ》らして、澄《す》ました顔をする。……本当に機嫌悪そうだった。珍《めずら》しい私服姿……長い脚線美《きゃくせんび》を強調するパンツルックが妙に可愛くて、なんか逆に腹が立つ。

彼女の隣《となり》に腰掛けると、ベンチの端《はし》まで距離《きょり》を取られる。強引に間を詰《つ》めると、今度は立ち上がってくるりと後ろを回り、逆の端へと腰《こし》を下ろしやがった。もう一度詰める。再び回り込まれる。この手のやりとりを三回ほどループしたところで、流石に俺は諦《あきら》めて、水無瀬とベンチの両端に座ったままで会話をすることにした。

「……で、ちゃんと聞いてたんだろうな、俺と、お前の親父さんの会話」

「………………」

無視ですか。しかしちらりと窺《うかが》った彼女の手元には、膝《ひざ》の上でケータイが大事そうに握《にぎ》られていた。……ちゃんと指示通り、聞いていたみたいだな。とりあえずは、よしとしておこう。

そもそも、この状況に持っていくまでが大変だった。親父さんへの面会許可を得るのも一苦労なら、電話番号聞き出すのも一苦労（盗聴器《とうちょうき》がありゃ、この手間は省けたんだが）。そうやってようやくこぎ着けた今日この日。水無瀬がちゃんとあの会話を聞いていてくれなきゃ、目もあてられない。

まあしかし、どうやら目論見《もくろみ》はうまくいったようだ。水無瀬がいつも以上に不機嫌なのが、その証拠《しょうこ》じゃないか。

俺は嫌味《いやみ》なぐらいに快晴の空を見上げながら、水無瀬に声をかけた。

「どうよ、今の心境は」

「…………」

水無瀬は相変わらず何も答えない。しかしそれでも、俺との約束を守ってここには来てくれたんだ。そう思い。今回は俺の方も粘《ねば》り強く、彼女の言葉を待った。

たっぷり二分程はそのままだったろうか。ぽつりと、注意しなければ聞こえないぐらいの音量で、水無瀬が呟く。

「どうよも何も……結局、状況は何一つ変わりません」

「……ま、そりゃそうだ」

その通りだった。俺だって、これで全部解決した気になっていたわけじゃあない。親父さんの言葉の誤解が解けたところで……それはそれ、これはこれ。

水無瀬が続ける。

「杉崎君。生徒会のことに関しては、本当に、申し訳なかったです。優良枠《わく》を得ておきながらの無断欠席……。確かに父の言う通りです。仁義に反した不義理にも程がありました。その点については、深く反省し謝罪したいと思います。この通り」

言いながら、水無瀬はその場で頭を下げる。俺は「もういいよ、別に」とテキトーにあしらう。実際、俺は謝罪が欲しかったわけじゃない。ただ……。

「で？　これからは生徒会に参加してくれるんだろうな？」

「………………」

「また、だんまりッスか」

そう、うまくはいかないようだった。水無瀬はしばらく考え込んだ後、ぽつぽつと語り出す。

「以前の私が生徒会に参加しようと考えたのは……恐《おそ》らく、杉崎君が居たからです」

「………」

水無瀬らしくない、意外な、俺を認める言葉だった。それだけに、彼女がどれだけ真剣《しんけん》に話しているのかも伝わって来る。

俺は茶化すことなく、自分の太股《ふともも》の上に肘《ひじ》を突き、前のめりに手を組んで話を聞いた。

「今思えば、杉崎君は私にとって、蛍《ほたる》のようなものだったのだと思います」

「ほたる?」

訊ね返す俺に、水無瀬はケータイをぎゅっと握りしめながら応じる。

「ええ、蛍です。この前の……懐中《かいちゅう》電灯の例、覚えていますか?」

「ああ、水無瀬は夜道の中を、小さな光で自分の足下《あしもと》だけを照らして歩くように、生きて来た……っていう話だよな」

「そうです。今でこそ途方《とほう》に暮れてしまっていますが、杉崎君と出会った頃《ころ》の私は、それに疑問を持っていませんでした。というか、その生き方以外知らなかったのです」

一年の頃の水無瀬を思い出す。……確かに、あの頃の……というかつい最近までの水無瀬は、真《ま》っ直《す》ぐに信じた道だけを歩いているイメージだ。

「しかし、そんな中で唐突《とうとつ》に私の前に現れた貴方《あなた》は、信じがたい存在でした」

「お、なんだ、俺に一目《ひとめ》惚《ぼ》れでも――」

「懐中電灯どころか蛍のようにか細い光だけを頼《たよ》りにふらふらとあっちこっち彷徨《さまよ》い飛んでいるような貴方を、コレは一体なんなのだろうと、心底珍しく思ったのです」

「あそう……」

今後、水無瀬に「実は俺のことが好きだった」的展開を期待するのはやめよう、うん。

水無瀬は少しだけ表情を緩《ゆる》め、俺の方に視線を寄越《よこ》す。

「最初は、それがあまりに儚《はかな》く見えて、つい、こっちに来てはいけないと、警告してしまいました」

「……ああ」

大した下調べもせずに優良枠を目指すとかほざいていた俺に対して、自分が満点で学年一位だから諦めろと言ってきたあの時か。

水無瀬は更《さら》に続ける。

「しかし貴方は、それでも私の周りをうろちょろうろちょろ……。いくら蛍と言えど、顔の周りを飛ばれては小バエと大差ありません。私はすぐに貴方を心の底からうざったく思うようになりました」

「そ、そうですか……」

うん、聞けば聞くほど凹《へこ》むね、水無瀬の俺に対する心証！　なんだろねこれ！　一応俺、自分をラブコメの主人公のように思ってこれまで生きてきたんだけどね！　色々自信なくすね！　今正直、以前書いた過去話の原稿《げんこう》書き直したいよね！

俺が一人でどんよりしている間にも、水無瀬の話は続く。

「しかし、ある時気付きました。貴方自身が持つ光は相変わらず弱々しくて、勉強一筋に絞《しぼ》るでもなく、あっちにふらふら、こっちにふらふらしていたのに……。いつの間にか、貴方の周りには、他の蛍達が集まってきていて」

「…………」

「それは日を追う毎《ごと》に増え……気付けば、貴方の周囲の光は、私の持つ懐中電灯なんかより、ずっとずっと明るく輝《かがや》いて見えて――」

「水無瀬……」

「より一層、うざい虫集団となりました」

「あそう……」

うん、なんかいい話風な、やな話だった。確かに、夜道で蛍がそんな大量に集まってきたらイヤだよね……うん。そして、彼女の話を聞いて、ようやく「なぜ水無瀬からの好感度が勝手に下がっていっていたのか」が理解できた。……理解したくなかったけど。

俺が更にどんよりとする中……しかし、水無瀬は俺に微笑《びしょう》を浮《う》かべた。

「でも、本当は羨《うらや》ましかった。貴方が。そして、貴方の周りに集まる、光達が」

「………」

「気付いたら、私は、優良枠を志願していました」

「………」

「でも」

水無瀬はそこで、空を見上げる。そして……こちらの胸を締《し》め付《つ》けるような悲しい横顔で、ぽつりと呟《つぶや》いた。

「そんな風に脇見《わきみ》して、より道しようとしたのが、そもそも間違《まちが》いだったのです」

「違う！」

俺は思わずベンチから立ち上がって怒鳴《どな》りつけていた。しかし、水無瀬は静かに首を横に振《ふ》る。

「なにも違わなくないです、杉崎君。私は……杉崎君にはなれません」

「そんなことねぇっ！」

「いいえ、ありますよ。それに……杉崎君の周りに集まる光にも、私はまざれないでしょう。私はね、杉崎君。良くも悪くも、あくまで、小さい懐中電灯を持った人間でしかないのです。自分で光っている貴方達とは……根本的に違う」

プツン、と頭の奥で何かがキレた。俺は水無瀬の正面へと回り込む。水無瀬は……俺の顔を見ようとせず、俯《うつむ》く。

しかし俺は、彼女の胸ぐらを掴《つか》んで顔を上向かせた。珍しく心底驚《おどろ》いた様子の水無瀬の顔に、俺は言葉を叩《たた》きつける。

「根本的に違う、だって？……ふざけんなよお前」

「ふざけてなどいません。自分で光ることが出来る人達と私では、まったくもって……」

「ざけんなっ！　お前、俺が……皆《みんな》が、なんの努力も痛みもなく、ただただ最初から、生まれつき『光ることが出来る』から、光ってるとでも思ってんのかよ！」

「っ！」

「馬鹿《ばか》にしてんじゃねぇぞ水無瀬！　俺のことはいい！　だけど、俺の周りに集まる光っていうのに関して、お前の言ってるのは誰《だれ》のことだよ！　巡《めぐる》か！　守《まもる》か！　中目黒《なかめぐろ》か！　それとも去年の生徒会のことかよ！　皆が……皆が、元から自分で光ることが出来る存在として生まれてきたヤツらで、自分とは違うって……お前は、そう言うのかよ！　もしそうだとしたら、俺は、お前を絶対に許さねぇからな！」

水無瀬の胸ぐらを強く摑み上げる。とても女性に対する対応じゃなかったが、それでも俺は止まれなかった。止まらなかった。

「俺達は蛍なんかじゃねえぞ！　お前と同じ人間だ！　誰しも、生まれつき光ってたりなんかするもんか！　皆、皆、皆、お前と同じ、ちっちぇ懐中電灯で暗中模索《あんちゅうもさく》してどうにかこうにか歩いて、寄《よ》り添《そ》って、ここまで生きてきたんだ！　自分だけ特別みたいな顔してんじゃねえよ！　高三にもなって悪い方の中二病かお前はっ！」

「……言わせておけば……」

「？」

唐突に立ち上がった水無瀬に、ガッとこちらの胸ぐらを摑み返される。

水無瀬は、知り合ってこの方初めて見せる、激情の迸《ほとばし》った憤怒《ふんぬ》の形相で、俺を睨《にら》み付けてきていた。

「何が私と一緒《いっしょ》の存在なものですかっ！　貴方達には……貴方達には、ちゃんと先が見えているじゃありませんか！　ハーレム王、アイドル、恋《こい》に友情に仲間の絆《きずな》！　私には見えない目標が、味方が、道しるべが、沢山《たくさん》あるではないですか！」

「そんなの、お前にだってあるだろうがよ！」

「ええ、この春まではあると思っていました！　勉強、進学、就職！　でも、もうありません。見失いました。何処《どこ》に向かっていたのか、何をしたかったのか……どちらに行けば、明るい所へ出られるのか……もう、私には……どうしたらいいのか……」

水無瀬は俺の胸ぐらから手を離し、力なくベンチに腰掛《こしか》ける。俺もまた彼女から手を離し……代わりに、そのすぐ隣《となり》へと座った。流石《さすが》に今度は水無瀬も移動しなかった。

水無瀬が黙《だま》って目を伏《ふ》せる中……俺は、ようやくこいつの本音《ほんね》が聞けた気がして……少しだけ嬉《うれ》しくなって、言葉をかける。

「だったら、生徒会やろうぜ」

「……また貴方は、そんな無茶苦茶な……」

心底呆《あき》れた風の水無瀬に、しかし俺は一歩も引かず勧誘《かんゆう》を続ける。

「何も無茶苦茶じゃねえよ。だってお前言ったじゃないか。どうしたらいいか分からないって。何がしたいのか、何が出来るのか分からなくて途方にくれてんだろう？　だったら、とりあえず生徒会やろうぜ」

「……それで、何が変わるというのですか……」

「そうだな……」

俺は少し考えてから……答えを、返す。

「お前の懐中電灯の光、ちょっとは大きくなるんじゃねえかな？」

「え？」

その答えが意外だったのか、水無瀬はきょとんと俺を見る。俺は……少し頭を掻《か》いて、少し照《て》れ臭《くさ》いながら、自分の話をすることにした。

「なぁ、水無瀬。俺のやりたい仕事の基準……就職観、分かるか？」

「？　さあ……どうせ売れっ子ホストになりたいとか、そういうことではありませんか」

「八割正解」

「ほら」

「でも少しだけ違う。本当の答えはな、水無瀬」

「なんですか」

「給料が沢山《たくさん》貰《もら》える仕事に就《つ》きたい、だ」

「…………え？」

驚く水無瀬に、俺は照れ臭くて苦笑を向ける。誤魔化《ごまか》すように頭をボリボリと激しく掻きながら、俺は続けた。

「自分でも最近自覚したことだけどな。俺の仕事に対する考え方は、悲しいことに、びっくりするぐらいお前と似ているよ。大事な人との暮らしのために……金が、欲しい。それだけ。やりたいこととか、やれることとか、割と二の次だ。まったく、夢がねぇよな」

「…………」

水無瀬は何も答えない。俺は、構わず続けた。

「いや夢がない、ともちょっと違うか。夢、という意味じゃハーレム王がそれだけどさ。それを達成するための手段……仕事への拘《こだわ》りは、『大事な人を養えるぐらい稼《かせ》げる』ってことが第一で、それ以外が二の次、三の次……つまり、お前と同じ、別になんもねぇんだよ、俺には。そういう意味じゃ、空っぽだ、空っぽ」

「だけど……貴方《あなた》は私とは……」

「違うように見えるか？　だとしたらそれは、それこそ俺の周りに居てくれる皆のおかげだろうな」

俺は空を見上げ、そこに自分の周りの人達の姿を思い描《えが》きながら、続ける。

「多分な、今俺の持っている懐中《かいちゅう》電灯は……メーカーから型番まで水無瀬と全く同じモノのハズさ。だけれど、一つだけ、決定的に違う部分があるんだと思う」

「……なんですか、それは」

「電池が、今のお前と比較《ひかく》にならないぐらい、満タンだ」

「……電池」

「そう、電池」

そこで少し区切る。先日真冬ちゃんと楽しくゲームしていた時に、改めて自覚した。俺の幸せは、なんなのか。俺が欲しいのは、なんなのか。

「水無瀬、俺はさ。お前から見たら滑稽《こっけい》かもしれないけど、大好きな人達が周りに居てくれるだけで、超《ちょう》幸せなんだよ」

「脳天気な頭ですね」

「自分でもそう思うよ。でも、それが事実だ。そんな幸せを維持《いじ》するためなら、俺は、なんだってやれる自信がある。どんな仕事だっていい。どんな苦境だっていい。最後に皆と笑えるなら、俺は、それだけでいいんだ。やりたいことだの、やれることだのは、気にしている暇《ひま》もねぇ」

「………」

「な、分かったか水無瀬？　俺の電池は、お前と違ってバッキンバッキンの満タンなんだ。だから光っていられる。笑っていられる。『そのために頑張《がんば》れる何か』が、俺にゃあもったいないぐらいに沢山ある」

「……それは……なんだか私には、羨《うらや》ましいことのようには、とても思えません。現に私は……父が入院したというだけで……こんなにも……」

瞳《ひとみ》を潤《うる》ませて俺を見つめる水無瀬。俺は……後で怒《おこ》られても構うもんかと、彼女の手を握《にぎ》りこんだ。

「ああ、確かに凄ぇ重くもあるんだ、それは。だけどさ……」

そうして……俺は、彼女に……心からの笑顔を見せつける。

「俺はいつも、最高に幸せだって、胸を張って言えるぜ！」

「っ！」

再び俯く水無瀬。しかしその俯きには……今までとは違った意味があるのだと、信じて。

俺は、立ち上がり、水無瀬にもう一度手を差《さ》し伸《の》べ……そして、誘《さそ》う。

「だからさ、来いよ水無瀬、生徒会に！　いや、俺の、俺達の傍《そば》に！　お前のやりたいことや、やれることを代わりに見付けてやれはしねぇけどさ！　それでも……」

「それでも？」

「お前の電池ぐらい、すぐに満タンにしてやんよ！」

「………どんな誘い文句ですか、それは」

「水無瀬？」

正直完全にキメにかかったというのに、彼女は俺の手を無視して、すっと立ち上がった。

そうして、そのまま俺に背を向けてスタスタと歩いていってしまう。俺が慌《あわ》てて彼女の背を追おうとしたところで……水無瀬は、俺に背中を向けたままで、告げてきた。

「とりあえず、父に会いに行ってきます」

「お、おう、それはいいけど、お前、生徒会……」

「では杉崎君」

「お、おい！」

焦《あせ》って呼びかける俺に。水無瀬はしばらく歩いた所で立ち止まると……一度、深々と溜《ため》息《いき》をついて、小さく小さく、まるで風にでも語りかけるように呟《つぶや》いた。

「……また、月曜の放課後……………………生徒会室で」

「……！　おう！」

思わず、笑みがこぼれてしまう。

水無瀬は……耳を少し赤くしたと思ったら、競歩のスピードで公園から去っていってしまった。

……。……ハッと、あの水無瀬相手に物凄《ものすご》くニヤニヤしていた自分に気付く。

「べ、別に水無瀬が生徒会来るからって、嬉しくなんてないんだからな！」

思わず一人でツンデレしてしまっていると、公園で子供を遊ばせていたママさん達にヒソヒソ話を始められてしまい。

「…………帰るか」

……そんなわけで、俺もまたすごすごと、その場を退散することにしたのだった。

＊

「ああ、西園寺会長、杉崎君、お疲《つか》れ様《さま》です」

「お、おう、お疲れ」「お、お疲れ様です……」

月曜日。俺と西園寺が二人で連れだって生徒会室を訪れてみると、そこには、約束通り既《すで》に水無瀬がいた。副会長として、以前は深夏が座っていた席にちょこんと着席している。

まあそれはいい。めでたい。めでたいことなんだが……。

俺は水無瀬の隣に、西園寺は会長席にと着席する。そのタイミングで、水無瀬は俺達二人に軽く頭を下げてきた。

「これまでの無断欠席、申し訳ありませんでした。本日からは副会長として、水無瀬流南、正式に生徒会へと出席させていただきます。お二人とも、よろしくお願い致《いた》します」

「お、おう」「は、はい」

俺達もまた、ぺこりと頭を下げる。……うん、ここまではいい。いいんだが……。

生徒会室に入った時からずっと気になっていたことが、一つ。

俺が訊《たず》ねあぐねていると、会長の責任感でも芽生えたのか、意外にも西園寺が水無瀬へと声をかけた。

「あの……水無瀬様」

「はい。なんでしょうか西園寺会長。ちなみに『様』はやめていただけると幸いです」

「あ、申し訳ございません。では水無瀬……さん」

「はい」

「あの……これから会議を始めようと思うのですが……」

「はい」

「……えーと、ですから、ね？」

「はい、なんでしょう」

「あの……」

水無瀬の威圧感《いあつかん》に気圧《けお》されながらも、西園寺はあらん限りの勇気を振《ふ》り絞《しぼ》り……遂《つい》に、訊ねる！

「どうして、机一面に広げた勉強道具から、顔を上げて下さらぬのでしょう？」

よ、よく言った西園寺！　俺が心の中で西園寺の勇気を讃《たた》える中……しかし水無瀬は、一瞬《いっしゅん》だけ顔を上げ、さも当然のことのように告げてきた。

「この方が、効率がいいじゃありませんか。生徒会としての活動もしつつ、勉強も続行。ふむ、実に理想的な放課後です。ではどうぞ、私に構わず会議を始めて下さい」

「は……はぁ……」

「………」

「えと……水無瀬さん」

「なんでしょう西園寺会長」

「その……今日は、手分けして、今年度の各部の活動状況《じょうきょう》を視察したいなと」

「そうですか」

「ついては……水無瀬さんには、いくつかの男子運動部を視察していただきたく……」

「ふむ、ではそれは男子の汗《あせ》が大好物の杉崎君に任せて、私はここで留守番しますね」

「俺の趣味《しゅみ》を捏造《ねつぞう》してんじゃねえよ！」

「なにはともあれ、私はここ数週間で遅《おく》れた勉強を取《と》り戻《もど》さねばいけませんので」

そう言ったきり、本当に黙々《もくもく》と勉強を開始する水無瀬。……しばらくその様子に呆気《あっけ》にとられた後、西園寺が肘《ひじ》で俺を小突《こづ》き、小声で話しかけてきた。

「(鍵さん！　こ、この方、本当にちゃんと説得したんですか!?)」

「(え、あ、うん……来てくれているだけ、いいと思うんだけど……)」

「(でもなんか絶対肝心《かんじん》なこと分かってないと思われますよこの方！)」

「(う……うん……。その…………そうかも……)」

「(そ、そうかもではないでしょう！　鍵さん！　ここはガツンと！　ガツンと言って下さいませ！)」

「(ガツンと……)」

「(そうです、ガツンと！　男子運動部の視察に行けと！)」

「(ガツンと……)」

水無瀬の顔を見つめつつ……ごくりと、唾《つば》を飲み込む。

……実のところ。

水無瀬とのあれこれの顚末《てんまつ》について、西園寺や風見には、結局説明していないことが、一つある。

それは……あの日の、寺雄さんとのやりとりの……後半。

携帯を切って、院内の喫茶《きっさ》コーナーでジュースを奢《おご》って貰《もら》っている時に、それは起こった。

「実はここだけの話、仕事や収入面での問題は、全く無いんだよね」

唐突《とうとつ》な、今回の騒動《そうどう》をそもそもの前提条件から覆《くつがえ》す寺雄さんの言葉に、俺は飲んでいたレモン系炭酸飲料を思わず口から離した。

「――は？」

寺雄さんはと言えば、相変わらずの人なつっこい笑顔で、「いやね」と缶《かん》コーヒーをテーブルに置いて照《て》れ臭《くさ》そうに言う。

「流南のやつには、うまく説明する方法が無くて、結局黙《だま》っちまってんだけどね」

「はぁ」

「実は、仕事も無くなるようなこたぁないし、むしろ大量の見舞金《みまいきん》まで貰っちまってるぐらいなのさ、オヤジから」

「オヤジ？　ああ、お父さんが援助《えんじょ》して下さって――」

「ああ、違《ちが》う違う、組長と書いてオヤジと読む方の、組長《オヤジ》ですわ」

「——は？」

思わず、テーブルに炭酸飲料を落としてしまう。幸い中身は殆《ほとん》ど飲み終わっていたが、テーブル上に少しだけ黄色い液体が広がる。……しかしそんなことはどうでもよかった。

呆然《ぼうぜん》とする俺の肩《かた》に、寺雄さんは笑顔でぽんぽんと手を置いて、続けてくる。

「そもそも今回の怪我《けが》っていうのが、組長を襲撃《しゅうげき》者の銃弾《じゅうだん》からカラダ張ってお守りした時のものでしてねぇ。そりゃ仕事クビどころか、組じゃ今やちょっとした英雄扱《えいゆうあつか》いですよ」

「………」

ダラダラと汗を掻《か》く俺。寺雄さんは……今となっては妙《みょう》な圧力さえ感じさせる「笑み」を浮《う》かべたまま、今度は俺の肩に手を回してきた。

そして、耳元で囁《ささや》くように、告げる。

「うちの流南には、私の仕事のこと、黙ってて下さいね。……杉崎さん」

「ひゃ！　ひゃひゃひゃ、ひゃい！」

「杉崎さんも知っての通り、ありゃ堅物《かたぶつ》でねぇ。いやうちの組は決してお天道様《てんとう》に顔向け出来ねぇようなこたぁしてないんですよ？　でもそう言っても分からんでしょう、アレは」

「そ、そそそ、ソウデスネ」

「かといって、怪我して仕事休んでおいて、収入大幅増《おおはば》の理由ってのも、どうでっちあげたものやらで、ねぇ？　結果としてこんな感じになっちまって、杉崎さんには迷惑《めいわく》かけましたね」

「い、いいいい、いいえええええ」

「ところで杉崎さん」

急にふっと耳に息を吹《ふ》きかけられ、背筋から怖気立《おぞけだ》つ。寺雄さんは特に今までと変わらない抑揚《よくよう》で……口調だけをガラリと変え、実に自然なことのように、続けてきた。

「聞くところによりゃあ貴方《あなた》、生徒会をハーレムだなんだと、のたまっているらしいじゃあないですか」

「…………」

軽く失神しかけたが、ペチペチと頰《ほお》を叩《たた》かれて、意識を呼《よ》び戻される。

「いえね、別に杉崎さんの考え方に文句なんざぁ、ねぇんですよ？　むしろそれでこそ漢《おとこ》ってなもんだ。最近の草食系なんたらとかに比べたら何千倍もマシだ」

「そ、そそそ、そうですすよね」

少しだけ安心して笑みを浮かべる。

しかし、次の瞬間《しゅんかん》。

「てめぇ迂闊《うかつ》にうちの流南にまで手ぇ出しやがったら……分かってんだろうな？」

「…………（ブクブクブクブク）」

ここに来て最高にドスの利《き》いた声で凄《すご》まれ、俺は完全に泡《あわ》を吹いて失神してしまった。

が、次の瞬間には太股《ふともも》を信じられない強さでつねられ、再び意識の強制連行。

すっかりいつもの声色《こわいろ》に戻った寺雄さんに言い聞かせられる。

「流南には常々、軽い男は虫ケラ扱《あつか》いしておけと言い聞かせてんですがね」

あんたのせいかよっ、あの娘《むすめ》の特殊《とくしゅ》ドS属性！　とは思うものの、口には出さない。

寺雄さんは続けてきた。

「困ったもんですよ。誰《だれ》かさんのせいで、最近じゃ妙にほだされてやがる」

「…………」

「そこで杉崎さん、お願いがあるんでさぁ」

「な、ナンデショウカ……」

「うちの流南がああなった責任……とっていただきたいと思いましてね、ええ」

「それはその……どういった意味で……」

「なぁに、簡単なことでさぁ」

そこで寺雄さんは一区切りし。

実に温厚な笑みを浮かべたまま。

声には再び、最高級のドスを利かせてきた。

「うちの流南に悪い虫がよりつかねぇよう、学園じゃ今後はてめぇが責任持って番犬しろってんだよ、ダボがぁ！」

「水無瀬は男子運動部の視察なんか行かなくていい！　っつうか行かせてたまるかっ、この新人駄目《だめ》会長がっ！」

「ええっ⁉」

回想から戻って来た俺は、気付けば全力でガツンと言ってやっていた！　西園寺に！

ショックで涙目《なみだめ》の西園寺に、俺は切々と語る。

「いいか西園寺！　俺は……俺はなぁ！」

「は……はい……」

「男子の汗が、たまらなく好きなんだよぉおおおおおおおおおおおおお！」

「えええええええええええええええええええええええ!?」

俺の理不尽《りふじん》な変わり身に、西園寺涙目！　それ以上にまず俺が涙目！

そして水無瀬はと言えば……。

「うわ……本気でそうなのですか……引きます……杉崎君、私マジで引きます……」

こちらの事情も知らず本気でドン引いていた！　ちくしょうめ！

「とにかく行くぞ西園寺！　俺は男子運動部！　西園寺は女子運動部！　その他の文化系部活や男女混合の部活は……」

「あ、それを水無瀬さんにさせるんですね――」

「俺と西園寺で、手分けするに決まってるだろうがぁああああああああああ！」

「なぜでございますか！　じゃあ水無瀬さんは一体何を――」

「そんなの、ここで待機して勉強しかねぇだろ！」

「絶対要《い》りませんよねぇ、その要員！」

「ええい、ごちゃごちゃ五月蝿《うるさ》いぞ西園寺！　お前は一体何様だ！」

「一応会長でございますが！　鍵さんこそ一体何様——」

「五月蝿《うるせ》ぇ！　さっさと行けよリアクション芸担当！」

「酷《ひど》い言われようでございます！……うぅ……鍵さんの……鍵さんの、ばかぁああああああああああああああああああああああ！」

そうして、例の如《ごと》く走り去る西園寺。……すまん西園寺、事情はまた今度話すから！

今は黙って、俺に従ってくれ！

「…………」

俺と西園寺のドタバタにも動じず、一人淡々《たんたん》と勉強を続ける水無瀬を見つめる。……はあ。ホントこいつ、分かってんのかね……。まあいいか。

そんなわけで、とりあえず俺も運動部の視察をするため、生徒会室を後に——

「杉崎君」

「ああ？　なんだよ水無瀬、いいよ、お前は本当に気にせずここで勉強して——」

言いながら振《ふ》り返《かえ》ると、そこには——

俺が初めて見る、はにかんだ水無瀬が居て。

「生徒会……ちょっとだけ、ほんのちょっとだけ……楽しいですね」

「……そ、そか。良かったな」

「はい。まあ杉崎君が居ることだけが唯一《ゆいいつ》の不満ですが」

「うっせ。じゃあ行ってくるから」

「存分に男子の汗《あせ》を堪能《たんのう》してきて下さい」

そんないつものようなやりとりを交わし、生徒会室を後にする。

……しばらく廊下《ろうか》を歩いたところで。

俺は周囲に誰も居ないのを確認し……思わず、独り言を呟《つぶや》いた。

「やべぇ……このままじゃ俺、寺雄さんの逆鱗《げきりん》に触《ふ》れる日も近いぞ……」

さっきの水無瀬の笑顔に、まだ心臓がバクバクいってる俺がいる。……まずいぞ、こりゃあ。本当に、本当にまずいぞ。しっかりしろよ杉崎鍵！　これ……正直、マジ惚《ぼ》れのリアクションじゃねえか！　あ、相手はあの水無瀬だぞ⁉　そして親父《おやじ》さんがアレだぞ⁉

……………くぅ。

ま、まあなんにせよだ。

こうして。

新生徒会に二番目の正式メンバー、副会長・水無瀬流南が加わったのだった。

……色々な意味で爆弾《ばくだん》すぎることは、さておき。

ホワイトボード

生徒会長

西園寺《さいおんじ》つくし

二年生。転校生ながら、大和撫子なビジュアルと〈笑いの神様〉を宿した代表演説によって、人気投票1位を獲得した。かなりのドジッ子

副会長

杉崎鍵《すぎさきけん》

書記

日守東子《ひのもりとうこ》

の～いめ～じ

今回の生徒会でも唯一の男で、ギャルゲー大好きな三年生。またしても美少女揃いの生徒会メンバー全攻略を狙……っているが、前途多難

机

の～いめ～じ

副会長

水無瀬流南《みなせるな》

会計

火神北斗《かがみほくと》

〈優良枠〉で生徒会入りを果たした三年生。テストの成績はいつもトップの秀才で、それだけに終わらず、毒舌、めがねっ子という多くの属性を持つ

出入り口

【エピローグ　ままならない生徒会】

「お、おぉ……」

俺は今、猛烈《もうれつ》な感動に襲《おそ》われていた。膝《ひざ》がガクガクと震《ふる》えてまともに立っておれず、思わずよろりと背後の壁《かべ》に寄りかかってしまう。目の前に広がる光景があまりに眩《まぶ》しすぎて、直視さえままならない。

何がそこまで俺の心を揺《ゆ》さぶっているのか。

それは……。


「生徒会室に……美少女が四人、揃《そろ》ったど――――――――！」

狭《せま》い室内だというのに、無人島生活ばりの雄叫《おたけ》びを上げる。これには流石《さすが》に、あえて今まで俺の奇行《きこう》を見逃《みのが》してくれていた女子メンバー達も顔をしかめた。

「鍵《けん》さん、いくらなんでもそれはオーバーなんじゃ……」

「流石は杉崎《すぎさき》君、その声たるやモスキート音が比較《ひかく》にならない不快度ですね」

西園寺《さいおんじ》と水無瀬《みなせ》が俺をたしなめるように告げる。しかし俺はぐわんと拳《こぶし》を振り上げ、

「何を言う！」と即座《そくざ》に反論した！

「生徒会室に四人の美少女だぞ⁉　約二ヵ月ぶりのこの光景に、感動するなって方が無理だろう！　なあ火神《かがみ》！」

もう一人の生徒会メンバーにして、割と俺のノリに付き合ってくれる後輩《こうはい》に話を振る。

火神は若干《じやつかん》苦笑気味ながら「ま、そっすねー」と応じてくれた。

「カガミも先輩《せんぱい》の気持ちは分からないじゃないですよ。面子《メンツ》がちゃーんと揃うって、それだけでテンション上がりますよね。遊びでもなんでも」

「そう！　そうなんだよ！　カガミ！　いやぁ、お前はそこの『あまぼっち』二人組と違《ちが》って話が分かるなぁ！」

『あまぼっち⁉』

ぼっちではないが、殆《ほとん》どそれに近い予備軍だから、あまぼっち。

このネーミングに西園寺と水無瀬が極《きわ》めて心外そうにしている。が、放置。俺はカガミとの会話を続けた。

「しかし今日はよく来てくれた、カガミよ！　俺は本当に嬉《うれ》しいぞ！」

俺の感謝に、火神は少し照れた様子で鼻の頭を掻《か》く。

「いやぁ、たまたま予定空《あ》いただけですから。実際明日からまたアレですし……」

「それでもいいさ！　なんにせよ、お前が来てくれたおかげで、遂《つい》にこの生徒会室に揃ったんだ！　メンバーが！　四人！」

俺は、神に「見よ！」とでも言わんばかりに、両腕《りょううで》を大きく広げて、この光景を誇《ほこ》る！

しかし……その最中《さなか》、俺の正面の席……本来書記が座るはずの場所に座した女子生徒が、ぽつりと、身も蓋《ふた》も無い呟きを漏《も》らした。

「ま、本来日守《ひのもり》さんが居るべき席に、私、風見《かざみ》めいくが座っているわけですけど」

『………』

生徒会室を、何か非常に白けた沈黙《ちんもく》が満たす。…………。…………くっ！

「こら風見！」

「は、はい！」

突然《とつぜん》の俺の鋭《するど》い剣幕《けんまく》に、目の前に座っていた風見はびくんと体を揺らす。俺は拳をわなわなと震わせ……涙目《なみだめ》で、怒鳴《どな》りつけてやった！

「なんでそんなこと言うんだよ！　そんな空気読めない子だったか、お前は！」

「いや空気も何も……実際私、書記の日守さんじゃないですし……」

「そこがそんなに重要か！」

「最重要と言っていいと思いますけど！」

「いいんだよ！　とりあえず美少女が四人生徒会室に居さえすれば、今の俺的には割と満足なんだよ！」

「なんて現実逃避《とうひ》！　それに杉崎さん、先程から美少女四人、美少女四人と連呼されてますが、どう考えても私の容姿は一般《いっぱん》平均レベルの――」

「なに言ってんだ風見。お前は、少なくとも俺にとっては、最高に可愛い女だぜ？」

　何を謙遜《けんそん》してんだこいつは、という気持ちで俺はキョトンと返す。途端《とたん》、風見はなぜかしゅぽっと顔を赤くしてしまった。

「すす、杉崎さんはっ……どうして、そういう！　わ、私なんか本当にそんな――」

「？　いやお前の自己認識聞いてねぇし。俺が、お前を、最高クラスの女だと思っている。そういう俺の素直な本音《ほんね》に、とやかく文句つけられる謂《いわ》われねぇよ」

「っ!……う～! う～!」

「か、風見?」

なぜだか風見は机に突《つ》っ伏《ぷ》してうーうー唸《うな》り始めてしまった。どうしたんだ……冷静な風見にしては珍《めずら》しいな、おい。

『………』

「うぉ!?」

しかも、気付いたらなんかあまぼっち達に若干睨《にら》まれてるし。……まったくもって意味が分からん。

とりあえず、「生徒会室に美少女が四人!」という情景に対する感動は一旦《いったん》落ち着いたため、着席し、この妙《みょう》な空気を変えるために、本日の議題を切り出す。

「えーと、それで、今日の議題……っつうか、現在の生徒会の、最優先課題だけど」

そこまで言って会長の西園寺をちらりと見ると、彼女は少しだけ俺を睨み返し、その後に、仕方無さそうに話のバトンを受け取って立ち上がった。

「ぎょにょ。……昨日晴れて水無瀬さんが正式に生徒会活動への参加を始められた今、最も優先すべき課題は、まだ参加の目処《めど》が立っていない生徒会役員への対処。……つまり、『日守東子《とうこ》氏の説得』。これに尽《つ》きると言っていいでしょう」

「（初っぱな噛《か》んだ）」「（ぎょにょってなに）」「（ぎょにょ……）」「（指摘《してき》しづらい……）」

西園寺以外の全員がなんかムズムズした顔をしていた。しかし西園寺はいつもの「何事もありませんでしたよ」顔でちゃっかりと話を進める。

「とはいえ、これに関しては生徒会であーだこーだと議論致《いた》しますより、日守氏に直接アプローチをかけた方が遥《はる》かに有効と思われます。実際、わたし達がそうでありましたように」

噛んだのはさておき、西園寺の意外と的を射た会議進行に、全員が頷《うなず》く。……なんか、「会長がちゃんと会長っぽい」って、俺としては妙に新鮮《しんせん》だ。不思議な感覚すぎる。ぼんやりとそんな感慨《かんがい》に耽《ふけ》っていると、いつの間にか会議が更《さら》に進行し、気付けば西園寺が俺に向かって何かの確認をとってきていた。

「——と、そのような方向でよろしいでしょうか、鍵さん」

「へ？　えと……なに？　もう一回言ってくれ」

「ですから。役員全員でぞろぞろと日守氏に接触《せっしょく》しても仕方ありませんので、ここはまず、今まで通り杉崎さんが中心になって動いていただき、わたし達は適宜《てきぎ》それのサポートに回るというカタチで活動致したいと思うのですが。よろしいですよね？」

「あ、ああ。俺もそんな感じの提案しようと思ってたんだ。とりあえず、まずは俺が頑張《がんば》ってみるよ。でも俺が助けを求めたら、ちゃんと手ぇ貸してくれよな？」

「勿論《もちろん》でございますとも。皆様《みなさま》もそれでよろしいですね？」

意外としっかり会長らしく仕切る西園寺。他の三名も、特に反対することなくこくりと頷く。

西園寺はそれらを確認した後、今日のまとめに入った。

「では、次に集まるのは日守氏に関して何か進展、及《およ》び大きな変化があった時、ということに致したいと思います」

「はーい」

火神がいつもの軽いノリで返事をした。西園寺は「ではこれにて今日の会議は終わりたいと思います。お疲《つか》れ様《さま》でした」と声をかけ、それをキッカケに全員が帰宅の準備を始める。

俺も鞄《かばん》の中身を整理していると、ふと、西園寺が声をかけてきた。

「鍵さんは……これから日守氏に会いに行かれるのですよね？」

「ん？　ああ、そうだな。まだ放課後も始まったばかりだし、当然早速《さっそく》動くさ」

「そうでございますよね。出来れば初回ぐらいはわたしもお供したかったのですが……申し訳ありません、今日は早めに帰宅せねばならず……」

本当にすまなそうな西園寺に、俺は「いいよいいよ」と笑顔で声をかけてやる。

「元々一人で行くつもりだったしな。全然気にしてないって」

「そうですか……ふふ、鍵さんはやはりお優し――」

「いや、実際下手に西園寺についてこられても、トラブルの予感しかしねぇしな」

「……ですよね」

あ、やばい、なんか西園寺がどよーんとしてしまった。く……コイツがこういうタイプだというのは分かっているのに、つい、クセでキャラをいじってしまう！

「……ふふふ……どうせわたしはお荷物でございますよ……ふふ……」

「さ、西園寺？　おーい？」

「……では、失礼致します……」

「……あ、ああ」

どんよりとしたまま、西園寺は去って行ってしまった。……あいつ、毎回生徒会室を去る時はダッシュかトボトボのどちらかしかないんじゃ……。……今のは俺の不注意とはいえ……正直、若干面倒臭《めんどうくさ》いぜ西園寺つくし！　ただここ最近の付き合いで分かったことだが、なんだかんだで、あいつは翌日になるとケロッと元気になっていたりする。意外と図太いというかなんというか……。

そんなわけで西園寺を気にするのはやめて、俺も帰ることにした。気付けば、いつの間にやら水無瀬が居なくなっている。……あいつはあいつで、俺になんの挨拶《あいさつ》もせずに帰りやがったぜおい……。最近のごたごたで、あいつとちょっとだけ心を通わせられた気がしたのは、やっぱり気のせいだったらしい。

思わず溜息《ためいき》をついていると、鞄の準備を終えた風見が近付いてきた。

「すいません杉崎さん。杉崎さんのサポートとしても、新聞部部長としても、日守さんへのファーストアプローチには是非《ぜひ》同行したいのですが……私も、今日は行けそうになく」

「ん？　ああ、いいっていいって。西園寺にも言ったけど、まずは一人で充分《じゅうぶん》だからさ」

「すいません、肝心《かんじん》な時に……。本当に、本当についていきたいのですよ？　それこそ異能モノにおける、主人公に異常な執着《しゅうちゃく》を持ち、その成長を見守るライバルキャラの如《ごと》く、鍵さんのターニングポイントを常に少し遠目から観察したい気持ちで一杯《いっぱい》なのです」

「あ、隣《となり》で戦ってはくれねぇんだ……」

「しかし……今日は、新聞部で以前から気になっている件の追加報告がありまして……」

「気になっている件？」

「ええ……ちょっと」

そう言って風見はちらりと火神の方を見た。……ふむ、あまり他の人間に聞かれたくない話なのかもしれないな。俺は追及《ついきゅう》するのをやめる。

「そっか、だったら気にせず新聞部行ったらいい。そっちが本分なんだしな」

「そう言っていただけると有り難いです。あ、じゃあ、そろそろ時間ですので」

「おう、また明日《あした》な！」

「はい。……杉崎さんも、お気を付けて」

「？　ああ、うん。じゃな！」

何に気を付けるのか良くわからなかったが、とりあえず流しておく。風見が生徒会室から出ていったところで、さて、俺もそろそろ向かうかと鞄を持ち上げる。――と。

「セーンパイ」

「ん？　どした火神、まだ帰らないの――」

「カガミぃ、今日ぉ、とぉっても暇《ひま》なんですよねぇ」

「…………」

くねくね身をよじらせながら俺を上目遣《うわめづか》いで見つめてくる火神。……これは……このパターンは……。

「ねぇ、センパイ？……出来ればぁ、そのぉ、カガミも一緒《いっしょ》に日守さんの――」

「さぁて！　日守のところに行くとするかぁ、一人で！…………一人で！」

「せ、センパぁイ！　待って下さいよぅ！」

生徒会室から西園寺ばりのダッシュで逃《に》げ出すも、結局玄関《げんかん》における靴《くつ》の履《は》き替えで捕《つか》まってしまった。タックルまがいの勢いで腰《こし》に抱《だ》きつかれる。

その流れで、当然のようにカガミの必殺技「年上男性落とし」が炸裂《さくれつ》し……。

＊

「日守センパイって、どんな人なんでしょうね！　楽しみですね、センパイ！」

「……そうだね」

結果こうなりました。

いつもより赤い夕焼けが染める住宅街を日守家目指して歩く。

……思わず溜息が出た。バチだ。バチが当たったんだ。西園寺を足手まとい扱《あつか》いしたバチが、早速当たったんだ。今にして思う。こいつ連れて来るくらいなら、西園寺が来てくれた方がまだ良かった！　トラブルには見舞《みま》われても、話がこじれるようなことにはならないだろう！

しかし火神！　THEリア充《じゅう》・火神北斗《ほくと》！　こいつの場合、なんか無邪気《むじゃき》にぽろっと地《じ》雷踏《らいふ》みそうな感が物凄《ものすご》い！　しかも相手は引きこもりの日守東子。なんとなく勝手に真冬《まふゆ》

ちゃんみたいなキャラを想定しているわけで……。

「不安だ……激しく不安だ……」

キリキリ痛む胃を押さえながら呟《つぶや》く俺の背を、火神はバンバンと豪快《ごうかい》に叩《たた》いてくる。

「だーいじょぶですって、センパイ！　きっと日守センパイ、いい人ですよ！」

「いや、そこが不安なんじゃなくてね……」

「ほら、実際選挙で凄い票数貰《もら》っているわけだし！……あ、でもあれはビジュアルだけへの票でしたっけ……」

「…………」

「で、でもでも、だいじょぶだと思います！　たぶん！　なんとなく！」

「……はぁ」

なんか……この極限に軽い後輩《こうはい》見てたら、色んなことが馬鹿《ばか》らしくなってきてしまった。

確かに、先のことを考えて胃を痛めるなんて、俺らしくないな。

俺は自分の周りできゃっきゃとはしゃいでどうにか俺を盛り上げようとしてくれている後輩の頭を、わしゃっと掴《つか》んでやった。火神が「ひゃっ」と意外なほどに驚《おどろ》く。

「サンキュな、火神。……やっぱお前一緒《いっしょ》に居てくれると、助かるわ」

「へ？　あ、ど、どもです……」

少し照れた様子で俯《うつむ》き、大人しくなる火神。……うん、ホント、いい子だな、この後輩は。多少暴走気味なところはあるものの、それ補《おぎな》って余りあるほど、周囲に活力を振《ふ》りまいていて。そういうとこは少し前の会長に似ているかもしれない。

「な……なんですか。あ、あんまり見ないで下さいよ、センパイ」

気付けば不躾《ぶしつけ》なほどジッと見てしまっていた。照れる火神は新鮮で、なんだか俺の方までぎくしゃくしてしまう。

「あ、ああ、ごめん」

……普段騒《ふだんさわ》がしいだけに無言はきつい。自然と足に力が入り、歩行ペースが上がる。そうして、半ば意図的に俺が火神の少し前を歩くカタチに落ち着いたところで、ポケットの中のケータイが震《ふる》えた。取り出して画面を確認すると、風見からだ。

俺は火神に断りを入れてから、歩いたままで通話ボタンを押した。

「おう、風見か？　どし――」

『杉崎さん！』

「っと？」

電話に出るなり、風見の焦《あせ》ったような声が耳に飛び込んで来た。驚いていると、すぐに風見は平静を取《と》り戻《もど》し、謝罪を口にする。

『す、すいません、つい焦ってしまい……』

「お、おう。どした？　珍《めずら》しいな、風見。なんかあったか？」

『あ、はい、それなんですが……』

「センパイ、どうしました？」

風見の声が電話から漏《も》れ聞こえたのか、火神が背後から心配げに声をかけてきた。

俺が手をヒラヒラと振って「おう、なんでもない」と応じると、すぐに火神も「そうですか」と引き下がる。

そうして、俺は再び電話へと集中した。

「それで、風見。一体――」

『今、火神さんと一緒なんですね？』

唐突《とうとつ》に、俺の言葉を遮《さえぎ》るように訊《たず》ねてくる風見。その声色《こわいろ》があまりにも緊張《きんちょう》を孕《はら》んでいたため、俺も思わす背筋を伸《の》ばして「お、おう、そうだけど」と応じる。

次の瞬間《しゅんかん》、風見はわけのわからない事を言い出した。

『絶対に、彼女に会話内容を悟《さと》られないようにして下さい』

「へ？……あの」

『杉崎さん。ここからは《ああ》とか《うん》とかそういう返事だけで結構です。疑問はあると思いますが、お願いですから、指示に従って下さい』

「…………ああ」

言われた通りに応じる。……なぜだか、やたらと喉《のど》が渇《かわ》いた。

『出来るだけ態度も自然にお願いします。火神さんの前では、あくまで、軽い世間話でもしているかのようになさっていて下さい。いいですね？』

「ああ。……へー、新聞部も色々大変そうだなぁ」

少し大きめの声でそんな事を言ってみる。風見は電話口で「そんな感じでＯＫです。うまいですね」と言ってくれたが、俺としては心臓がバクバクだった。……事情は分からないが、とにかく、人前でマジ演技しなけりゃいけないって……物凄ぇしんどい。

火神の様子を窺《うかが》いたかったが、振り返るのも変だろう。俺は我慢《がまん》して、ケータイを耳に当て続けた。

『杉崎さん、単刀直入に言いますよ』

「おう」

あくまで軽い話をしているテンションで応じる。しかし……。

『火神北斗を、信用しないで下さい』

「………」

これには、流石《さすが》にうまい言葉が返せなかった。しかし、変な声を上げてしまわなかっただけ、よしとしておこう。

風見が続ける。

『最初の違和感《いわかん》は、彼女に関する情報の集まりだけが、妙《みょう》に遅《おそ》いことでした』

「……うん」

『別に大した調査をしていたわけじゃありません。新聞部で記事を作るにあたり、新生徒会役員全員に対し、趣味《しゅみ》やら血液型やらという、本当に基本的な調査をかけていたのです』

「ふ、ふーん」

自分の返答バリエーションが微妙《びみょう》なことは重々承知だったが、そうは分かっていても、心に余裕《よゆう》がなさ過ぎてうまい返事が出来ない。

しかしそんなものお構いなしに、風見が更《さら》に続ける。

『当人にとって重要なプライベート情報が出て来ないのは、まだ分かるのです。西園寺さんの特性でしたり、水無瀬さんの家庭事情でしたり、日守さんのビジュアルでしたり……。そういったものの調査が難航するのは、いいのです。しかし……火神北斗。彼女に関する調査は……浅い部分こそが、難航しました』

「ま、そういうこともあるんじゃないか」

世間話をしているような軽い言葉で、風見に返す。しかし風見の声は、相変わらず緊張を孕んだままだった。

『あの、火神北斗さんですよ？　杉崎さんも知っての通り、実に明るい……友人も多く、交友関係も広いはずの火神北斗さんに関して、クラスメイトや関係者が、揃《そろ》いも揃って、彼女に関して趣味も好きな食べ物も血液型も出身中学も……何一つ、語れないんです。流石におかしいじゃないですか』

「でも俺が、えーと……巡《めぐる》のこととか詳《くわ》しいかっつったらさ……」

今の返事は大丈夫《だいじょうぶ》だろうか、といちいち頭の隅《すみ》で考えながら返す。……大丈夫、俺のクラスメイトの話題のようにしか聞こえないはずだ。巡はアイドルだし……うん、軽い話に聞こえる。大丈夫。大丈夫。

『杉崎さん、そういうレベルの話じゃないのです。あれだけ大勢の人間と関わっておきながら、親しげにしておきながら、その実、自分のことは全く明かしていない。……いえ、明かしてないことさえ、気付かせていない。それが……本当に、普通《ふつう》の範疇《はんちゅう》ですか？』

「…………」

ふと、林檎《りんご》の言葉を思い出した。確かあいつは……火神に対して「無理している感じがする」とか……言ってなかったか？　もしそれが本当なら……。

『それに気付いた時点で、私は、火神北斗という人のことを少し警戒《けいかい》して見るようになりました。そして、一度そうやって見てしまうと……彼女の発言の一つ一つが、気になって仕方無くなってきたのです。……これは、ラノベマニアの私の妄想《もうそう》が入っている可能性が充分《じゅうぶん》あると自覚した上で……それでも杉崎さんには伝えておきたいので、あえて言葉にさせて貰うのですが……』

「ああ……」

そこで一拍《いっぱく》置いて。風見は、少し躊躇《ためら》いながらも、告げてきた。

『杉崎さん。これまでの、彼女の貴方《あなた》に対する行動は、少しでも貴方の……新生徒会のメリットに、なりましたか？』

「……いや、そもそもそういう見方をしたことが……」

『言い方がぬるかったですね。訂正《ていせい》します』

「…………」

『彼女の貴方に対するこれまでの行動が、直接的にしろ間接的にしろ、明らかに新生徒会発足《ほっそく》の妨《さまた》げになっていたこと、ありませんか？』

「…………」

もう、テキトーな返事をする余裕も無かった。喉がからからに渇く。脳が記憶《きおく》を掘《ほ》り起《お》こそうとフル稼働《かどう》する。

最初に浮《う》かんだのは、バイト先での水無瀬の説得風景。新生徒会、水無瀬、お互《たが》いにとって一緒《いっしょ》の活動は好ましくないんじゃないかと、極《きわ》めて自然にロジック展開する火神の姿だった。

一つ思い当たってしまうと、連鎖《れんさ》的に、そこまで確証の無い出来事まで浮かんで来てしまう。西園寺に俺がつい吐《は》いてしまった暴言「お前より不幸な人間が〜」云々《うんぬん》は、その直前に、誰《だれ》かが言った言葉じゃなかったか？　いや、もっともっと日常的な部分で、火神は常に、やんわりと、メンバーと俺の対立を煽《あお》っていなかったか？

頭がぐるぐるして、そんなことを考える自分がイヤで、吐き気《け》まで催《もよお》してくる。

俺の状況《じょうきょう》に気付いたのか、風見が申し訳無さそうに補足してきた。

『すいません、疑心暗鬼《ぎしんあんき》にさせるつもりはなかったのです。勿論《もちろん》、新生徒会がうまくいかなかった理由の全部が全部、火神さんの計画だなんて言うつもりも無いです。そんな神の如《ごと》き黒幕なんて、それこそラノベの中にしかいません。でも……こうも思ってしまうのです』

「……なんだ？」

『少しずつ、少しずつ……決して勘《かん》づかれない範囲《はんい》だけで、ほんの少しずつ、物事を悪い方へと後押しする……。……もしそんな人間が居るのだとしたら……私は、そちらの方が、よっぽど恐《おそ》ろしくてなりません』

「………………」

そこから先は、風見も言葉が続かなかった。

俺は……「はは……」と渇いた笑いを漏らして、言葉の内容は考えつつ口を開いた。

「そんなの、気にすることねぇよ。大丈夫、いいヤツだよ、あいつは。俺が保証する」

会話の流れ的に、今の発言を火神は巡のことだと思うだろうな、と想定しながら喋《しゃべ》る。

しかし風見は……。

『いいヤツ……ですか』

「ん？」

『……杉崎さん。私は今日、新聞部で上がってくる報告を聞かなきゃいけないからと、杉崎さんへの同行を断念しましたよね』

「ああ」

『その、私が待っていた報告というのは……火神さんの本性に関する、私なりの、裏付けデータだったんです。いくらなんでも、こういう推理を、自分なりの確信も無しに他人に話すのはイヤだったんで……。……結果、私はその報告を受けて、思わず焦り、杉崎さんにこうして急な電話をかけてしまうことになりました』

「それって……」

いやな予感がした。これを聞いたら、もう、俺は……火神を……。

しかし、かといって、通話を切ることも出来ない。俺は……ただただ、ケータイから聞こえてくる風見の声に耳を傾《かたむ》け続ける。

『……杉崎さん。心して、聞いて下さいね。詳しい説明は省きますが……今日、完全に裏がとれた情報です。いいですか？』

「……………ああ」

ごくりと、唾《つば》を飲み込む。風見も緊張《きんちょう》しているのか、そこで数秒の間があり。

そして……直後、風見は、遂《つい》に、決定的な言葉を、口にした。

『今年の人気投票第五位の女生徒・白木里枝《しらきりえ》の辞退理由は……真の辞退理由は、謎《なぞ》の人物からの脅迫行為《きょうはくこうい》だったそうです。彼女本人が、先程ようやく打ち明けてくれました』

「…………」

『結果、六位の火神北斗さんが繰《く》り上がって生徒会入りしたわけで』

「それは……でも……」

『ええ、彼女の工作である証拠《しょうこ》なんてありません。でも杉崎さん、それでも私は――』

そう風見が何かを言いかけた時だった。


「センパーイ」


「っ!」『!』

唐突《とうとつ》に背後から上がった火神の声に、俺どころか、電話越《ご》しに風見まで心臓を跳《は》ね上がらせてしまう。

恐る恐る振《ふ》り向《む》くと……そこには、しかし当然のように、相変わらず笑顔の火神。

「いつまで電話しているんですかぁ？　カガミすっごい暇《ひま》ですぅー」

「あ……ああ、悪《わり》ぃ。もう大体用件終わったから。あと挨拶《あいさつ》だけ、な？」

耳にケータイを当てたまま、手刀《てがたな》を切るようにして謝罪する。実際流石にもう風見との通話を切ろうと、一度火神に背を向けた。

まさにそんな、ちょっとした瞬間《しゅんかん》の、なにげなさすぎる一コマだった。

「センパイ」

火神は。

実に自然な笑みで。

今までの言葉と何一つ変わらない抑揚《よくよう》で。

普段《ふだん》の俺ならなんのひっかかりも覚えないであろうタインミグで。

流れるように。

意識の隙間《すきま》に挟《はさ》みこむように。

その言葉を、告げてきた。

「ねぇ、早く行きましょうよセンパイ。引きこもりの日守センパイを、生徒会に誘いに。あー、でも、正直自宅が好きな人に生徒会出ろっていうのは、酷かもですね。いやカガミは生徒会大好きですよ？　カガミは。

でもやっぱそういうのどうしても駄目だって人は居るじゃないですかぁ。てかてか、そういう人を強制的に参加させるのって、なんかいじめ臭くて微妙な気分になってきたかもですねー。日守センパイ、気分害したりしなきゃいいですけどねぇ。

あ、そういう意味じゃ、西園寺センパイとか、水無瀬センパイとかって本当にずっと生徒会参加してくれるんでしょうか。あ、カガミは、楽しいからどんどん参加しちゃいますけど！　ま、あんまり暗い未来考えても仕方無いですかね。ね、センパイ？」


「…………」

最早《もはや》……おそるおそる、ゆっくりと火神を盗《ぬす》み見ることぐらいしか、出来なかった。

耳に当てたケータイから……風見の、何か、腹を括《くく》ったかのような声だけが、俺の中に流れ込んでくる。

『……もう、証拠がどうこうなどと言いません。杉崎さん、私は……たとえ生徒会をハーレムと呼び愛する貴方に嫌《きら》われたとしても。それでも、進言させていただきます』

「……風見……」

自分でもびっくりするほど情けない声をあげてしまった俺とは対照的に。

風見は。

誰よりも信用に値する後輩《こうはい》は、確固たる信念を持って、告げてくる。

『生徒会会計・火神北斗。彼女は……その人は、決して杉崎さんに懐《なつ》く可愛い後輩、なんて甘いものじゃありません。それどころか、以前の西園寺さんや水無瀬さん、今の日守さんのような、生徒会活動に消極的な人員でさえない。彼女は、もっと積極的で攻撃《こうげき》的な害悪存在……。つまりは、新生徒会にとって……いえ、杉崎さんにとって——』

風見はそこで大きく息を吸い。そして、ハッキリと……聞き間違《まちが》える余地等微塵《みじん》も与《あた》えてくれない程ハッキリと、その残酷《ざんこく》な言葉を、告げた。

『最大最悪の、《敵》です』

「…………」

ちらりと窺《うかが》った火神の表情は、背筋が凍《こお》るほどに……「いつも通り」の笑顔だった。

私立碧陽学園生徒会

Hekiyoh School student council

あとがき

どうも、葵《あおい》せきなです。初めましての方は初めまして。生徒会シリーズから引き続き手にとって下さっている方は、お久しぶりでございます。まあよく考えたら短編集含めると普通に四ヵ月周期で出ているので、言うほど久しぶりじゃない気もしますが。

ちなみに今回、なんとあとがき四ページです。凄《すご》い！「新」生徒会になった途端《とたん》にこれなんて！やはり長文あとがきの呪《のろ》いは私じゃなく「生徒会シリーズ」の方にかかっていたんだ！ふぅ、なにはともあれ、これで一安心だぜぃ！（フラグ）

さて、そんなわけでサクサク話を進めさせて頂きますと。

まず今作は「生徒会の一存」シリーズの後日談《ごじつだん》、もしくはスピンオフにあたる外伝作品となっております。主人公以外のメンバーがほぼ総入れ替えで、そもそも作風からして「生徒会」とは趣《おもむき》を異《い》にしたもの。それが「新生徒会の一存」でございます。

それだけに、一応新規の方でも単独で楽しめる作品となっておりますが、そうは言っても「生徒会の一存」シリーズが前提になっている点も多いですので、これを先に読んで興味を持って貰《もら》えた方には是非《ぜひ》「生徒会の一存」シリーズも手にとって頂けたらと思います。

具体的な内容語りに移ると。

既に読まれた方はお分かり頂けていることと思いますが、基本的に今作は「教師モノ」に近い作品です。問題を抱《かか》えた生徒達との交流や心のぶつかり合いがメインで、後半になればなるほど味方陣営《じんえい》が賑《にぎ》やかという。

新生徒会から初出の人間が多い今作ですが、そういった意味で「生徒会の一存」本編とはまた違った人間性の濃さみたいなのが出ているといいなと思います。

下巻の予告的なことをさせて頂きますと。

当然ながら、上巻でメインになっていない残り二名の物語が中心です。二人は生徒会に正式に出席するのか。そして杉崎《すぎさき》はどんな酷《ひど》い目に遭《あ》うのか。生徒会って一応ハーレムモノなのにサービスシーンが妙《みょう》に少ないのはどういうわけなのか。作者にピンク色イベントの経験が圧倒的に不足しているせいだからなのか。

そのようなことを気にしつつ、下巻を楽しみにして頂けたらと思います。

それと、下巻には従来の「生徒会の一存」を彷彿《ほうふつ》とさせるようなエピソードも収録されておりますので、従来の作風ファンの方は要チェック！　ちなみに来春刊行予定です。

そんな感じですかね。……しかしホントサクサクあとがきだなぁ、今回。今巻と次巻の内容語り終わってこれですよ。本来あとがきってこういうもんですよね。なんか忘れてましたよこの感覚。…………べ、別に物足りなくなんてないんだからねっ！

さて、誰《だれ》も興味無い私の近況《きんきょう》ですが。

生徒会シリーズ最終回ラッシュが終わって一休み……かと思えば、まあご存知《ぞんじ》の通り、この「新生徒会の一存」が「外伝」というにはあまりのヘビーさでして。結局特に大きく休めてはいないです。むしろ最終回ラッシュ中のキッさ継続中です。

ただ一応、新生徒会は現段階で下巻まで書き終わっています。……言っちゃうと下巻もボリューミィですよ（笑）。基本新キャラばかりの話で作風まで違うんで、ちょっとした新作シリーズ一本やった気分です。……正直、甘く見てましたよね。軽い気持ちで企画案出して申し訳ありませんでした……。

他にも生徒会関連の仕事がちょろちょろありまして。未だに生徒会漬けですが、そこに加えて、現在は完全新作の方も動いているので……多忙ではないですが、少なくとも大型の休みは無さそうですよね。夏休み目指して日々を頑張っていたら、気付いた時には「もう九月だよ？」って言われた気分です。……冬休み目指して頑張ります。

では、謝辞《しゃじ》を。私のワガママ的後日談で新キャラ大量投入になってしまい、なぜか本編以上に苦労をかけることとなってしまった狗神煌《いぬがみきら》さん。しかし素晴らしい新生徒会の面々を描き下ろして頂き、本当にありがとうございました。個人的に火神《かがみ》がツボです。

そして担当さん。打ち合わせの度《たび》になんらかのトラブルが重なるジンクスの中、いつもありがとうございます。生徒会シリーズも本当に終盤戦、一緒に走りきりましょう！

なにより新生徒会を手にとって下さった読者様。本当にありがとうございました。下巻も全力で書いておりますので、是非引き続きよろしくお願い致します。

それではまた、下巻でお会い致しましょう！

葵　せきな

【初出】第一話　望まぬ生徒会
ドラゴンマガジン２０１２年９月号
他すべて書き下ろし

富士見ファンタジア文庫

新生徒会《しんせいとかい》の一存《いちぞん》
碧陽学園新生徒会議事録《へきようがくえんしんせいとかいぎじろく》　上《じょう》
平成24年11月25日　初版発行

著者——葵《あおい》せきな

発行者——山下直久
発行所——富士見書房
〒102-8144
東京都千代田区富士見1-12-14
http://www.fujimishobo.co.jp
電話　営業　03(3238)8702
　　　編集　03(3238)8585

印刷所——暁印刷
製本所——BBC

2012 Fujimishobo, Printed in Japan
ISBN978-4-8291-3818-2 C0193

第26回 冬期・夏期
ファンタジア大賞
原稿募集中!
通期
大賞 300万円
準大賞 100万円
各期
金賞 30万円
銀賞 20万円
読者賞 10万円
締め切り
冬期 2013年2月末日
夏期 2013年8月末日
最終選考委員
葵せきな(生徒会の一存)
あざの耕平(東京レイヴンズ)
雨木シュウスケ(鋼殻のレギオス)
ファンタジア文庫編集長
★大賞&準大賞は大賞決定戦で決定
ビリビリ来るの、
送りなさい!
第23回大賞&読者賞
「ライジン×ライジン」
初美陽一
&
パルプピロシ
投稿も、速報もココから!
ファンタジア大賞WEBサイト
楽々オンライン投稿で「ライジン×ライジン」に続け! 一次通過作品には評価表をバックします!!
http://www.fantasiataisho.com/
★ラノベ文芸賞も独立募集開始!
※紙での受け付けは終了しました